AF205932

Wenn

STERNSCHNUPPEN

verglühen

ELLA LANE

Für die Liebe am Leben
und alle Träumeverwirklicher

KAPITEL 1

»Schatz? Sie haben ihn!«

Mit geschlossenen Augen halte ich das Handy an mein Ohr und verfluche mich, dass ich es vor dem Schlafengehen nicht ausgeschaltet habe. »Mama? Bist du das?«

»Ja, wer denn sonst?«

»Wie spät ist es?« Verschlafen reibe ich mir die Augen und strecke mich. Ich fühle mich, als wäre ich gerade erst ins Bett gegangen.

»Also, hör mal, es ist schon zehn Uhr! Hast du etwa noch geschlafen?«

»Wenn es bei dir schon zehn Uhr ist, ist es hier erst neun Uhr. Und ja, ich habe noch geschlafen.« Ich war letzte Nacht mit Tiago in der Matt's Bar. Er hat bis vier Uhr nachts dort aufgelegt und so lange habe ich ihm Gesellschaft geleistet. Da kann man an einem Freitagmorgen auch mal länger schlafen. Ich war zwar nur zum Feiern dort, aber ich bin auch erst seit einer Woche zurück in Portugal und genieße mein Leben hier in vollen Zügen. Oder besser gesagt: Ich versuche das, was mir in den letzten Wochen widerfahren ist, zu vergessen, und bin froh über den Abstand zu meinem Leben in Berlin. Meine Mutter macht es mir momentan jedoch nicht so leicht, denn sie ruft jeden Tag an und will wissen, wie es mir geht, was automatisch wieder alle meine Gedanken auf das lenkt, was ich verdrängen möchte.

»Wieso rufst du an?«, frage ich und unterdrücke ein Gähnen.

Tiago wälzt sich neben mir herum und stöhnt genervt auf.

Ich rolle mich aus dem Bett, wickele das Laken, das ich als Zudecke benutze, um meinen nackten Körper und versuche, leise das Schlafzimmer zu verlassen. Doch Tiago liegt auf dem letzten Zipfel des Tuches und ich werde unsanft zurückgezogen. Mir fällt das Handy aus der Hand und es landet laut krachend auf dem Fußboden.

Aus dem Bett ertönt ein erneuter Unmutslaut.

Ich ziehe das Laken hervor, hebe das Handy auf und verlasse auf Zehenspitzen das Zimmer.

Auf dem Balkon halte ich das Handy wieder an mein Ohr und vernehme noch die letzten Worte meiner Mutter: »... Du kannst dir nicht vorstellen, wie es mir heute geht. Ich habe ja nach der Sache kein Auge zu bekommen, Papa natürlich auch nicht. Ich habe mich für heute krankgemeldet.«

»Entschuldige, was hast du gesagt? Ich habe nur die letzten drei Sätze mitbekommen. Was ist denn passiert?«

»Soll das ein Scherz sein? Ich rede mir hier den Mund fusselig und du hörst mir gar nicht zu?« Sie schnauft in den Hörer, ihre Stimme klingt verärgert.

»Tut mir leid, mir ist das Handy aus der Hand gefallen«, erkläre ich knapp und lasse mich auf den weißen Plastikstuhl fallen.

Die Sonne scheint mir herrlich warm ins Gesicht. Ich liebe dieses Sommerwetter hier so sehr – es zaubert mir sofort gute Laune. Daher habe ich auch gar keine Lust, mir die Geschichte meiner Mutter anzuhören. Wahrscheinlich hat der neue Köter von den Nachbarn wieder die halbe Nacht gebellt und sie konnte deswegen nicht schlafen. Vielleicht haben sie sich auch mit den Nachbarn darüber gestritten. Mir egal, ich will davon nichts wissen.

»Es geht um Alex«, sagt sie und macht eine bedeutungs-schwere Pause.

Sofort bin ich hellwach. Der Name sorgt dafür, dass sich schlagartig alle Nackenhärchen aufstellen und mir übel wird.

»Was ... Was ist mit ihm?«, frage ich und kann nichts gegen das Zittern in meiner Stimme tun, das sich in meinem ganzen Körper ausbreitet.

»Na, was schon? Er stand gestern mit einer Gitarre vor unserem Haus und hat dir ein Ständchen gesungen!«

Gitarre?

Alex hat überhaupt keine …

Genervt verdrehe ich die Augen. »Und was war wirklich?«

»Er stand letzte Nacht tatsächlich vor unserem Haus, sternhagelvoll, und hat versucht, hier einzubrechen. Als ich unten Geräusche gehört habe, habe ich Papa geweckt, der hört ja nachts nichts.«

Ich erkenne den Vorwurf in ihrer Stimme. »Und weiter?«

»Er ist runter gegangen. Alex hat ihn angeschrien und ist auf ihn losgegangen. Papa hat einen ganz schönen Kratzer im Gesicht abbekommen. Nur gut, dass Alex so betrunken war. Daher konnte Papa ihn irgendwie im Bad einsperren und ich habe die Polizei gerufen. Ein Kranken-wagen kam auch. Die wollten Papa gleich mitnehmen, aber du weißt ja, wie er ist. Er ist natürlich nicht mitgefahren.«

Mir wird heiß und kalt gleichzeitig. Mein Mund klappt auf und ich ringe nach Worten. »Oh mein Gott, geht es euch also gut?« Am liebsten würde ich einfach auflegen und so tun, als hätte es das Telefonat nicht gegeben, als hätte ich nur schlecht geträumt.

Doch dieser Albtraum scheint einfach kein Ende zu nehmen.

»Ja, bis auf den Schreck geht es uns gut. Ich bin froh, dass die Polizei ihn mitgenommen hat. Hoffentlich kommt er hinter Gitter.«

Nach dem Telefonat bleibe ich auf dem Balkon sitzen. In meinem Kopf tauchen die Bilder der letzten Wochen auf. Immer wieder fallen mir neue Erinnerungen in den unmöglichsten Situationen ein. Die Amnesie vom Unfall scheint doch noch länger nachzuwirken, als ich gedacht hätte.

Alex, mein Exfreund, mit dem ich so viele Jahre zusammen war, mit dem ich Kinder haben wollte ... Und dann sind da die Bilder, wie er plötzlich am Strand von Albufeira hinter mir steht, wie er sich mit Simon, meinem Urlaubsflirt, prügelt und wie er später zu Hause auf mich losgeht. Sein nächtlicher Einbruch und das demolierte Auto meiner Mitbewohner. Dass er mein Auto manipuliert hat, da bin ich mir inzwischen auch sicher. Die Spurensicherung hat bestätigt, dass der Unfall aufgrund der sabotierten Bremsen verursacht wurde.

Zum Glück gab es keine Toten, dafür jede Menge Verletzte. Nicht nur Mila und Piet, die bei mir im Auto saßen, auch die Insassen des Autos, gegen das wir geschleudert wurden, waren verletzt.

Und dann sehe ich Alex bei mir am Krankenbett stehen, wie er mich anlächelt und tut, als wäre nie etwas gewesen. Er hat meine Situation schamlos ausgenutzt. Ich konnte mich an nichts erinnern und er hat mir den liebenden Freund vorgespielt.

Eine heiße Träne läuft über meine Wange. In den letzten Tagen habe ich das Geschehene gut verdrängen und mit Alkohol betäuben können. Doch jetzt regnen all diese Gedanken und Gefühle wieder auf mich herunter.

Ich wische die Träne weg und gehe leise ins Schlaf-zimmer zurück, wo Tiago wieder tief und fest schläft. Er sieht so kindlich unschuldig und doch so männlich aus. Ich kuschele mich eng an ihn heran. Bei ihm fühle ich mich sicher, geborgen, geliebt und ... begehrt. Er greift um mich und massiert meine Brüste, seine Hüften reiben sich an mir und ich merke, dass er für mehr bereit ist.

Von der Stelle seiner Berührung tobt ein Wirbelsturm durch meinen gesamten Körper. Ich drehe mich um und Tiago grinst mich mit diesem Blick an, den ich so unendlich liebe.

Meine Lippen suchen seinen Mund.

Leise raschelt Tiago mit der Decke und ich spüre seine Hände auf meiner Haut. Sie wandern über meinen Körper weiter nach unten. Als er mit seinen Fingern an meiner empfindlichsten Stelle ankommt, zucke ich zusammen, jedoch nicht vor Erregung. Jemand steht draußen vor der Tür und klingelt Sturm.

KAPITEL 2

Schnell ziehe ich mir ein langes T-Shirt und eine Unterhose über. Auch Tiago schlüpft in eine Boxershorts, bevor er die Tür öffnet.

»Pai, Hanna, bom dia.« Diego kommt gut gelaunt ins Schlafzimmer gerannt, springt aufs Bett und hüpft wie ein Flummi dort auf und ab.

»Ich habe ganz vergessen, dass meine Mutter heute diesen Termin hat«, sagt Tiago.

Als er sich wieder hinlegt, schmeißt sich Diego der Länge nach hin und kuschelt sich an seinen Papa.

Ich setze mich auf die Bettkante, betrachte die beiden Männer neben mir, die sich so sehr ähneln und mein Herz im Sturm erobert haben, und bin dankbar, dass wir so ein Vertrauensverhältnis aufgebaut haben.

»Hast. Du. Gut. Geschlafen?«, frage ich betont langsam auf Englisch und unterstütze die Worte mit Gesten. Ich tippe Diego auf die Brust, halte einen Daumen in die Höhe, lege dann meine gefalteten Hände an die Wangen und schließe die Augen.

Diego nickt und kichert los, weil Tiago ihn kitzelt, bis er nach Luft japst.

Nach einer ausgiebigen Kuschel- und Kitzelrunde stehe ich auf, gehe in die Küche und decke den Frühstückstisch. Tiago verschwindet im Bad und duscht, während Diego zum Fernseher läuft, um sich eine Kindersendung anzusehen.

Der Duft von Kaffee und Brötchen liegt in der Luft, und als wir alle am Tisch sitzen, fragt Tiago: »Was habt ihr heute vor?«

Ich überlege. »Wir müssen einkaufen. Schreibst du noch auf, was du brauchst?«

Tiago greift nach einem Stift und Papier und notiert ein paar Worte, dann reicht er mir den Zettel.

Ich kräusele die Stirn. »Auf Englisch bitte, sonst bringe ich dir nichts mit.«

Mit einem frechen Grinsen nimmt er mir den Zettel wieder ab, dreht ihn um und kritzelt auf der Rückseite die englischen Wörter auf.

»Danke«, sage ich auf Deutsch und packe die Liste in meine Hosentasche.

Tiago streckt mir die Zunge raus, und als wir Diegos verwirrten Gesichtsausdruck sehen, müssen wir laut loslachen.

»Braucht ihr Geld für die Besorgungen?«, fragt Tiago.

Ich schüttle den Kopf. »Ich habe doch gesagt, ich bringe mich finanziell mit ein.«

Nach dem Einkaufen und dem Mittagessen, lege ich Diego zum Mittagschlaf hin. Am Nachmittag gehe ich mit ihm zum Spielen raus, wie so oft landen wir am Strand. Auf dem Rückweg holen wir Tiago in der Bar ab und essen gemeinsam zu Abend. Dann bringt Tiago seinen Sohn zu seiner Mutter oder Schwester, wo Diego die Nacht verbringt, damit Tiago nachts arbeiten kann, wobei ich ihm meistens Gesellschaft leiste.

So oder ähnlich liefen meine ersten Tage hier in Portugal bisher ab.

Am darauffolgenden Montagmorgen tigere ich unruhig durch die Wohnung und schiebe immer wieder den Vorhang des Fensters zur Seite, um hinauszusehen. Ich koche Nudeln zum Mittag und mache Brote zum Abendessen, doch das Auto von Diegos Mutter taucht nicht auf.

Als Tiago am Abend nach Hause kommt, begrüße ich ihn mit den Worten: »Er ist noch hier.«

Er kratzt sich an der Stirn. »Vielleicht ist ja was dazwischengekommen oder sie kommt morgen erst von der Kur zurück.« Er sieht mich entschuldigend an, als wenn er etwas dafürkönne.

Ich seufze und setze mich auf den Stuhl in der Küche, denn ich habe mich auf einen Abend gemeinsam mit Tiago in der Bar gefreut. Heute findet dort eine Mottoparty zum Thema Feenwelt statt und ich habe mir extra ein süßes Einhornkostüm besorgt. Das wird nun im Schrank versauern dürfen. »Ja, vielleicht«, sage ich und versuche, mir die Enttäuschung nicht zu sehr anmerken zu lassen. Tiago kommt zu mir, gibt mir einen Kuss auf meinen Scheitel und streichelt mir sanft über den Rücken.

Diego hat sich bei uns gut eingelebt, doch Tania, Tiagos Mutter, erzählt oft, dass der Kleine abends vor dem Einschlafen weint und nach Hause möchte. Ich werfe ihm einen mitleidigen Blick zu, denn die Vorstellung, wie groß seine Sehnsucht sein muss, bricht mir das Herz.

»Ich rufe sie mal an.« Tiago geht auf den Balkon und hält sein Handy ans Ohr, sieht aber kurz darauf kopfschüttelnd zu mir rüber und zündet sich eine Zigarette an.

Leise verfluche ich diese Frau. Wie kann sie ihren Sohn nur so viele Wochen alleine lassen, bei einem Vater, den er bis dahin noch nie gesehen hat?

Mein Blick schweift durch den Raum und bleibt an Diegos gepacktem Koffer hängen. Am Abend zuvor haben wir eine kleine Abschiedsfeier mit Tiagos Familie in seinem Lieblingsrestaurant veranstaltet. Er bekam Küsse von allen und viele Abschiedsgeschenke, die nun in einer großen Tüte verpackt neben dem Koffer stehen und darauf warten, abgeholt zu werden.

Auch nach dem Abendessen bleibt die Türklingel stumm und so machen wir Diego gemeinsam bettfertig, doch beim Zähneputzen bricht er in Tränen aus. Er scheint nicht zu verstehen, warum er nun doch noch hierbleiben muss und sitzt schluchzend auf den kalten Badezimmerfliesen.

Tiago nimmt ihn auf den Arm, spricht ihm tröstliche Worte zu und als er sich endlich wieder beruhigt hat, liest er ihm im Bett noch eine Gute-Nacht-Geschichte mit einem kleinen Hasen vor. Ich sauge diese Szene in mich auf. Wenn Tiago Zeit hat, ist er ein toller Vater. Vor meinem inneren Auge sehe ich ihn mit unserem gemeinsamen Kind dort liegen und mein Herz wird ganz warm.

Wenig später muss Tiago sich wieder verabschieden, um zurück zur Arbeit zu gehen.

Ich bleibe mit Diego zu Hause. Als ich bemerke, dass sich schon wieder kleine Seen in seinen braunen Augen bilden, hole ich ein Malbuch und ein paar Stifte hervor, doch Diego wischt die Sachen mit einer flinken Handbewegung vom Tisch.

Ich atme tief ein und aus und räume die verteilten Stifte wieder auf, dann schalte ich den Fernseher an und lege eine DVD mit einem Kinderfilm ein, womit Diego einverstanden zu sein scheint.

Gemeinsam sitzen wir auf der Couch und sehen uns portugiesische Zeichentrickfilme an. Ich habe sogar herausgefunden, wie ich deutsche Untertitel einstellen kann und versuche, nebenbei die Sprache zu lernen.

Leider reden auch die Figuren in Kinderfilmen sehr schnell.

Als ich Diegos gleichmäßiges Atmen vernehme, stelle ich erleichtert fest, dass er endlich eingeschlafen ist.

Auch an den nächsten Tagen versucht Tiago Helena zu erreichen, doch ihr Handy ist nach wie vor ausgeschaltet. Diegos Taschen sind wieder ausgepackt und sein Spielzeug liegt verteilt in einer Ecke.

Tania hat sich wieder bereit erklärt, den Jungen über Nacht aufzunehmen, wofür ich ihr sehr dankbar bin. Somit kann ich Tiago nachts bei der Arbeit Gesellschaft leisten, wenn ich ihn tagsüber schon kaum zu sehen bekomme, und muss auch nicht die abendlichen Heul-, Schrei- und Wutanfälle von Diego auffangen. Er wirkt von Tag zu Tag trauriger und mich überfordert sein Verhalten regelmäßig.

Eine Woche später höre ich ein Auto vor dem Haus halten. In der ersten Zeit bin ich immer sofort zum Fenster gelaufen, um nachzusehen, wer dort ankam. Doch mit der Zeit habe ich ein wenig die Hoffnung verloren, dass Diegos Mutter überhaupt jemals wieder auftaucht, und bleibe am Frühstückstisch sitzen.

Wenig später zucke ich zusammen. Es hat tatsächlich geklingelt. Tiago und ich werfen uns fragende Blicke zu. Für Tania und Diego ist es noch zu früh. Tiago erhebt sich, geht zur Tür und betätigt den Türöffner.

Ich stehe ebenso auf und werfe einen Blick um die Ecke in den Flur.

Tiago sieht durch den Spion und es dauert eine gefühlte Ewigkeit, bis er sich zu mir herumdreht und flüstert: »Es ist Helena.« Die Erleichterung ist seiner Stimme deutlich anzuhören und auch seine Gesichtszüge, die in den letzten Tagen immer angespannt wirkten, lockern sich.

»Na endlich«, sage ich und atme beruhigt auf. Doch ein Problem haben wir noch. Diego ist noch bei Tania.

Es klopft an der Tür, Tiago öffnet sie und bittet die Frau herein. Unauffällig betrachte ich sie durch den Spalt der Küchentür. Sie sieht gut aus, erholt und hübsch. Nur ihre schmalen Lippen lassen sie arrogant wirken und ein kleiner Ansatz lässt mich vermuten, dass sie ihre Haare blond gefärbt hat.

Sie lächelt Tiago an, doch als sie mich hinter der Tür erblickt, erstirbt ihre freundliche Miene.

Ich gehe in die Küche zurück und setze mich an den Frühstückstisch. Sollen die beiden das unter sich ausmachen, ich verstehe sowieso kein Wort.

Tiago sagt etwas zu Helena und sie wirkt mit einem Mal regelrecht wütend. Ihre Stimme wird lauter. Ich vermute, sie hat nicht viel Zeit eingeplant und ist verärgert, dass sie ihren Sohn nicht sofort mitnehmen kann. Sie plappert ohne Punkt und Komma und lässt Tiago kaum zu Wort kommen. Als es mit einem Mal ruhig wird, kommt Tiago mit dem Handy am Ohr in die Küche.

Nachdem er das Telefonat beendet hat, frage ich: »Bringt sie ihn her?«

Tiago nickt, holt ein Glas aus dem Schrank und schenkt Wasser ein.

»Besprich doch gleich, wie es in Zukunft weitergeht. Wann du Diego sehen kannst und so«, flüstere ich ihm zu. Sie würde mich zwar nicht verstehen, aber ich will nicht, dass Helena denkt, ich würde mich da irgendwie einmischen.

Tiago sieht mich mit einem genervten Gesichtsausdruck an, sagt aber nichts und geht dann mit dem Wasserglas ins Wohnzimmer zurück.

Von der weiteren Unterhaltung verstehe ich nichts, nur leises Gemurmel, was mich neugierig macht. Durch den Türspalt erkenne ich, wie Helena verdächtig nah an Tiago heranrutscht. Ihre Hand liegt auf seinem Oberschenkel und Tiago – tut nichts dagegen.

Entsetzt ziehe ich die Luft ein. Macht sie sich etwa wieder an ihren Ex-Freund ran? Und er lässt das mit sich machen, obwohl ich nebenan sitze?

Es klingelt erneut an der Tür und das reißt mich aus meinen heimlichen Verwünschungen für Helena heraus.

»Ich gehe schon«, rufe ich betont fröhlich und öffne die Tür. Aus dem Augenwinkel nehme ich wahr, dass Tiago ein wenig zur Seite rutscht.

»Hallo, ihr beiden«, begrüße ich Diego und Tiagos Mama. Der kleine Junge fällt mir in die Arme und drückt mich, danach gibt Tiagos Mama mir einen Kuss auf beide Wangen. Ich führe sie ins Wohnzimmer. Als Diego seine Mutter entdeckt, weiten sich seine Augen vor Überraschung. Er rennt voller Freude auf sie zu und schmiegt sich fest an sie. Tiago streicht mit einer Hand über das dunkle Haar seines Sohnes.

Es schmerzt, diese Szene zu beobachten. Sie wären so eine hübsche Familie.

Da ich bei dem Stimmengewirr eh nichts verstehe, gehe ich ins Schlafzimmer und packe Diegos Tasche. Einige seiner Anziehsachen hängen noch auf dem Wäscheständer, ich lege sie zusammen, verstaue sie in seiner Tasche und packe seine Spielsachen und Kuscheltiere in eine Tüte, wobei ich ein paar Dinge aussortiere, damit Diego auch noch etwas zum Spielen hier hat, wenn er uns wieder besuchen kommt.

Als ich die Taschen in den Flur bringe, treffe ich auf Tiago, der aus dem Bad kommt und Diegos Badartikel in den Händen hält. Kurz darauf wird es eng im Flur, da sich alle die Schuhe anziehen. Tiagos Mutter verabschiedet sich von mir und nimmt mir die Tüte mit dem Spielzeug ab, während Tiago die Tasche von Diego nimmt. Ohne mich eines Blickes zu würdigen, verlässt Helena die Wohnung und Diego folgt ihr. Doch dann reißt er sich von der Hand seiner Mutter los, kommt auf mich zu und springt mir in die Arme.

»Adeus, Hanna«, sagt er und ich sehe, wie seine Augen feucht werden, und auch meine füllen sich mit Wasser. Der kleine Kerl wird mir fehlen, auch wenn die letzten Wochen nicht einfach waren.

Ich gehe zum Fenster und beobachte die Abschiedsszene.

Tiago holt den Kindersitz aus seinem Auto und übergibt ihn seiner Ex-Freundin. Dann verabschieden sie sich, sie stellt sich auf Zehenspitzen und küsst ihn auf die Wange, erst links, dann rechts.

Mir bleibt die Luft weg. Die Küsschen dauern mir einige Sekunden zu lang und ich merke, wie mein Herz sich zusammenzieht.

Tiago wirft einen Blick nach oben zum Fenster und löst sich von Helena.

Mit gemischten Gefühlen sehe ich dem klapprigen Auto nach, das Diego fort aus unserem Leben bringt.

KAPITEL 3

»Was habt ihr vereinbart, wie ihr es in Zukunft regelt? Wann kommt Diego wieder her?«, frage ich Tiago, als er wieder nach oben kommt.

Er nimmt sich seine Zigarettenpackung und geht auf den Balkon.

Irritiert gucke ich ihm nach. »Tiago, ich rede mit dir!«

Keine Antwort.

Ich folge ihm hinaus und betrachte ihn fassungslos, weil er noch immer nichts sagt.

Er steht dort und raucht im Stehen seine Zigarette, dann wirft er mir einen kurzen Seitenblick zu, doch ich fange ihn auf und mache ihm mit einer Handbewegung deutlich, dass ich noch immer auf eine Antwort warte.

»Er wird weiter bei seiner Mutter wohnen. Sie meldet sich, wenn er wieder zu mir kommen soll.«

»Was? Ich glaub es ja nicht. Ihr habt nicht vereinbart, dass er vielleicht jedes zweite Wochenende zu dir kommt?«

Die Asche fällt von seiner Zigarette auf den Boden und er fegt sie mit dem Fuß durch den kleinen Spalt vom Balkon.

»Das ist alles nicht so einfach. Ich bin nicht als sein Vater eingetragen. Ich habe kein Sorgerecht. Und außerdem ist es bei mir immer schwierig ... mit meinem Job ... Er wohnt in einer anderen Stadt ...«

»Aber er ist dein Sohn. Sollen noch einmal vier Jahre vergehen, bis du ihn wiedersiehst?«

»Diego ist mein Problem, mach dir darüber keine Gedanken.«

»Ich soll mir über ihn keine Gedanken machen? Er ist ein Problem für dich? Ich habe viel Zeit mit ihm verbracht und er ist mir sehr ans Herz gewachsen. Dir etwa nicht? Ich verstehe dich nicht.«

Er drückt den Glimmstängel im Aschenbecher aus, nimmt seine Schlüssel und gibt mir einen schnellen Kuss. »Ich glaube, wir reden aneinander vorbei. Ich muss jetzt zur Bar.«

Sprachlos bleibe ich zurück. Ich hatte nicht erwartet, dass er den kleinen Jungen, den alle hier so sehr lieben, einfach kampflos davonziehen lässt.

Eine Frage klopft in meinen Kopf. Möchte Tiago überhaupt noch weitere Kinder haben oder passt so ein Familienleben gar nicht in seinen Plan?

Im Nachhinein bin ich nur glücklich, dass ich damals in der Beziehung mit Alex nicht schwanger geworden bin, denn dass Alex mich fast getötet hat, habe ich noch immer nicht ganz verarbeitet. Ich schüttele den Kopf, um die Gedanken an meinen Ex-Freund wieder zu verbannen.

Mein Kinderwunsch ist nach wie vor vorhanden, aber vermutlich ist es zu früh, das anzusprechen, denn unsere Beziehung ist ja noch ganz frisch. Wir lernen uns gerade erst richtig kennen und ich genieße jeden freien Moment mit ihm. Diese Momente gab es bisher, dank seines Jobs und seines Sohnes, nicht gerade oft und sind daher umso wertvoller.

Allerdings ist meine Zeit hier begrenzt, denn ich habe noch keine Aufenthaltsgenehmigung. Was ich dafür vorweisen muss, habe ich noch nicht recherchiert. Dieses Thema habe ich in der letzten Zeit vor mir hergeschoben wie meine Mathehausaufgaben zu Schulzeiten. Genauso wenig konnte ich mich dafür aufrappeln, mich für einen Sprachkurs anzumelden. Ich hatte ja ständig Diego an meiner Seite. Doch nun habe ich keine Ausrede mehr und suche im Internet nach Angeboten. Leider beginnt der nächste Kurs erst in drei Wochen und kostet ziemlich viel Geld. Trotzdem melde ich mich an. Mir kommt noch eine Idee und so lade ich mir eine App zum Lernen der Sprache herunter, mit der ich die ersten Wörter schon vorher üben kann. Danach schreibe ich Bewerbungen und am Abend qualmt mir der Kopf.

Um nicht weiter darüber nachzugrübeln, wie meine Zukunft hier aussehen wird, ziehe ich mir das pinke Kleid mit den Schmetterlingen an, umrahme meine Augen dunkel und gehe zur Bar, um einen schönen Abend mit meinem Freund zu verbringen.

Ich erblicke Tiago wie gewohnt oben auf der DJ-Station. Die Gäste tanzen und wiegen sich in den Rhythmen der Beats, die aus den großen Lautsprechern wummern.

Während ich auf meinen bestellten Cocktail mit Eiswürfeln warte, der mich ein wenig abkühlen soll, setze ich mich auf einen freien Hocker in der Nähe der Bar. Mein Blick wandert zu den hüpfenden Menschen vor mir. Auch ich lasse mich von der Musik mitreißen und wippe im Takt mit.

Ein paar Mädels klettern auf ein Podest und tanzen ziemlich aufreizend. Eine Gruppe Männer steht auf der Tanzfläche und brüllt laut den Text mit, sie prosten sich zu und trinken Bier. Immer mehr Leute werden von der Vibration der Musik angezogen und füllen die Fläche vor mir. Die Nebelmaschine lässt mit ihren weißen Wolken die feierwütigen Menschen für einen kurzen Moment verschwinden und wie immer muss ich von dem Geruch husten.

Als sich der Nebel lichtet, erkenne ich, wie eines der Mädchen, die ihre schlanken Körper auf dem Podest rekeln, immer wieder zu den DJs hinüberschaut und Luftküsschen rüber schickt.

Meine Augen wandern weiter und ich sehe dabei zu, wie Tiago ganz flirty, flirty ein Luftküsschen zurückwirft.

Ich verschlucke mich fast an meinem Cocktail und huste erneut.

Was war das denn, bitte sehr?

Wie vor den Kopf gestoßen, sitze ich da und beobachte dieses Schauspiel, das sich immer mehr zuspitzt. Sie hört gar nicht mehr auf zu winken und wackelt ihm ihren Hintern entgegen, als wäre sie eine läufige Hündin.

Als ich erkenne, dass sie ihn mit Zeichensprache fragt, ob sie zu ihm auf das DJ-Podest kommen dürfe, setzt sich mein Körper wie von allein in Bewegung. Ich drücke mich durch die zappelnden und schwitzenden Menschen, klettere hoch zu Tiago und stelle mich hinter ihn.

Er hat mein Erscheinen noch nicht wahrgenommen und ist mit dem Drücken und Schieben von Knöpfen beschäftigt.

Aus dem Schatten trete ich einen Schritt nach vorne und fange ein erneutes Luftküsschen der Blondine mit dem tief ausgeschnittenen Oberteil auf. Überrascht deute ich mit dem Zeigefinger auf mich und blicke sie fragend an. Dann winke ich ihr tussihaft zurück und werfe auch ihr einen Luftkuss zu. Danach tippe ich Tiago auf die Schulter, der erschrocken herumfährt, und gebe ihm einen Kuss auf die Wange.

Ich spüre den Laserblick der Barbie auf mir. Ihre Augen wirken fast wie zwei wütende Wunderkerzen.

Mit klimpernden Wimpern und einem fetten Grinsen im Gesicht blicke ich sie an.

Sie dagegen klettert unelegant vom Podest und verschwindet zwischen den anderen Partygästen. Innerlich mache ich einen Strike, doch als ich Tiagos Blick sehe, vergeht mir meine Schadenfreude.

Er sieht mich irgendwie ... böse an. Habe ich ihm die Tour vermiest? Ehrlich jetzt? Hallo, ich bin doch deine Freundin!

Ich verstehe zwar nicht, was er sagt, vermute aber, es ist so etwas wie: »Was sollte das?«

Wie als wäre ich mir keiner Schuld bewusst, ziehe ich die Schultern hoch und schaue ihn unschuldig an. Er schüttelt nur seinen Kopf und dreht sich um, um sich wieder seiner Musik zu widmen.

Da ein Gespräch bei der Lautstärke unmöglich ist, gehe ich wieder zurück zur Tanzfläche. Erst überlege ich, ob ich mich betrinken und einfach feiern sollte, doch die Lust darauf ist mir ehrlich gesagt vergangen. Ich gehe wieder nach Hause.

Als Tiago um halb fünf nach Hause kommt, werde ich wach. Er steht in der Tür und sieht auf mich herab.

»Was ist? Wieso siehst du mich so böse an?«

Er macht das Licht im Wohnzimmer aus und kommt ins Schlafzimmer. »Was sollte das vorhin?«

Scheinheilig klimpere ich mit den Wimpern. »Was meinst du?«

»Das war echt unnötig!«

»Dass ich dir den Flirt verdorben habe? Ehrlich jetzt?«

»Sowas gehört dazu, zu meinem Job. Ein bisschen die Ladys anheizen.«

»Und was hattest du dann vor? Mit Blondie auf dem Klo oder im Büro verschwinden?«, sage ich einen Tick zu laut.

Statt zu antworten, grinst Tiago mich nur an.

»Was ist denn so lustig?«

»Du bist eifersüchtig!«

Ach nee, wirklich? Ich schnaufe laut und ziehe mir die Decke über den Kopf.

Das Beben der Matratze verrät mir, dass Tiago sich neben mich ins Bett legt. Seine warme Hand wandert unter meine Decke und gleitet über meinen Bauch.

Überrascht zucke ich zusammen.

»Du musst nicht eifersüchtig sein. Ich bin immer treu und ich liebe dich!«, sagt er und sein nach Zahnpasta riechender Atem kitzelt mich am Hals.

Ich drehe mich um, blicke in seine braunen Augen und erkenne, dass ich ihm jedes Wort glauben kann. Leicht lächelnd beuge ich mich zu ihm hinüber, küsse ihn und werfe die Zudecke über uns beide.

KAPITEL 4

»Tiago hat endlich mal wieder einen freien Tag oder besser gesagt einen freien Abend. Tagsüber war er natürlich schon in der Bar«, sage ich ins Handy und wische mir meine vom Wind zerzausten Haare aus dem Gesicht. »Aber heute Abend ist ein anderer DJ engagiert und Tiago muss nicht vor Ort sein. O Mann, ich freue mich ja so. Ich bin jetzt seit einem Monat hier und er hat zum zweiten Mal einen Abend frei.« Ich halte das Handy kurz von meinem Ohr weg, um zu sehen, wie spät es ist.

»Das ist ja echt blöd, dass er so viel arbeitet. Aber immerhin ist sein Sohn nicht mehr da und ihr könnt wenigstens die Zeit wieder mehr genießen«, sagt Mila. Ihr Freund Piet scheint in der Küche beschäftigt zu sein, denn ich höre Töpfe klappern.

»Ja, das stimmt, auch wenn das wieder ein anderes Thema ist. Jedenfalls freue ich mich auf diesen Abend. Wir sind in dem Restaurant verabredet, wo wir damals dieses unglaublich leckere Fleisch am Spieß serviert bekommen haben. Mir knurrt schon total der Magen.« Bei dem Gedanken an das leckere Essen läuft mir das Wasser im Mund zusammen. Als ich endlich das Restaurant erreiche, seufze ich. »Na toll, Tiago ist noch nicht da.«

»Vielleicht wartet er drinnen auf dich?«, fragt Mila.

Auch durch das Fenster des Restaurants kann ich Tiago nicht entdecken.

»Du, ich muss jetzt leider auflegen, das Essen ist fertig und unsere Serie fängt an.«

Eigentlich habe ich gehofft, die Wartezeit mit Mila gemeinsam überbrücken zu können. »Na gut, ich wünsche euch einen schönen Abend, grüß Piet lieb von mir!«

»Euch auch ganz viel Spaß, genießt eure freie Zeit ordentlich.« Ich sehe sie förmlich vor mir, wie sie anzüglich mit den Augenbrauen wackelt, lege auf und lasse die Schultern sinken. Dafür müsste Tiago erst einmal hier auftauchen. Am besten schicke ich ihm eine Nachricht.

Ich – 20:16
Wo bist du? Warte vorm Restaurant!

Während ich auf dem Gehweg auf und ab gehe, wandert mein Blick immer wieder ungeduldig auf meine Uhr. Im Spiegelbild der Fensterscheibe erkenne ich ein paar herausgelöste Locken und mache mir einen neuen Pferdeschwanz. Ich öffne wieder die Sprach-App und nutze die Wartezeit zum Lernen neuer Vokabeln.

Erneut werfe ich einen Blick auf mein Handy. Nichts, keine Antwort. Auch nach zehn Minuten nicht.

Gerade als ich überlege, mich in die Richtung seiner Bar zu begeben, kommt Tiago angerannt.

Er wird die Verabredung doch wohl nicht vergessen haben und erst nach meiner Nachricht losgerannt sein?

»Hey, du siehst toll aus«, begrüßt er mich und gibt mir einen Kuss.

Typisch, kein Wort über seine Unpünktlichkeit. Ich sollte mich wohl daran gewöhnen, dass das hier so üblich zu sein scheint.

»Gab's noch was Wichtiges in der Bar?«, frage ich, nachdem wir an unserem Tisch Platz genommen haben.

»Ja«, sagt er und winkt ab, »aber alles gut, ich habe alles geklärt. Ich könnte fünf Spieße gleichzeitig verschlingen!« Er klappert mit seinen Zähnen aufeinander und erinnert mich damit stark an Mr Bean. Ich muss lachen und habe meinen Ärger über seine Verspätung schon fast wieder vergessen.

Tiago bestellt für uns und der Kellner serviert uns die saftigsten und leckersten Fleischspieße, die ich je gesehen habe. Es duftet herrlich.

Als der Kellner verschwindet, um andere Tische zu bedienen, nutze ich die Gelegenheit für ein Gespräch. »Es ist so schön, endlich haben wir mal wieder etwas Zeit für uns«, sage ich und lehne mich an seine Schulter. Ich atme seinen süßlich, herben Duft ein, schließe die Augen und spüre, wie er mir einen Kuss auf meinen Kopf gibt.

»Ja, es ist schön. Im Winter wird es ruhiger. Da habe ich frei. Aber du weißt, jetzt im Sommer gibt es hier so viel zu tun.«

Ja, ja, im Winter. Aber der Sommer fängt gerade erst so richtig an, bis zu dieser freien Zeit sind es noch Monate.

Ich seufze.

»Was hast du heute gemacht?«, will er wissen.

»Och, Wäsche gewaschen, aufgeräumt, zwei Bewerbungen geschrieben ...«, zähle ich auf.

»Hast du denn schon Antworten auf deine Bewerbungen bekommen?«

»Ja, zwei Absagen«, gebe ich kleinlaut zu, »aber sonst habe ich noch keine Rückmeldungen erhalten.«

»Wo hast du dich denn überall beworben?«

»Bei einer Immobilienfirma, die eine Betreuung für die deutschen Kunden sucht, dann war da noch eine Anzeige für ein Zimmermädchen. Und jemand suchte einen Pfleger für einen privaten Garten. Sogar als Handmodel habe ich mich beworben. Die suchten auch Fußmodels, mit meinen weißen Flecken habe ich da vermutlich keine Chance, aber ich dachte, meine Hände sehen ganz gut aus.«

Tiago nimmt meine Hand und dreht sie vor sich hin und her, bevor er einen Kuss darauf drückt. »Du hast die schönsten Hände, die ich kenne und auch deine Beine sind einzigartig.«

Ich lache. »Schleimer!« Insgeheim freue ich mich unendlich, dass er meine Pigmentstörung nicht schlimm findet. Ich habe auch wirklich Glück, dass die Flecken im Laufe der Zeit unauffälliger geworden sind.

Als unsere Teller leer und die Bäuche gefüllt sind, spüre ich in meinem Unterleib ein Ziehen. Bekomme ich endlich meine Tage? Ob ich Tiago sagen sollte, dass ich überfällig bin?

Doch der Abend ist zu schön und kostbar. Das letzte Mal war es auch falscher Alarm und ich möchte keine unnötige Diskussion führen. Wahrscheinlich haben der Unfall und der Stress in den letzten Wochen meinen Körper einfach durcheinandergebracht.

»Ich muss mal, renn nicht weg!«, sage ich daher, um nachzusehen, ob ich mir vielleicht schon völlig umsonst den Kopf zerbreche.

»Ok, ich gehe raus zum Rauchen.« Ich verziehe das Gesicht, denn ich hasse Rauchen und mag es gar nicht, dass Tiago so dieser Sucht verfallen ist. Aber da kann ich ihm auch nicht reinreden, immerhin passt er immer gut auf, dass ich nicht von seinem Rauch eingenebelt werde und nimmt danach gleich einen Kaugummi.

Als ich von dem WC zurückkomme, steht Tiago noch draußen und zieht an seiner Zigarette, mit der anderen Hand hält er sein Handy ans Ohr.

Ich setze mich an den Tisch und nippe an meinem Rotwein, der mir aber irgendwie gar nicht mehr schmeckt. Kurz darauf betritt auch Tiago wieder das Restaurant.

»Ich dachte mir, wir ...«, setze ich an, doch ich komme nicht weiter, weil Tiago mich unterbricht.

Er deutet auf sein Handy. »Das war Max, ich muss zur Bar, der DJ hat gerade abgesagt.«

Als er meinen enttäuschten Blick auffängt, fügt er sanft hinzu: »Es tut mir leid.«

»Könnt ihr nicht einen Ersatz finden?«, frage ich schlecht gelaunt und schiebe meine Unterlippe vor. Ich habe mich doch so auf einen romantischen Abend mit Tiago gefreut und nun versetzt er mich wieder einmal wegen seiner Arbeit. So habe ich mir das nicht vorgestellt.

»Ich bin der Ersatz!« Tiago trinkt sein Glas in einem Zug aus, legt einen Geldschein auf den Tisch, drückt mir einen Kuss auf die Wange und läuft aus dem Restaurant hinaus auf die Straße.

Ich lehne mich zurück, zerknülle die Serviette in meiner Hand und lasse sie auf meinen Teller fallen.

Und was mache ich jetzt? Er hat nicht mal gefragt, ob ich mitkommen möchte.

Mit einem Mal wird mir die Luft im Restaurant zu stickig. Ich fühle mich so vollgefuttert, dass die Essensgerüche jetzt nur noch Übelkeit in mir hervorrufen. Schnell springe ich auf, renne zum Ausgang und versuche, Tiago noch einzuholen. Als ich auf den Gehweg trete, schaue ich in die Richtung, in die er verschwunden ist, und scanne die belebte Straße. Doch er ist bereits nicht mehr zu sehen.

KAPITEL 5

Meine Laune ist im Keller. Langsam gehe ich nach Hause und beobachte die lachenden Touristen, die durch die bunte Straße strömen. Ihre sonst so ansteckende Lebensfreude reißt mich heute nicht mit.

Zuhause schließe ich die Tür auf und spüre in mir trotz des gut gefüllten Magens eine merkwürdige Leere. Als ich mich auf die Couch fallen lasse, lande ich auf etwas Hartem und ziehe es hervor – die Mouse von meinem Laptop, dessen Display auch gleich aufleuchtet.

Mila ist gerade online.

Wie gut, ich muss unbedingt mit jemandem reden. Kurzerhand rufe ich sie per Videochat an und lausche dem Tuten.

»Hallo Süße!«, begrüßt sie mich auch schon lachend, doch sofort wird ihre Miene ernst. »Was ist los? Du siehst nicht gerade glücklich aus. Wieso bist du überhaupt schon wieder zu Hause?«

»Ach, unser Abend ist schon wieder vorbei. Ein Anruf und schon ist er wieder zur Arbeit gerannt. Tag und Nacht ... nur Arbeit, Arbeit, Arbeit.«

»Was? Das gibt's ja wohl nicht! Du solltest ihm unbedingt mal die Meinung flöten! Sowas macht man doch nicht! Warum bist du nicht zu ihm in die Bar gegangen?«

»Geigen.«

»Hä? Was?«

Ich sollte es aufgeben, Mila über ihre falschen Redewendungen aufzuklären. »Ach, nichts. Ich soll in die Bar gehen, damit ich mir ansehen kann, wie er mit fremden Schönheiten flirtet? Nee, danke!« Ich verschränke die Arme vor meiner Brust und lehne mich wie ein trotziges Kind nach hinten.

»Ist nicht dein Ernst! Das macht er?« Milas Augen sind vor Entsetzen geweitet.

»Angeblich gehört es dazu, seine Gäste anzuheizen. Ich mag das überhaupt nicht. Auch wenn ich nicht glaube, dass er mich betrügen würde. Ich hasse das!«

»Verständlich, würde mir auch so gehen.«

Es tut so gut, sich mal bei einer Freundin ausheulen zu können.

»Außerdem ...«, setze ich an, traue mich dann aber doch nicht, es auszusprechen.

»Was? Ist noch etwas?«

»Naja, ich weiß nicht, bestimmt mache ich mir völlig unnötig ..., ach, ich weiß auch nicht ...«

»Jetzt stottere nicht so rum. Raus mit der Sprache!«

»Ich bin überfällig«, platze ich heraus.

Da ist die sonst so redselige Plappertante auf meinem Bildschirm plötzlich leise.

»Hallo?«, frage ich nach einigen Sekunden des Stillschweigens und bewege die Maus schnell hin und her, als wenn ich so prüfen könnte, ob die Verbindung abgebrochen ist.

Aber dann bewegt sich ihr Kopf doch wieder.

»Äh, sorry. Meinst du, du bist schwanger? Habt ihr denn nicht verhütet?«, fragt Mila mich und klingt ziemlich entsetzt.

Na toll, wenn schon meine beste Freundin so schockiert ist, wie wird dann erst Tiago reagieren?

»Ich weiß es nicht und natürlich haben wir verhütet. Allerdings nur mit Kondomen. Aber es sind ja auch erst ein paar Tage, vielleicht mache ich mir ganz umsonst Gedanken.«

»Kauf dir doch einfach einen Test«, schlägt Mila ganz pragmatisch vor. Ich weiß, dass sie und Piet keine Kinder haben möchten. Für sie gibt es da gar keine Frage. Ich dagegen wollte immer Kinder haben. Damals mit Alex. Und jetzt? Mit Tiago? Will er das überhaupt?

»Und wenn er positiv ist? Dann habe ich es schwarz auf weiß.«

»Oder du weißt, dass du dir keine Sorgen mehr machen musst.«

Ja, das stimmt auch wieder, aber irgendwie kann ich mich nicht wirklich dazu aufraffen, einen Test zu holen. Lieber verdränge ich den Gedanken daran und warte, bis sich von allein zeigt, was Sache ist.

Um erst mal von meinen Problemen abzulenken, frage ich Mila: »Was gibt's denn bei euch Neues? Alles gut?«

Was war das? Etwas Längliches hat sich vor der Kamera kurz bewegt. Das wird doch wohl nicht ...

»Äh, ja, da gibt es tatsächlich etwas Neues beziehungsweise jemand Neues. Komm mal her, sag Hanna guten Tag!«

Ein süßes getigertes Katzengesicht schaut mich durch die Kamera an. Das Pfötchen winkt sogar kurz, doch dann zieht sich die Katze aus Milas Griff und hopst davon.

»Ihr habt euch eine Katze geholt? Echt jetzt?«

Ich habe immer gedacht, dass Mila und Piet keine Kinder möchten, heißt auch, dass sie für nichts und niemanden die Verantwortung übernehmen möchten.

Die Katze überrascht mich dann doch.

Plötzlich ist die Verbindung unterbrochen. Mehrere Versuche, das Gespräch wiederherzustellen, scheitern und wir schreiben weiter über WhatsApp.

Mila – 21:48
Naja, wir haben Jesus nicht explizit angeschafft, ich habe ihn gefunden. Er wurde ausgesetzt und hat ganz jämmerlich vor dem Balkon gemauzt. Da habe ich ihn mitgenommen und gefüttert. Und er scheint sich hier sehr wohlzufühlen.

Ich – 21:48
Jesus? Echt jetzt? Ich hoffe, ihr bekommt wirklich niemals Kinder.

Mila schickt mir einen bösen Smiley und ich muss lachen. Wir schreiben noch eine Weile hin und her und tauschen uns über den neuesten Tratsch auf Milas Arbeit aus, bis ich vom Gähnen übermannt werde und ins Bett verschwinde.

Zwei Tage später sitze ich mit Tiago am Frühstückstisch. So langsam werde ich unruhig, denn meine Regel habe ich bisher noch nicht bekommen. Schlecht gelaunt schlürfe ich meinen Schoko-Cappuccino, mein Toast lasse ich unberührt auf dem Teller liegen.

»Ist es immer noch wegen neulich Abend?«, will Tiago wissen und beißt in sein Brötchen.

Ich zucke mit den Schultern und schweige.

»Es ist nun mal mein Job, ich bin der Manager der Bar und muss halt immer herhalten, wenn etwas schiefläuft. Daran solltest du dich gewöhnen. Das ist nun mal leider so und der Laden ist mir echt wichtig. Wir brauchen dringend das Geld.«

»Ja, ich weiß. Aber wir sehen uns viel zu wenig. Und das ist es auch gerade nicht, warum ...« Ich nage an meiner Unterlippe und versuche, seinem Blick auszuweichen.

»Was ist los?« Tiago hebt mit dem Zeigefinger mein Kinn hoch und schaut mir direkt in die Augen. Oh, wie ich diese Augen liebe. Sie zeigen mir so viel Geborgenheit und Zuneigung. »Ist es wegen deiner Jobsuche? Brauchst du Hilfe? Soll ich mich mal umhören?« Seine Hand streicht zärtlich über meine Wange und mit einem Mal kann ich es nicht mehr für mich behalten. Meine Sorgen drücken mir so sehr auf den Magen und wollen aus mir heraus: »Ich ...« Ich mache eine Pause, denn mir fallen nicht die richtigen englischen Vokabeln ein. »Es könnte sein, dass ich schwanger bin.«

Seine Hand rutscht von meinem Gesicht und fällt mit einem lauten Knall auf den Küchentisch. Das Geräusch schallt noch lange in meinen Ohren nach und mit jeder Welle zieht sich mein Herz mehr zusammen.

Ähnlich entsetzt wie Mila neulich sieht er mich an.

Genau vor so einer Reaktion hatte ich Angst.

»Wie?«, fragt er nur.

Ich zucke die Achseln und mein Kopf ist wie leergefegt.

Er lässt sich nach hinten fallen, reibt seine Hände über das Gesicht und schüttelt dabei immer wieder den Kopf.

Ich merke, wie meine Augen feucht werden, stehe auf und flüchte auf den Balkon, wo ich mir hastig die Tränen aus dem Gesicht wische.

Wenig später kommt Tiago mir nach. »Ich habe doch schon einen Sohn«, stammelt er rum.

»Ja? Und? Heißt das, du willst keine Kinder mehr?«

Ein verräterisches Zucken huscht über sein Gesicht, was mir als Antwort reicht.

»Und was ist mit mir? Was, wenn ich Kinder möchte?«

»Ich glaube, es ist zu früh, darüber zu reden.«

»Ach ja? Und was, wenn es schon passiert ist?«

»Mach doch erst mal so einen Test«, sagt er und nach einer Pause fährt er fort: »Als Diego hier war, habe ich gemerkt, dass es ziemlich schwierig ist, alles unter einen Hut zu bekommen. Meinen Job, Diego, du. Du hast ja nicht mal Arbeit. Und Kinder kosten jede Menge Geld.«

Enttäuscht wende ich mich ab. »Dein Job, dein Job, dein Job ... Zählt nur deine Bar? Und Diego reicht dir? Den du nie siehst? Oder hoffst du darauf, dass du mit seiner Mutter wieder zusammenkommst?«

Tiago sieht mich merkwürdig an, drückt seine gerade erst angezündete Zigarette aus und tippt sich mit dem Finger an die Stirn. Dann dreht er sich um, greift seine Zigarettenschachtel und verlässt die Wohnung.

Verdattert blicke ich ihm nach. Als mir klar wird, dass er mich einfach stehengelassen hat, kann ich meine Enttäuschung nicht mehr verstecken. Tränen laufen heiß über meine Wangen. Das Gefühl der Geborgenheit ist verschwunden, es bleiben Hilflosigkeit, Einsamkeit und Wut.

Als sich wenig später meine Blase bemerkbar macht, gehe ich auf die Toilette. Just in diesem Moment entdecke ich die verräterische Spur in meinem Slip. »Danke Körper, hättest du mir das nicht ein paar Stunden eher mitteilen können?«, schimpfe ich mich selber aus. Warum habe ich meine Klappe nicht halten können? Wie befürchtet, habe ich völlig umsonst so einen Wirbel um das Thema gemacht und diesen Streit provoziert. Auch wenn mein Kinderwunsch nach wie vor in mir pocht, jetzt ist definitiv noch nicht der richtige Zeitpunkt dafür. Das hat sich mit dieser Auseinandersetzung gezeigt.

Mit Tiago werde ich irgendwann in Ruhe sprechen müssen, wie seine Pläne für die Zukunft aussehen. Ich habe ihm vermutlich nur vor den Kopf gestoßen. Damit hat er einfach nicht gerechnet.

Ich muss wieder die Pille nehmen. Also schreibe ich Tiagos Schwester eine Nachricht, ob sie mit mir zum Frauenarzt gehen könne. Mit Patricia verstehe ich mich zum Glück echt gut, die anderen beiden Schwestern habe ich seit der Geburtstagsfeier an meinem ersten Abend hier nicht mehr gesehen. Aber Patricia hat Diego öfter betreut und so haben wir unsere Nummern ausgetauscht und schreiben uns ab und zu. Sie ist mir hier eine große Stütze geworden.

Kurz nachdem ich die Nachricht abgeschickt habe, vibriert das Gerät in meinen Händen. Ein Anruf mit unbekannter Nummer leuchtet auf dem Display auf und ich nehme das Gespräch an. Eine männliche Stimme quasselt auf Portugiesisch los.

Ich verstehe kein Wort, unterbreche den Anrufer und frage, ob er auch Englisch oder Deutsch sprechen könne. Da ich nur ein Knacken in der Leitung höre und daraufhin ein Besetztzeichen in mein Ohr piept, deute ich das als ein Nein.

Verdammt, das war bestimmt jemand, der sich auf meine Bewerbung hin gemeldet hat. Aber dort steht drin, dass ich nur Englisch und Deutsch spreche. Deprimiert starre ich auf das Handy in meiner Hand und seufze. Die Jobsuche hier in Portugal – vor allem ohne Sprachkenntnisse – gestaltet sich schwieriger, als ich gedacht habe. Ich habe zwar nach meiner Kündigung eine gute Abfindung erhalten, aber ich sollte, wenn ich länger hierbleiben möchte,

endlich einen Job finden, sonst bekomme ich keine Aufenthaltsgenehmigung.

Ich überlege, was ich vor dem Anruf erledigen wollte.
Nachdem ich den Raum noch einmal verlasse und erneut
betreten habe, fällt es mir wieder ein. Ich muss mich bei Tiago
melden und versuche, ihn telefonisch zu erreichen. Doch da
er nicht rangeht, entschuldige ich mich bei ihm mit einer
WhatsApp-Nachricht und gebe Entwarnung. Er antwortet
einige Minuten später mit einem knappen: »Ok«.

Zwei Tage später liege ich im Bett und genieße das Nichtstun,
während Tiago neben mir noch tief und fest schläft.

Das Display meines Smartphones blinkt aufdringlich und
ich schleiche schnell aus dem Schlafzimmer, bevor ich das
Gespräch annehme.

Ein Mann, der gebrochen Deutsch spricht, lädt mich zu
einem Probeshooting ein, daher gehe ich davon aus, dass es
sich um meine Handmodel-Bewerbung drehen muss. Aufgeregt notiere ich mir die Zeit sowie die Adresse auf einem
Zettel und sehe mich schon als Berühmtheit in der Werbebran-
che für Handcremes – abgelichtet in sämtlichen Zeitschriften
Portugals. Ich lege auf, hopse auf der Stelle und jauchze auf
vor Freude. Mit tanzenden Bewegungen hebe ich meine
Hände und betrachte sie aufmerksam. Entsetzt muss ich
feststellen, dass ich meine Handpflege in der letzten Zeit sehr
vernachlässigt habe. Schnell greife ich wieder zu meinem
Handy und schreibe Patricia eine Nachricht:

Ich – 09:45
Brauche dringend einen Termin für eine Maniküre, habe
heute ein Probeshooting als Handmodel.

Patricia – 09:46

Oh, cool. Meine Freundin Catarina macht so etwas, ich frage mal, ob du da vorbeikommen kannst.

Dann dusche ich erst einmal sehr ausgiebig, auch der Rest meines Körpers soll ja schließlich gepflegt und vorzeigbar sein. Wer weiß, vielleicht ... Mein Handy vibriert erneut.

Patricia – 10:12

Du hast Glück, um vierzehn Uhr ist ein Termin frei. Ich schicke dir gleich noch die Adresse.

Ich – 10:17

Perfekt, vielen Dank. Du bist ein Schatz.

Was zieht man zu so einem Anlass an? Der Blick in meinen Kleiderschrank ist ernüchternd. Ich brauche dringend neue Klamotten, die biederen Bürooutfits, die ich zu Hause getragen habe und die hauptsächlich aus Jeans- oder Stoffhosen mit T-Shirts bestanden, sind eindeutig zu langweilig und zu warm. Aber auch da weiß Patricia einen Rat und nennt mir die Läden, in denen sie einkaufen geht. Da sie gerade arbeitet, kann sie mich leider nicht begleiten und so begebe ich mich allein auf Shopping-Tour.

Zwei Stunden später laufe ich mit ein paar gefüllten Tüten nach Hause und bin mit meiner Ausbeute zufrieden. Mehrere schöne, luftige Kleider und auch etwas Eleganteres für Vorstellungsgespräche sowie ein paar schwarze Ballerina-Schuhe konnte ich ergattern.

Tiago ist nicht mehr im Bett und auch sonst nirgends zu entdecken. Sicherlich wird er bereits in der Bar sein.

Nach einer zweiten Dusche ziehe ich mir das neue graue Kleid an und betrachte mich lächelnd im Spiegel. Nachdem ich mein Make-up aufgefrischt habe, muss ich auch schon los zur Maniküre.

Das Studio liegt nicht weit entfernt von der Adresse, wo das Shooting stattfinden soll, und so mache ich mich zu Fuß über die palmengesäumte Straße auf den Weg dorthin.

Die Sonne lacht und mich packt sofort dieses Urlaubsfeeling, doch obwohl ich mich heute um eine Arbeit bemühen muss, schmälert dies nicht meine gute Laune. In einer abgelegenen Seitenstraße, in der kein Mensch zu sehen ist, hüpfe ich beschwingt und pfeife eine fröhliche Melodie vor mich hin.

Es ist das erste Mal, dass ich zu einer Maniküresitzung gehe. Catarina begrüßt mich freundlich und rät mir zu einem unauffälligen Nageldesign. Ich komme mir zwar ganz schön komisch dabei vor, wie mir die Hände massiert, geknetet und eingecremt werden, aber es ist sehr angenehm und entspannend. Daran könnte ich mich tatsächlich gewöhnen. Wenn ich den Job bekomme, werde ich diesen Service auch öfter in Anspruch nehmen müssen.

Nach den Händen sind die Nägel an der Reihe: feilen, polieren und lackieren. Das Ergebnis kann sich durchaus sehen lassen.

Glücklich verlasse ich das Studio und mache mich auf den Weg zu der Adresse auf meinen Zettel. Ich liege super in der Zeit und so muss ich auch nicht hetzen, was ziemlich untypisch für mich ist.

Vor einem Wohnhaus vergleiche ich noch einmal die Hausnummer mit der Zahl auf meinem Zettel und bin etwas verdutzt. Ich hatte ein Bürogebäude oder einen Laden erwartet, kein Einfamilienhaus, doch die Ziffern stimmen eindeutig überein. Mit meinem Taschenspiegel kontrolliere ich noch einmal, ob Haare und Schminke noch so sind, wie sie sein sollten, dann drücke ich mit zittrigen Fingern auf den Klingelknopf und warte.

Es dauert eine Weile und gerade, als ich denke, ich wäre doch bei der falschen Adresse gelandet, wird die Eingangstür aufgerissen.

KAPITEL 6

Ein Mann, ich würde sagen, er ist Mitte vierzig, mit einem bis zur Hälfte aufgeknöpften Hawaii-Hemd und schmalzigen Haaren, die ihm ins Gesicht fallen und ihm vermutlich einen jungenhaften Touch verleihen sollen, empfängt mich. Er reißt überschwänglich die Arme auseinander, als würde er erwarten, dass ich ihm um den Hals falle, und sagt etwas auf Portugiesisch zu mir, aber als er merkt, dass ich es nicht verstehe, schwenkt er zu gebrochenem Deutsch über.

Meinen ersten Impuls, wieder umzudrehen und abzuhauen, ignoriere ich und gehe mit dem Mann ins Haus.

Er legt die Hand um meine Schulter und plappert drauf los. »Hallo, Hanna! Schöne, dass du da bist. Ich bin Miguel. Heute ist herrlicher Tag für Fotos, wir am besten geh'n auf die Terrasse, dort, wo bessere Licht ist.« In der Küche bietet er mir etwas zu trinken an, aber als er eine Flasche Sekt hochhält, schüttele ich den Kopf.

»Ich nehme lieber ein stilles Wasser.«

»Sicher? Gut, gut, stille Wasser, kommt sofort.« Er stellt das Glas auf den Tisch, danach nimmt er meine Hände in die seinen und dreht und wendet sie, ähnlich wie ich es heute früh getan habe.

Erschrocken weiche ich einen Schritt zurück. Irgendwie ist mir dieser schmierige Kerl etwas unheimlich. Skeptisch folge ich ihm nach draußen. Als er mich auf die Terrasse führt, entdecke ich das professionelle Fotoequipment und atme erleichtert auf, weil es sich hier tatsächlich um einen professionellen Fotografen handelt. Eine große Spiegelreflexkamera und diverse Zubehörteile liegen auf dem Tisch. Für die Beleuchtung sind auch schon die Utensilien aufgebaut.

»Gut, verlieren wir keine Zeit, fangen wir gleich an«, sagt Miguel und zeigt mir einige Posen, die ich mit meinen Händen machen soll. Danach gibt er mir eine Tube teuer aussehende Handcreme , die ich gekonnt in die Kamera halte.

»Wunderbar!"«, »Perfekt!«, »Grandios!«, ruft er dabei immer wieder.

Ich muss kichern, wie sehr er sich über gut in Form gestellte Hände freuen kann. Danach reicht er mir noch ein paar weiße Handschuhe und ich soll damit noch ein wenig die Tube hin- und herdrehen. Langsam macht mir das Ganze sogar Spaß.

»Jetzt wir brauchen ein andere Outfit.« Miguel deutet auf einen Paravent. Zögerlich stehe ich auf und gehe hinter den Sichtschutz, wo verschiedene Kleidungsstücke in einer Kiste liegen.

»Das rote Oberteil, bitte sehr.«

Es liegt obenauf und ich greife es, um es genauer zu betrachten. Jetzt bereue ich, dass ich ein Kleid angezogen habe. Auf so etwas war ich nicht vorbereitet. Hier ist keine passende Hose zu finden, nur Oberteile. Wie soll ich das Shirt anziehen, wenn ich untenrum keine Hose habe? Aber es geht ja um meine Hände, nicht um mein Outfit. Also lasse ich mein Kleid auf die Hüften runtergleiten, ziehe mir das rote, eng anliegende Teil an und höre, wie Miguel einige Male auf den Auslöser seiner Kamera drückt. Leider kann ich keinen Gürtel finden und so muss ich mein Kleid umständlich festhalten, als ich hinter dem Paravent hervortrete.

»Wunderbare, das isse fantastisch«, ruft Miguel mit leuchtenden Augen. »Nimm die Creme und stelle dich vor die Hecke.«

»Äh, ich habe keine Hose. Ich kann das nicht im Stehen machen«, sage ich und würde am liebsten wegen meiner eigenen Dummheit im Boden versinken.

»Das ist nicht schlimm. Lasse einfach weg. Auf Foto ist das nicht zu sehen.« Ich versteife mich. Soll ich mich jetzt wirklich nur in Unterhose, genauer gesagt im Tanga vor diesen Typen stellen? Aber wenn ich den Job haben möchte, muss ich das abliefern, was gefordert wird. Ich sollte mich nicht so anstellen, ich bin schließlich nicht bei Heidi Klum und soll mich nackt ablichten lassen. Und am Strand liege ich ja auch nur im Bikini. Daher steige ich aus meinem Kleid und lege es auf einen Stuhl, dann drehe ich mich um und gehe zu der Hecke mit den großen roten Blüten, die ziemlich genau den gleichen Farbton haben wie mein Shirt.

Miguel nimmt eine heruntergefallene Blüte und steckt sie mir ins Haar und grinst schleimig. Er tänzelt mit der Kamera um mich herum und gibt mir weitere Anweisungen, denen ich folge, so gut ich kann. Zwischendurch macht er eine Pause und schaut sich die bereits geschossenen Fotos mit der Kamera an. Ich habe dabei sogar ganz vergessen, dass ich keine Hose mehr anhabe, so viel Spaß macht mir das Shooting.

»Darf ich auch mal sehen?«, frage ich, doch Miguel winkt ab.

»Später, später. Wir müssen weiter machen. Das Licht verändert sich sonst so sehr. Und jetzt zieh das Rote aus.«

Entsetzt blicke ich Miguel an und frage: »Was?«

Doch Miguel starrt wieder auf das Display seiner Kamera und antwortet nicht.

Daher frage ich etwas lauter: »Was soll ich jetzt anziehen?«

Er sieht auf und kneift die Augenbrauen zusammen. »Ich brauche Bilder mit viele Haut«, sagt er und deutet auf ein Klemmbrett, mit einigen Zetteln, wo offenbar die Vorgaben von Auftraggebern aufgelistet sind.

Ich schüttele den Kopf.

Miguels Blick verfinstert sich. »Wenn wir jetzt abbrechen, alles war umsonst. So bekommen wir keine Auftrag.«

Davon war aber nie die Rede gewesen. Soll ich mich jetzt wirklich in Unterwäsche vor diesem Kerl hinstellen?

Bikini, stell dir einfach vor, es wäre ein Bikini, sage ich mir leise.

Ich streife das Shirt ab und werfe es auf eine Stuhllehne. Als ich mich zu Miguel umdrehe, fange ich seinen wenig begeisterten Blick auf.

»Das Ding da, das geht nicht.« Er deutet auf meinen BH und ich folge seinem Blick. Der BH ist nicht der Schönste, aber auch nicht wirklich hässlich.

»Das muss weg.« Er fasst einen Träger an und lässt ihn zurück auf meine Schulter schnippen.

Autsch. Als ich mich nicht bewege und ihn einfach weiter fassungslos anstarre, schüttelt er den Kopf und sagt: »Gut, dann muss ich mir eine neue Model suchen.« Er reißt sich das Band der Kamera über den Kopf und dreht sich weg, um zum Tisch zurückzugehen.

»Ok, ich mache es«, rufe ich, weil ich plötzlich Angst habe, meine Chancen würden sofort auf null sinken. Schließlich möchte ich Geld verdienen und hier in Portugal bleiben.

Ich ziehe den BH aus und halte meine Hände schützend vor mich.

Miguel dreht sich breit grinsend um und murmelt etwas, das klingt wie: »Na, geht doch!«

Er öffnet einen silbernen Koffer, der am Boden steht, und drückt mir eine Flasche Nagellack in die Hand. Ok, offenbar ein Produktwechsel. So gut ich kann, verdecke ich meine Brust mit einer Hand und versuche, den Nagellack mit der anderen Hand hübsch zu präsentieren. Doch irgendwann fordert Miguel eine Pose von mir, in der ich beide Arme hochhalten soll. Ich merke, wie mir die Hitze in die Wangen steigt und komme langsam seiner Aufforderung nach.

»Du haste wundervolle Brüste, musst du doch nicht verstecken«, sagt er und zwinkert mir zu. Bei Tiago hätte mich diese Geste zum Schmelzen gebracht, doch Miguel hat da eine ganz andere Wirkung auf mich. Ich fühle mich begafft und außerdem habe ich das Gefühl, dass er nicht mehr das Augenmerk auf den Nagellack in meinen Händen hat, sondern mit der Kamera etwas tiefer knippst. Auf die Bilder bin ich gespannt.

»Stelle dich einmal so hin«, gibt er die nächste Anweisung und ich versuche, diese nachzuahmen.

Doch Miguel scheint damit nicht zufrieden zu sein. Er kommt zu mir, tritt hinter mich, nimmt meine Arme und hält sie so, wie er offenbar meint, es mir gezeigt zu haben. Ich spüre seinen warmen und nach Nikotin riechenden Atem in meinem Nacken. Sein aufdringliches Parfüm nimmt mich wie eine Wolke gefangen, langsam wandern seine Hände an meinen Armen hinunter und umfassen meine Brüste.

Wie eine Eisfigur erstarre ich und traue mich nicht mehr, zu atmen.

Er knetet meine Brüste und stöhnt dabei auf.

Ich merke seine Erregung durch seine Hose hindurch an meiner nackten Haut. In dem Moment realisiere ich, dass hier etwas ganz faul ist.

Miguel schnauft und murmelt leise: »Wie weich deine Haute ist. Und dann diese Duft.«

Ich lasse den Nagellack aus meiner Hand fallen. Das Fläschchen zerbricht sofort und die pinke Farbe verteilt sich auf dem Boden der Terrasse.

Miguel flucht einen unverständlichen Ausruf und ich nutze den Moment der Ablenkung und renne zu dem Stuhl, auf dem mein Kleid liegt. Hastig ergreife ich es und schnappe mir meine Handtasche. Miguel folgt mir. Ohne weiter nachzudenken, laufe ich ins Haus.

»Warte, ich bin noch nicht fertig mit dir!«, ruft er. Er ist schnell.

An der Eingangstür drücke ich die Klinke herunter und knalle gegen das dicke Holz. *Verdammt.* Sie ist verschlossen. Die Wucht des unerwarteten Aufpralls lässt mich aufjaulen und ich reibe mir den schmerzenden Arm.

Im nächsten Augenblick spüre ich auch schon wieder seine widerlichen Finger auf meiner Haut. Ich ducke mich, doch damit habe ich keinen Erfolg. Seine Hände scheinen überall an meinem Körper zu sein. Mit dem Fingernagel pike ich ihm in den Knöchel und boxe ihm mit der Faust in seine Weichteile, die gar nicht weich sind, wie ich erneut feststelle. Der Kerl hat offenbar eine Dauererregung und heute wirklich noch etwas mit mir vor.

Ich haue kräftiger zu und diesmal habe ich Erfolg.

Er lässt einen Moment mit einem schmerzerfüllten Auf-schrei von mir ab, was ich nutze, um mich an ihm vorbei zu schieben, und renne die Treppe hinauf.

Auf der Hälfte der Stufen höre ich jedoch, dass er mir schon wieder auf den Fersen ist.

Oben reiße ich die erste Tür auf und bin erleichtert, dass es das Bad mit einer verschließbaren Tür ist.

Mit flinken Fingern drehe ich an der Schließvorrichtung, die erst ein wenig klemmt, dann aber doch die Tür verriegelt.

Außer Atem lehne ich mich von innen gegen die Tür und überlege, was ich nun tun soll.

Miguel tritt von außen dagegen und ich bete, dass sie standhält.

Ich krame in meiner Tasche und hole mit zittrigen Händen mein Handy heraus. Tiago hat mir eine WhatsApp-Nachricht geschickt. Ohne sie zu lesen, nehme ich eine Sprachnachricht auf.

»Tiago, Hilfe, ein Fotograf … er will … ich weiß auch nicht.«

Ich sauge immer noch gierig Luft in meine Lungen.

Das Trommeln an der Tür wird kräftiger. »Hol mich hier raus«, rufe ich panisch, sende die Nachricht ab und schicke noch meinen Standort hinterher.

Die Tür macht mir Sorgen. So stabil, wie ich dachte, scheint sie nicht zu sein. Miguel donnert wieder und wieder gegen das Holz, so dass die Schließvorrichtung schon knirscht.

Nach einem Ausweg suchend, scannen meine Augen das Bad ab. Das Fenster! Ich bin zwar in der ersten Etage, aber einen anderen Ausweg gibt es hier nicht. Ich reiße das Dachflächenfenster auf und werfe mein Kleid und meine

Tasche hinunter, dann klettere ich auf den Rand des Fensters und gerate ins Wanken. Hallo, Höhenangst. Was habe ich mir bloß dabei gedacht, hier hoch zu rennen? Da komme ich doch niemals lebend runter.

Ich rutsche wieder zurück ins Badezimmer. Neben der Tür steht eine Kommode. Mit einem ekligen Quietschen ziehe ich sie über die Fliesen vor die Tür. Ein weiteres Hindernis, sollte der Scheißkerl die Tür doch aufbekommen.

Ein Fach der Kommode öffnet sich und ich entdecke einige Saunahandtücher darin. Ich schicke einen Dankesruf in den Himmel, reiße drei der riesigen Tücher heraus und verknote sie. In Filmen machen die das doch auch immer so. Ich binde das eine Ende an die Heizung unter dem Fenster und ziehe probehalber daran, ob das auch wirklich tragfähig ist.

Das Poltern gegen die Tür wird immer lauter und klingt inzwischen so, als würde er mit einem schweren Gegenstand auf die Tür einprügeln.

Bevor ich ein zweites Mal auf den Rand des Fensters klettere, atme ich tief ein. Ich versuche, die Angst weit wegzuschieben und nicht daran zu denken, wie hoch ich bin.

Was dich sonst erwartet, ist viel, viel schlimmer.

Meine Hände sind so feucht, dass ich befürchte abzurutschen, bevor ich mein Handtuchseil überhaupt richtig zu fassen bekomme. Ich klettere bis zur Kante des Daches nach unten und stelle entsetzt fest, dass die Handtücher nicht mal ansatzweise bis zum Boden reichen. Hätte ich doch nur ein viertes Tuch drangeknotet.

Hinter mir ertönt ein lautes Krachen.

Zurückklettern ist keine Option mehr. Die Tür hat offenbar nicht mehr standgehalten.

Beim Versuch mich abzuhangeln, ratsche ich mir an der Regenrinne den Bauch auf. Zischend ziehe ich die Luft ein, als der Schmerz mich überrascht.

Ich höre wildes Fluchen und es poltert. Er scheint den Raum betreten zu haben und kämpft nun gegen die sperrige Kommode.

Ich halte mich krampfhaft an den Handtüchern fest und verlasse das Dach. Gerade als ich mit meinem Kopf unter der Regenrinne verschwinde, sehe ich noch den zornigen Blick des Mannes, der mir den freundlichen Fotografen vorgespielt hat.

Die Kraft in meinen Armen lässt schnell nach. Mein Herzschlag hämmert in meinen Ohren. Ich rutsche an dem Handtuch entlang, bis zum Knoten des letzten Tuchs.

Meine Hände brennen wie Feuer. Als ich am letzten Zipfel hänge und meine Beine in der Luft baumeln, scheint der Boden noch unendlich weit entfernt.

Ich kann nicht einfach loslassen, ohne Verletzungen in Kauf zu nehmen.

Mein Rettungsseil wackelt und ich schaukele hin und her. Der Kerl versucht offenbar mich wieder hochzuziehen. Glaubt der, er wäre Hulk?

Doch dann geht es abwärts, ohne dass ich etwas mache. Erst befürchte ich, er durchtrennt das Handtuch mit einem Messer, aber dann erkenne ich, dass sich der letzte Knoten löst. Kurz darauf spüre ich dieses bodenlose Kribbeln in meinem Bauch.

Ich falle.

KAPITEL 7

Mit einem dumpfen Laut lande ich im Gras. Mein Hintern und die Handgelenke schmerzen.

Der Sturz war nicht sehr tief, das war mein Glück, doch trotzdem habe ich mir einige Schürfwunden zugezogen. Kurz wird mir schwarz vor Augen, doch dann fällt mir Miguel wieder ein, der hinter mir her ist. Sicher wird er auch auf die Idee gekommen sein, dass ich hier unten leichter einzuholen bin.

Ich springe auf, greife mein Kleid und meine Tasche und renne auf den Gehweg.

Ich laufe rechts lang, halte mir dabei irgendwie schützend mein Kleid vor den Körper, damit ich nicht komplett entblößt durch die Gegend laufe. Kein Mensch ist auf der Straße zu sehen. Kein Auto, kein Fußgänger, keine Hilfe …

Hinter mir höre ich Schritte.

Nicht umdrehen, nur laufen. Laufen, laufen, laufen …

»Hanna!«

Nein, nicht umdrehen!

Er darf mich nicht noch einmal in die Finger bekommen.

Meine Lungen brennen so sehr, dass ich das Gefühl habe, keine Luft mehr zu bekommen.

Ich höre eine Autotür zuklappen und einen Motor aufheulen.

Folgt er mir jetzt mit einem Wagen?

Ich muss schneller werden.

Einer meiner Schuhe löst sich von meinem Fuß. Kurz überlege ich, anzuhalten und ihn zu holen. Aber das würde mir meinen Vorsprung ruinieren.

Also renne ich weiter, ignoriere den Schmerz an meinem Fuß, als ich auf etwas Spitzes trete.

Ich kann das Auto nicht mehr hören, ist es abgebogen? Ich werde etwas langsamer, versuche panisch, Luft zu bekommen.

Eine Hand schließt sich um mein Handgelenk. Sie greift fest zu und zwingt mich zum Anhalten. Erschrocken drehe ich meinen Kopf und verfluche den Tränenschleier vor meinen Augen und meine umherfliegenden Haare, beides nimmt mir die Sicht.

»Hanna, halt! Ich bin's.«

Die Stimme kommt mir bekannt vor. Es ist nicht der Fotograf.

»Tiago!«

Ich kann es kaum fassen und falle ihm um den Hals. Dabei fällt mir ein, dass ich mein Kleid besser festhalten sollte. In der Ferne höre ich die Sirene von einem Polizeiauto.

»Was ist passiert? Wieso bist du hier? Wieso hast du nichts an? Komm!« Tiago führt mich zu seinem Auto, das einige Meter hinter uns steht. Dort ziehe ich mir das Kleid wieder an.

»Bring mich weg hier! Ich will nach Hause«, flehe ich ihn an.

Doch er startet nicht den Motor. Stattdessen wiederholt er nur seine Fragen. Er wirkt böse.

»Ein Probeshooting. Deswegen war ich hier. Doch es war ein Fake. Plötzlich fasste er mich an – überall.«

Tiago gibt ein eigenartiges Geräusch von sich, das mich an den Nachbarshund meiner Eltern erinnert. Mit voller Wucht schlägt er auf sein Lenkrad. »Mach das nie wieder!«, ruft er.

Mir ist nicht ganz klar, was genau er meint.

»Es ist nichts passiert. Er hat mich nicht …«, setze ich an, aber er unterbricht mich.

»Das meine ich nicht. Du wirst mir ab jetzt immer sagen, wo du hingehst oder ich werde dich hinbringen. Und jetzt sag mir, wo das Haus ist. Die Polizei braucht sicher deine Aussage.«

Ich wäre ja lieber nach Hause gefahren, aber Tiago hat recht. Wenn wir den Kerl nicht anzeigen, wird er weiter dieses miese Ding durchziehen.

Leider haben die Polizisten ihn nicht mehr angetroffen.

Nachdem alle Formalitäten erledigt sind, bringt Tiago mich nach Hause. Die ganze Fahrt über schweigen wir uns an.

Er hält mich sicher für dumm und naiv und ich schäme mich maßlos für meine Blödheit.

Das Auto kommt vor dem Wohnblock zum Stehen und Tiago sieht mich an.

»Musst du wirklich arbeiten gehen? Kannst du nicht heute Abend zu Hause bleiben?«

Tiago schaut nach unten und schüttelt den Kopf. »Mein Boss war vorhin schon sauer, dass ich einfach abgehauen bin, ich muss jetzt wieder los.«

Er gibt mir einen Kuss und wir steigen aus. In unterschiedliche Richtungen setzen wir unsere Wege fort, Tiago geht zur Bar, ich nach Hause – allein. In diesem Moment sehne ich mich so sehr nach einer Umarmung – von meiner

Mama oder Mila. Doch die sind mehrere tausend Kilometer von mir entfernt. Auf meinem Handy tippe ich eine Nachricht an meine Mutter. Doch bevor ich diese abschicke, lösche ich den Text wieder. Ich will sie nicht unnötig beunruhigen und irgendwie ist mir das Ganze auch ziemlich peinlich.

Stattdessen greife ich zu meinem neuen Tagebuch, viel steht noch nicht drin. Aber ich hatte mir vorgenommen, wieder regelmäßig zu schreiben. Ich lasse meine Gefühle und Tränen durch die Mine des Kugelschreibers auf das Papier wandern und fühle mich dadurch ein klein wenig getröstet.

Doch nach dem Erlebnis mit dem Fotografen igele ich mich tagelang in unserer Wohnung ein. Ich möchte niemanden sehen oder sprechen. Selbst Tiago gehe ich größtenteils aus dem Weg, was aber auch nicht sonderlich schwer ist, da er Tag und Nacht in der Bar beschäftigt ist. Nicht einmal zum Vokabellernen kann ich mich aufraffen.

Patricia habe ich keine Details über das Shooting verraten, nur dass es wohl keinen Auftrag geben wird.

Was dort passiert ist, ist mir mehr als nur unangenehm.

Mein Handy vibriert und zeigt mir eine neue Nachricht an.

Patricia – 15:47

Hey, wie geht's? Was treibst du so? Heute startet die Partyboot-Saison. Lust auf Feiern? Tiago legt auf. Hab Tickets for free.

Tiago ist heute auf dem Partyboot? Das hat er mir gar nicht gesagt.

Auch wenn ich zuerst keine Lust habe, das Haus zu verlassen, zwinge ich mich dann doch, mal vor die Tür zu gehen, denn dieses ewige Nichtstun, bringt mich auch nicht weiter. Außerdem kann ich so auch mal wieder etwas Zeit mit meinem Freund verbringen. Der wird staunen.

Ich – 16:02
Klar, bin dabei.

Patricia – 16:02
Super, hole dich dann 17:15 Uhr ab.

Ich muss mich beeilen, wenn ich in etwas mehr als einer Stunde fertig sein möchte. Meine Körperpflege habe ich in den letzten Tagen ziemlich vernachlässigt.

Ich gebe ein wenig Abdeckstift auf die verbliebenen Blessuren meines waghalsigen Sturzes aus der Höhe.

Genau um vierzehn Minuten nach fünf Uhr ziehe ich den letzten Lidstrich und mit einem lauten Plopp prüfe ich noch den frisch nachgezogenen Lippenstift, bevor ich meine Tasche greife und aus dem Fenster sehe. Patricia kann ich noch nicht entdecken. Dann werde ich unten auf sie warten.

Eine Viertelstunde später, ich bin schon bis zum Ende der Straße gelaufen, höre ich endlich das aufgeregte Hupen von Patricias Auto. Vor mir tritt sie auf die Bremsen und winkt mich heran. »Los, steig ein, wir sind spät dran.«

Ach, nee. Eigentlich war nur sie spät dran, aber ich verkneife mir den Kommentar. Hier in Portugal habe ich mir die Erwartung von Pünktlichkeit abgewöhnt.

Patricias kleines Auto fliegt förmlich über die Straßen und wir haben echt Glück, dass wir nicht in einen Stau geraten. Als wir eine halbe Stunde später beim Hafen ankommen, flucht Patricia laut in ihrer Muttersprache, weil sie keinen Parkplatz findet. »Steig schon einmal aus und laufe Richtung Anlegestelle! Ich komme nach, wenn ich einen Parkplatz gefunden habe.«

Ohne groß nachzudenken, laufe ich los, nur um fünf Meter weiter festzustellen, dass ich überhaupt nicht weiß, wo ich hin muss. Es wippen so viele Boote im Hafen auf und ab, dass es mich erschlägt. Ich bleibe stehen und warte auf Patricia. In vier Minuten legt das Boot ab.

Mach schneller, Patricia!

Doch sie ist nirgendwo zu sehen. Ich suche die Straßen ab, erfolglos.

»Hanna! Komm endlich, das Boot legt gleich ab!« Ich wirble herum und entdecke sie mehrere Meter hinter mir zwischen den Leuten. Ich renne los und das letzte Stück sprinten wir zum Ablegesteg, wo der Kapitän offenbar auf uns wartet. Auf dem Boot schieben wir uns durch die Partygäste.

»Ich habe da hinten geparkt und bin von dort zum Treffpunkt gelaufen. Als ich dich nicht gesehen habe, bin ich zurückgerannt und habe gesagt, er solle auf uns warten«, erklärt sie mir noch ganz außer Atem.

Das Boot setzt sich in Bewegung und knattert aus dem Hafen heraus. Das tuckernde Geräusch des Motors wird jedoch schnell von den Beats, die der DJ über das Meer schallen lässt, überdeckt. Die Menge tobt auf dem offenen Deck und bei dem Alkohol, der hier schon fließt, habe ich echt Angst, dass bald jemand über Bord gehen könnte.

Patricia begrüßt einige Leute, offenbar Freunde. Neben ihnen stehen mehrere Frauen in pinken T-Shirts um eine

Blondine mit weißem Schleier versammelt. Weiter hinten grölen einige Männer einem Mann im Hasenkostüm zu. Auf dem gesamten Boot herrscht Flirt-Stimmung. Die Endorphine fliegen durch die Luft und der Fahrtwind kann ihnen gar nichts anhaben. Sie hängen wie eine Glocke über dem Boot, das nun auf dem offenen Meer sanft hin und her schaukelt. Kleine Wellen schlagen gegen den Bug.

Ich war ewig schon nicht mehr auf solch einem Boot und genieße einen Moment den Ausblick auf das Meer.

Dann mache ich mich auf den Weg zu meinem Freund. Immer wieder werde ich dabei von irgendwelchen Männern angetanzt, doch ich schaue sie gar nicht weiter an oder haue auf ihre Hände, wenn sie mir zu nahekommen.

Endlich kann ich zwischen der zappelnden Menge Tiago ausmachen, er steht mit nacktem Oberkörper an der DJ-Station, hat Kopfhörer auf dem Kopf und wippt im Takt mit. Er sieht glücklich aus, voll in seinem Element. Nachdem er ein paar Knöpfe hin- und hergeschoben hat, dreht er sich zur Seite und spricht mit jemandem. Erst als ich mich einen Meter weiter nach vorne geschoben habe, erkenne ich auch, mit wem er da redet. Es ist eine mir bekannte Blondine. Genauer gesagt seine Ex-Freundin, Diegos Mutter.

Helena.

Mein Magen krampft sich zusammen.

Wieso ist sie hier? Haben sie sich verabredet? Wieso weiß ich nichts davon? Unauffällig drehe ich wieder um und schiebe mich zurück zu Patricia, wo ich mein Handy aus der Tasche hole.

Ich – 18:20
Hey, was machst du? Ist die Bar voll heute?

Tiago – 18:23

Ja, Bar ist gut besucht. Bin heute auf dem Party Boot, hier ist es auch sehr voll.

Ich – 18:23

Ach schade, da wäre ich auch gerne mal dabei.

Tiago – 18:27

Nächstes Mal. Was machst du? Geht's dir besser?

Ich – 18:28

Ja, mir geht's gut, langweile mich, wäre jetzt gern bei dir.

Danach kommt erstmal keine Antwort von ihm. Ein Mann mit einer Flasche mit silberner Tülle tippt mir auf die Schulter und hält sie mir fragend entgegen. Ich erkenne in ihm einen der Barkeeper aus der Matt's Bar und öffne den Mund, um die scharfe Flüssigkeit in mich hineinkippen zu lassen, schlucke und huste. Ein warmes, leicht brennendes Gefühl breitet sich in meinem Magen aus.

Patricia und ihre Freunde lachen und hüpfen zur Musik und ich hoffe, das Bootsdeck hält diesen außergewöhnlichen Druck aus. Die weißen Sitzbänke deuten zumindest an, dass das Boot normalerweise für ruhige Rundfahrten genutzt wird und nicht für wilde Partyorgien.

Ich tue so, als würde ich mich genauso gut amüsieren wie die anderen Leute um mich herum, vielleicht versuche ich auch, mich zum Spaß zu zwingen, doch in mir brodelt es.

Ich hüpfe, singe laut bei mir bekannten Songs mit und klettere wie einige andere auf die weißen Bänke hinauf und kann so besser über die Menge hinwegsehen. Meine Augen wandern ganz automatisch immer wieder zu Tiago und seiner Ex hinüber, ich kann nichts dagegen tun.

Vermutlich um nicht so schreien zu müssen, ist Helena aufgestanden und drückt sich seitlich an Tiago heran, um in sein Ohr zu sprechen. Als er sich zu ihr umdreht, drückt sie ihm ihre Lippen auf seinen Mund.

Er wirkt überrascht und versucht sie von sich wegzuschieben, doch es gelingt ihm nicht gleich.

Ich schnappe nach Luft. Langsam erwache ich aus meiner Schockstarre und würde am liebsten hinrennen und die blöde Kuh über die Reling schupsen. Damit ich mich nicht strafbar mache oder etwas anstelle, das ich später bereuen würde, greife ich zu meinem Handy und rufe Tiago an.

Er drückt mich weg.

Hallo? Geht's noch?

Erneut wähle ich seine Nummer und dieses Mal nimmt er das Gespräch an und ruft in das Handy: »Ich kann dich hier nicht hören, schreib mir bitte.« Dann legt er wieder auf.

Verständnislos starre ich auf das Telefon und schüttele den Kopf. Ich kann ihn hier doch auch verstehen. Er will wohl nicht mit mir reden und verhindern, dass ich die Stimme einer gewissen Frau höre.

Mir reicht´s, ich habe die Nase voll.

»Was ist los? Du siehst so …« Patricia hält mich am Arm fest und guckt besorgt.

Ich schüttele nur den Arm ab, springe von der Bank und quetsche mich wieder durch viele schwitzende und saufende Menschen hindurch. Als ich vor Tiago zum Stehen komme, sehe ich gerade noch, wie Madame Ich-bin-die-Mutter-deines-Sohnes Tiago unverschämt sexy antanzt. Ich versuche, den bösesten Blick, der mir möglich ist, aufzusetzen und funkele Tiago an. Der sieht auf und ich erkenne, wie sein freudiges Lächeln einer entsetzen Fassungslosigkeit weicht. Mit offenem Mund glotzt er mich an, als würde er überlegen, ob ich bis hierher zum Boot geschwommen wäre.

Das reicht, wer so betroffen guckt, ist sich seiner Schuld nur zu gewiss. Am liebsten würde ich ihm eine saftige Ohrfeige verpassen, doch das ganze Equipment zwischen uns versperrt mir den Weg, und so drehe ich mich nur um und verschwinde wieder. Tränen laufen mir über die glühenden Wangen und ich merke meinen Herzschlag bis in den Hals pulsieren.

Wie gerne würde ich jetzt selbst über die Reling springen und zurückschwimmen, doch das Funkeln der Häuser in der Dunkelheit ist ziemlich weit entfernt.

Das Boot, das eine Weile vor Anker lag, weil einige Partygäste tatsächlich ins Meer gesprungen sind, lässt den Motor wieder an und setzt sich in Bewegung. Ich gerate ins Schwanken und falle. Doch zum Glück sind da ein paar Männerhände, die mich auffangen. Der Mann neben mir zwinkert mir zu und gibt mir noch einen Schluck dieser brennenden Flüssigkeit, bevor ich mich umdrehe und sehe, wer da mein heldenhafter Retter war. Da er kein Motto-Shirt trägt, gehe ich mal davon aus, dass er nicht zu dem Junggesellenabschied gehört. Er hat rote, kurze Haare und sehr viele Sommersprossen in der gleichen Farbe. Mit einem sehr britisch klingenden Akzent brüllt er mich an: »Nicht so stürmisch, hübsche Dame!« Mit seinem Grinsen entblößt er mir Zähne, bei denen jeder wohl am liebsten sofort einen Gutschein für ein Bleaching verschenken möchte.

Doch er schaut mich so freundlich an, dass ich auf seine Einladung, mit ihm zu tanzen, eingehe. Mein Freund macht ja eh mit einer anderen Frau rum, dann wird er ja auch sicher nichts dagegen haben, wenn ich mich mit einem anderen Mann vergnüge.

Treuselig grinse ich den Kerl an und wir legen einen super Tanz auf dem grünen Metallboden des Decks hin. Ein paar Leute neben uns haben uns anscheinend beobachtet und klatschen begeistert.

Danach brauche ich eine Pause. Mein Kopf dreht sich und ich habe das Gefühl, vielleicht seekrank zu werden. Ich lasse mich auf das freie Ende einer Bank fallen und entdecke sieben verpasste Anrufe auf meinem Handy. Von Tiago. Natürlich. Und einige Nachrichten. Das Lesen fällt mir mittlerweile irgendwie schwer. Was ist das nur für ein Zeug, das sie hier kostenlos in alle Menschen reinschütten? Ich schüttele meinen Kopf und lese die verschwommenen Wörter auf dem Gerät in meiner Hand.

Tiago – 20:32
Sprich mit mir, lass mich das erklären.

Pah, jetzt willst du mit mir telefonieren? Man versteht dich doch nicht!

Tiago – 20:33
Ich kann hier nicht weg, sonst würde ich dich suchen!

Tiago – 20:33
Komm bitte her!

Tiago – 20:35
Hallo?

Tiago – 20:39

Sie stand plötzlich vor der Bar und wollte reden. Da heute die Boot Party ist, konnte ich dort nicht bleiben und habe ihr angeboten, sie mitzunehmen. Wir wollten nur reden, wie wir das mit Diego regeln.

Ja, klar und es gibt den Weihnachtsmann. Ich wische auf dem Display herum, doch irgendwie wollen die Worte nicht so, wie ich will.

Ich – 20:42

Hab doch Kuss sehn.

Ich lege das Handy zurück in meine Tasche und erhebe mich. Wieder gerate ich ins Wanken, doch dieses Mal ist das Boot nicht der Grund dafür. Wie aus dem Nichts steht der Engländer wieder neben mir und drückt mir einen scheußlich süßen Cocktail in die Hand.

»Wie heißt du nochmal?«, frage ich ihn lallend und bin mir danach nicht mehr sicher, ob ich ihm die Frage auf Englisch oder Deutsch gestellt habe.

Er sieht mich verständnislos an und macht sich an meiner Tasche zu schaffen.

Der will mir doch wohl nicht etwa meine Tasche klauen? Nicht schon wieder jemand, der es auf meine Wertsachen abgesehen hat.

Entrüstet über diese Dreistigkeit will ich ihn zur Seite schubsen, doch da sagt er: »Ruhig, ruhig. Ich packe dir nur dein Handy richtig ein, du hast es neben die Tasche gesteckt und es ist heruntergefallen. Aber dein Temperament gefällt mir!«

Ich beobachte genau, was er tut und bin erleichtert, als er tatsächlich mein Handy in meine Tasche zurückschiebt und den Reißverschluss schließt. Danach schlingt er seine Arme um mich und wir tanzen in die Nacht hinein.

KAPITEL 8

Mit höllischen Kopfschmerzen werde ich wach. Wo bin ich? Nicht zu Hause, das steht fest. Panisch sehe ich mich in dem dunklen Raum um, in dem ich geschlafen habe.

Ich klatsche mir die Hand gegen die Stirn und lasse mich stöhnend zurück auf meinen Schlafplatz fallen. Dabei rutsche ich die schmale Liegefläche der Couch herunter und lande unsanft auf dem Teppichboden.

Au!

Ungelenk rapple ich mich auf, gehe zum Fenster, wo etwas Licht durch die Rollos scheint, und ziehe sie hoch. Dann drehe ich mich um und atme erleichtert auf, denn ich kenne den Raum. Ich bin in Patricias Wohnung.

Ich hatte schon Angst, dass ich gestern irgendwelche Dummheiten angestellt habe.

»Na, wie geht es dir? Wieder nüchtern?« Patricia kommt gähnend aus dem Badezimmer und verzieht wegen der plötzlichen Helligkeit blinzelnd das Gesicht.

»Ich war nicht betrunken!«, behaupte ich im Brustton der Überzeugung.

»Nicht betrunken?« Sie lacht. »Du hast gestern mit Ron Weasley getanzt. Ach was, du hast dich ihm förmlich an den Hals geschmissen!«

»So ein Quatsch, daran könnte ich mich …«, setze ich an und dann kann ich mich plötzlich doch erinnern.

O nein!

»Wenn das mein Bruder gesehen hätte! Der wäre ausgerastet! Ich konnte dich gerade noch rechtzeitig von dem Typen losreißen. Was war nur los mit dir?«

»Was mit mir los war?« Ich mache eine bedeutungsschwere Pause, die doch alles erklären müsste.

Doch Patricia sieht mich mit runden, ahnungslosen Augen an. Sie erinnern mich ein wenig an die Lampen eines VW-Käfers.

»Frag doch mal lieber deinen lieben Bruder, was er da so getrieben hat!«

Patricia hält beim Kaffeemachen inne und sieht mich verwirrt an. »Tiago?«

Als sie weiterhin nicht den Anschein einer Idee zu haben scheint, denn sie schweigt beharrlich, erkläre ich ihr: »Seine Ex war da. Und sie haben sich geküsst. Sie hat sich in einer Tour an ihn rangemacht!«

Patricia zieht die Stirn kraus. »Helena war da? Ich kann mir nicht vorstellen, dass da etwas lief. Sowas würde er nie tun. Er ist absolut treu, wenn er eine Freundin hat!«

Ich lache gehässig auf und ärgere mich, dass ich ihr nicht bereits auf dem Boot davon erzählt habe, dann hätte sie es mit eigenen Augen sehen können.

»Ich glaube, ihr solltet reden. Hat er dir etwas geschrieben?«, will sie wissen und wendet sich wieder ihrer Kaffeemaschine zu.

Ich zucke die Schultern und gehe widerwillig zu meiner Tasche. »Akku leer«, sage ich und gähne. Ich würde zu gerne noch ein wenig schlafen.

»Geh nach Hause und kläre das mit ihm!« Sie steht vor mir wie eine strenge Mutter, die mit einem Kleinkind schimpft.

Ich gehe auf und ab und schüttle den Kopf. »Ich weiß, was ich gesehen habe!«

»Ich kenne meinen Bruder wirklich sehr gut. Hier, nimm mein Ladegerät und schalte das Handy an!«

Seufzend nehme ich ihr Ladekabel entgegen, stöpsle es in die Steckdose und setze mich an den Küchentresen.

Tatsächlich leuchten gleich mehrere verpasste Anrufe und Nachrichten auf. In jeder beteuert Tiago, dass er nichts mit Helena habe. Sie habe sich angeblich nur an ihn rangemacht. Von seiner Seite aus wäre da gar nichts gewesen.

Ich schließe die Augen und stütze meine Stirn auf meiner Faust ab. Keine Ahnung, was ich denken soll. Ja, natürlich habe ich gesehen, dass sie ihn geküsst hat und die Initiative eindeutig von ihr ausging, aber er hat sich auch nicht wirklich dagegen gewehrt. Das ist es, was mich stört.

Ich spüre noch immer Patricias Blick auf mir, mit diesem Ausdruck von »Ich habe es dir doch gesagt!«.

Wenig später verabschiede ich mich von ihr und mache mich auf den Heimweg.

Die Sonne lacht, als wäre es der schönste Tag meines Lebens. Aber die Palmen am Straßenrand, die mir sonst ein Lächeln auf die Lippen zaubern, ziehen heute unbeachtet an mir vorbei. In mir herrscht Düsternis und das blöde Gefühl, dass meine Beziehung und mein Leben hier in Portugal vorbei sind.

In meiner Verzweiflung schicke ich Mila eine WhatsApp-Nachricht.

Ich – 10:01
Mila, ich weiß nicht, was ich machen soll.

Mila – 10:02

Oh nein, bist du wirklich schwanger?

Ich – 10:02

Hä?

Doch dann fällt mir ein, dass ich mit Mila das letzte Mal gesprochen habe, als es noch um dieses Thema ging. Gleich habe ich ein schlechtes Gewissen, dass ich sie in der letzten Zeit so vernachlässigt habe.

Ich – 10:03

Nein, tut mir leid, dass ich mich nicht mehr gemeldet habe. Ich bin nicht schwanger. Mir ging es in letzter Zeit nicht so gut, aber das ist eine andere Geschichte. Ich weiß nicht, was ich wegen Tiago machen soll. Gestern habe ich gesehen, wie seine Ex ihn geküsst und ihn ganz schön heftig angebaggert hat. Er sagt, da war nichts und seine Schwester beteuert auch, wie treu er sei. Aber mir geht das, was ich gesehen habe, einfach nicht aus dem Kopf.

Mila – 10:05

Uff, ich dachte schon! Ein Kind! Das wäre ja der Horror für mich. Und das mit Tiago ist natürlich ein Ding. Ich weiß gar nicht, was ich dazu sagen soll. Ich war ja auch nicht dabei. Vielleicht ist er ja so jemand, der nicht Nein sagen kann und lässt manches über sich ergehen, obwohl er es gar nicht will?

Ich – 10:07

Toll, und wenn eine daherkommt und sagt: »Zieh dich aus und schlaf mit mir!«, dann macht er das auch? Na danke!

Mila – 10:08

Nein, das glaube ich nicht. Da wird er sicher seine Grenzen kennen. Aber rede doch mit ihm und stell ihm genau diese Frage.

Ich seufze. Ich werde wohl nicht drum herumkommen. Langsam schließe ich die Haustür auf und horche.

Nichts. Alles ist ruhig. Tiago schläft vermutlich noch. Am liebsten würde ich mich auch gleich noch einmal in die Federn werfen. Mein Kater macht sich immer mehr bemerkbar.

In der Küche fülle ich mir zuerst Wasser in ein Glas und trinke es mit einem Zug aus.

Mit einem Schoko-Cappuccino setze ich mich kurz darauf auf dem Balkon. Ich habe keine Ahnung, wie ich Tiago auf das Thema Helena ansprechen soll.

Doch die Frage erübrigt sich wenig später, denn Tiago steht in der Tür und funkelt mich böse an. »Wo warst du letzte Nacht?«

Fassungslos starre ich ihn an. Meint er das jetzt ernst?

»Ich habe dich mit diesem Kerl gesehen, wie du dich an ihn rangeschmissen hast. Und dann kommst du nicht nach Hause.«

Ups.

»Ach ja? Aber vielleicht war das nur, weil ich dich knutschend mit deiner Ex gesehen habe!«

Sein Unterkiefer mahlt, doch er schweigt, dafür durchbohren mich seine Augen.

»Vielleicht hast du ja auch die Nacht mit ihr verbracht, mit deiner Helena?«, hake ich nach.

»Habe ich nicht!«

»Ach ja, hast du einen Zeugen?«

»Und du?«

»Frag deine Schwester, ich habe bei ihr geschlafen. Sie hatte mich auf die Party mitgenommen.«

Ha, nun hat er kein Gegenargument mehr.

Seine Wut scheint langsam zu verpuffen. Er kommt auf mich zu und nimmt mich in den Arm.

Ich versteife mich und weiche seinem Blick aus.

»Ich weiß, wie das gestern auf dich gewirkt haben muss. Ich war selbst so überrascht und auf so etwas nicht vorbereitet. Da ist es einfach so passiert. Aber glaube mir, das ist nicht das, was ich möchte. Ich habe mich von dieser Frau getrennt. Sie hat mir jahrelang meinen Sohn vorenthalten. Für Helena und mich gibt es keine Zukunft. Das habe ich ihr auch gesagt.«

Ich kneife die Augen zusammen und atme laut aus. Ich möchte ihm so sehr glauben. Doch etwas hindert mich daran.

»Und wo ist sie jetzt? Wo hat sie eigentlich Diego gelassen?«

»Ich habe ihr gesagt, dass sie wieder nach Hause fahren soll und Diego war bei ihren Eltern.«

»Sie hat also nicht bei dir geschlafen?«

»Wo denkst du hin?«

Er küsst mich auf den Haaransatz und ich entspanne mich ein wenig in seinen Armen.

Mein Cappuccino ist inzwischen kalt geworden.

»Mach sowas nie wieder«, sage ich.

Wir kuscheln uns ins Bett. »Und lüge mich nie wieder so an.«

»Es tut mir leid. Ich wollte dich nur nicht beunruhigen. Du musst dir wirklich keine Sorgen machen.«

»Dich so mit ihr zu sehen war wie, als würde eine große dunkle Welle über mich hereinbrechen und mich zum Meeresgrund hinabziehen.«

»Und als ich dich mit diesem Typen gesehen habe … Ich bin kein Mensch, der sich prügelt, aber ihm hätte ich gerne eine reingehauen.«

Wir sprechen noch lange darüber, wie wir uns gestern gefühlt haben und es tut gut, so offen und ehrlich über unsere Emotionen reden zu können.

KAPITEL 9

»Hey, Hanna, alles klar? Hast du dich mit Tiago ausgesprochen?«, fragt Mila zwei Tage später.

Ich nicke und grinse. Die Skype-Verbindung hat heute mal auf Anhieb geklappt und ich beobachte Mila, die sich am Kopf kratzt.

»Dann ist es gut gelaufen? Wie schön. Du hast übrigens Post bekommen, ich glaube, es ist von der Firma von diesem – äh, wie heißt er nochmal?«

»Du meinst Simon? Guck mal bitte rein, was sie schreiben.«

»Ach, ja, Simon. Warte.« Mila öffnet den Umschlag mit einem Küchenmesser und überfliegt den Brief. »… Ihre Bewerbung … Da Sie die Stelle als Sekretärin der Geschäftsführung nicht angetreten haben, senden wir Ihnen Ihre Bewerbungsunterlagen zu unserer Entlastung zurück.«

Ich stutze. »Versteh ich nicht, er meinte doch, ich kann jederzeit anrufen und fragen, ob er eine Stelle für mich frei hat. Wieso schicken sie dann die Unterlagen zurück? Sonst steht da nichts?«

»Nee, hat auch eine Frau Kronwitz unterschrieben. Sicher aus der Personalabteilung. So ein Standardschreiben. Wahrscheinlich dürfen sie die Daten nicht speichern.«

Simon habe ich während meines Portugalurlaubs kennengelernt. Ich war eigentlich auf der Suche nach meiner ersten Jugendliebe Tiago gewesen und weiß bis heute nicht, was damals in mich gefahren ist, aber ich bin gleich am ersten Abend mit Simon im Bett gelandet. Irgendwie hat er sehr anziehend und vertraut auf mich gewirkt. Doch die Tatsache lässt mich noch heute den Kopf schütteln, nicht weil er mir nicht gefallen hat, sondern weil es nicht meine Art ist, einfach mit wildfremden Männern zu schlafen.

Er hat meinen Ärger mit dem verpassten Flug und der Kündigung mitbekommen und mir geraten, mich bei seinem Unternehmen in Berlin zu bewerben. Das habe ich auch tatsächlich gemacht, da wusste ich jedoch noch nicht, dass er dort der Chef ist. Ich hätte den Job bekommen, doch dann kamen Alex und der Unfall dazwischen. Danach musste ich weg. Weg von Berlin, weg von Alex und all den Erinnerungen.

Aber dass Simon nun offenbar kein Interesse mehr an mir als seine Mitarbeiterin hat, versetzt mir einen Stich.

»Hm, danke, fürs Reingucken. Sonst kam keine Post an?«

»Nee, nur Werbung.«

Plötzlich spüre ich ein großes Vermissen in meiner Bauchmitte.

»Was ist los?«, fragt Mila, die offenbar ein feines Gespür für meinen Gefühlswechsel hat.

»Mila, du fehlst mir echt. Ja, wir gucken gemeinsam über Skype unsere Serie, aber es ist irgendwie doch nicht dasselbe.«

»Ich weiß. Du fehlst mir auch.«

Einen kurzen Augenblick schweigen wir uns an.

»Weißt du was? Ich werde zu dir kommen. Ich suche mir gleich einen Flieger nach Portugal raus. Dann machen wir es uns schön da bei dir.«

»Wirklich?«, frage ich und kann es kaum glauben. Ich sehe uns schon gemeinsam am Strand liegen.

»Ja, das hatten wir doch sowieso geplant. Aber ich muss das natürlich erstmal mit meiner Chefin klären und mit Piet müsste ich auch reden.«

Meine Euphorie ist verschwunden und meine Mundwinkel hängen wie die Äste der Trauerweide hinunter.

»Hey, ich meine es ernst. Ich komme zu dir nach Portugal.« Mila gibt einen merkwürdigen Schrei von sich. »Nimm deinen Schwanz da raus!«

Ich muss lachen. »So etwas kannst du aber auch nur sagen, wenn der andere weiß, dass du einen Kater hast.«

Mila braucht einen Moment, ehe sie kapiert, was ich meine, doch dann lachen wir laut los. »Er taucht seinen Schwanz bei jeder Gelegenheit in mein Wasserglas oder Kaffeebecher. Das ist schon das sechste Mal heute. – So, es geht los«, sagt sie.

Wir schauen regelmäßig Fernsehsendungen gemeinsam über Skype an. Das fühlt sich dann immer so ein wenig an, als wären wir wieder zusammen in meiner Wohnung in Berlin. Ich genieße diese Zeit mit ihr besonders. Deutsch reden – ohne sich Gedanken darum machen zu müssen, wie etwas übersetzt heißt.

Zwar funktioniert die Kommunikation hier in Portugal auf Englisch gut, aber es ist manchmal auch echt anstrengend. Mit der Vokabel-App komme ich auch nicht wirklich gut voran und sehne den Sprachkurs herbei.

Doch meine Muttersprache anwenden zu können, tut einfach gut.

Als die Sendung vorbei ist, gähnt Mila. »Ich gehe ins Bett. Morgen muss ich wieder früh raus.«

»Ja, ich bin auch müde, und wir müssen morgen zur Abwechslung auch mal früh raus. Wir fahren zur Behörde, die die Visa ausstellt. Drück mir die Daumen, dass ich länger hierbleiben darf!«

»O, diesen Song liebe ich. Mach mal lauter!«, sage ich zu Tiago, während wir auf der Autobahn der Morgensonne entgegenfahren. Auf Tiagos Lieblingssender laufen wie immer die Hits der 80er und 90er. Gerade wird »I was made for loving you« gespielt und meine Hand wandert an den Lautstärkeregler. Ich höre Songs nun mal gerne laut, doch Tiago schüttelt wie erwartet den Kopf und schenkt mir ein grimmiges: »No.« Er mag tagsüber eher ruhiges Geplänkel, laute Musik hat er die ganze Nacht auf den Ohren, und so verläuft die Autofahrt sehr still.

Nach dem Besuch im Amt sitzen wir wieder in Tiagos grauem Opel und fahren zurück nach Albufeira. Meine Laune ist auf dem Tiefpunkt angelangt, irgendwo am Grund des Meeres in einem tiefen Graben.

»Ohne Job werden Sie hier definitiv kein Visum erhalten. Ihre Geldanlagen reichen auch nicht aus. Und verheiratet sind sie auch nicht ...«, ahme ich die Frau nach. »Bla, bla, bla ... Scheiß Vorschriften!«

Tiagos Kopf ruckt zu mir herum. Er starrt mich an.

»Was ist?«, blaffe ich ihn an.

»Heiraten steht eigentlich nicht auf meiner Wunschliste für die nächsten Jahre.«

»Ach, ja? Und was steht noch so nicht auf deiner Liste? Kinder?« Ich fühle mich wie eine Erdbiene, auf deren Nest getreten wurde – wütend und angriffslustig.

Er nickt und mein Herz wird zu einem Stein, der in einen tiefen Brunnen plumpst.

»Und wenn ich welche möchte?«, frage ich provozierend.

»Ich hoffe, du setzt nicht einfach die Pille ab und schiebst mir ein Kind unter!«

Einen Tick zu schrill sage ich: »Ich nehme gar nicht die Pille!«

Tiagos Augen sehen so aus, als würden sie mir gleich entgegenspringen.

»Ich habe erst in fünf Wochen einen Termin beim Arzt bekommen, mit deiner Schwester.«

Ich kann die Spannung, die da gerade zwischen uns entstanden ist, förmlich spüren. Mein ganzer Körper kribbelt und ich zittere innerlich. Noch ein falsches Wort und ich explodiere wie eine Silvesterrakete.

Doch Tiago schweigt.

Ich drehe das Radio laut auf und dieses Mal lässt er es zu. Gedankenversunken sehe ich aus dem Fenster und zähle die toten Fliegen auf der Frontscheibe. Ich weiß, dass sie da sind, aber ich sehe sie nicht wirklich, die alten Steinmauern auf den trockenen Feldern und die süßen weißen Häuser der Orte, die wir durchfahren. Das Straßenbild, das mir anfangs so fremd war, ist inzwischen ganz normal geworden. Alltag. Ich sitze einfach nur da und hänge meinen Gedanken nach.

Das Auto kommt vor unserem Haus zum Stehen und ich puste laut die Luft aus meinen Lungen, als hätte ich die ganze Zeit vergessen, wie man richtig atmet.

Tiago verabschiedet sich und geht weiter zur Arbeit. Ich gehe in die Wohnung, doch schon bald fällt mir die Decke auf den Kopf.

Um wieder auf andere Gedanken zu kommen, packe ich meine Tasche und gehe zum Strand. Doch dort angekommen, drehe ich gleich wieder um. Es ist so voll, dass nicht ein freies Sandkorn zu erkennen ist, so sehr drängen sich die Menschen aneinander. Der Duft verschiedener Sonnencremes hängt in der Luft, gemischt mit dem Geruch von Fast Food.

Ich setze mich auf eine Steinstufe, die heißer ist, als ich dachte. Schnell springe ich wieder auf und bleibe ratlos stehen.

All diese lachenden und entspannten Gesichter der Urlauber stehen im völligen Kontrast zu den Gewitterwolken, die in mir umherwirbeln.

Hat das Leben hier in Portugal und mit Tiago einen Sinn? Ist es das, was ich immer wollte? Eine Beziehung ohne Kinder, eine ewige Party?

Bis vor ein paar Wochen wollte ich noch mit Alex eine Familie gründen. Ich hatte meine Ausbildung erfolgreich beendet, gearbeitet und eine Festanstellung erhalten. Mit der Trennung von Alex platzte mein Traum von einem Baby und auch meinem Job konnte ich nur noch hinterherwinken. Ich habe noch nichts gefunden, was mir die Zukunft hier in Portugal sichern könnte, und Tiagos und meine Pläne für die Zukunft scheinen kilometerweit auseinanderzugehen. Vielleicht liegt es am Streit oder an meinem bevorstehenden sechsundzwanzigsten Geburtstag, doch mir kommen immer mehr Zweifel, ob meine Entscheidung, nach Portugal zu ziehen, die richtige war.

KAPITEL 10

Morgen ist mein Geburtstag, also ziemlich genau in zwei-einhalb Stunden. Doch seit dem Streit vor einigen Tagen herrscht bei mir Weltuntergangsstimmung und nach Feiern ist mir nicht zumute.

Ich habe mit niemandem darüber geredet, aber weil ich auch nicht alleine zu Hause hocken möchte, bin ich mal wieder in die Bar gegangen. Hier werde ich ganz geheim für mich allein in ein neues Lebensjahr starten, das hoffent-lich besser wird als das letzte.

Die Bar kocht über vor Gutelaunemenschen. Urlauber feiern ausgelassen die Flucht aus dem Alltag und ich lasse mich davon mitreißen. Der Bass wummert gegen meinen Brustkorb und lässt alles in mir vibrieren. Die Cocktails schmecken süß, fruchtig, frisch und heben meine Laune mit jedem Schluck.

Durch die Luft schwebt eine elektrisierende Spannung. Ich tanze wild und versuche, all das Schlechte, was mir letztes Jahr widerfahren ist, hinter mir zu lassen und von mir abzuschütteln.

Aus den Augenwinkeln nehme ich bewundernde Blicke der Männer um mich herum wahr und genieße es, dass ich diese Wirkung auf sie erziele. Heute stört es mich nicht, dass sie mich antanzen.

Ich erhasche zwar den einen oder anderen bösen Blick von Tiago, der wohl am liebsten von seinem Pult springen und die aufdringlichen Tänzer verscheuchen würde, aber er tut es nicht.

Ich gröle gerade richtig laut bei einem Song mit, als plötzlich die Musik verstummt und es dunkel wird. Zum Glück bin ich nicht die einzige, deren Stimme durch die Bar schallt. Peinlich berührt halte ich die Hand vor den Mund und verkneife mir ein Lachen.

Im ersten Moment fühle ich mich an das Gewitter von damals erinnert, das die ganze Straße in ein trauriges Schwarz gehüllt hatte. Waren für heute Unwetter angesagt?

Plötzlich teilt sich die Menge vor mir und Wunder-kerzen wackeln durch die Dunkelheit.

Das Lied »Happy Birthday« schallt durch die Laut-sprecher und ein paar bunte Lichter leuchten wieder auf. Tiago kommt mit einem Geburtstagskuchen auf mich zu und singt laut mit. Hinter ihm kann ich Patricia entdecken.

Er überreicht mir den Kuchen und nimmt ein Mikrofon in die Hand. »Heute hat ein ganz besonderer Mensch Geburtstag, meine Freundin Hanna. Happy Birthday, mi querida! Ich liebe dich!« Die letzten drei Worte hat er tatsächlich auf Deutsch gesagt.

Ich muss breit grinsen, denn es klingt unglaublich niedlich, wenn er meine Sprache spricht.

Meine Nackenhärchen stellen sich auf und ich muss eine Träne wegblinzeln.

Er gibt mir einen langen und sehr intensiven Kuss, während die Wunderkerzen ihre letzten Funken versprühen.

Die Gäste um uns herum jubeln und gratulieren mir ebenfalls. Wobei die zwei Männer, die grade noch mit mir getanzt haben, so aussehen, als hätte man einem Hund das Leckerli weggenommen.

Danach kommt Patricia zu mir, drückt mich und überreicht mir ein schmales Päckchen.

Ich traue mich gar nicht, das funkelnde Papier aufzureißen, doch sie nickt mir ermutigend zu und so packe ich es aus.

Es ist ein wunderschönes Notizbuch. Ich hatte ihr mal von meinen Tagebüchern erzählt und offenbar will sie mich damit dazu auffordern, weiter mein Leben aufzuschreiben. Ich falle ihr um den Hals. »Vielen Dank. Ein tolles Geschenk. Ich freue mich schon darauf, etwas hineinzuschreiben.« Ich lege es hinter das DJ-Pult und kehre zur Tanzfläche zurück, wo die Party bereits weitergeht.

Zu dritt rocken Tiago, Patricia und ich die Tanzfläche.

Als Patricia sich nach einer Weile verabschiedet, weil sie am nächsten Tag früh arbeiten gehen muss, verschwindet Tiago zu meiner Überraschung nicht wieder oben auf seinem Podest, sondern bleibt bei mir und wir tanzen weiter.

Mit ihm macht es tausend Mal mehr Spaß als mit diesen aufdringlichen Männern. Unsere Körper reiben sich aneinander und bei jeder Berührung von ihm stehe ich förmlich unter Strom. Es fühlt sich an, als würden die Wunderkerzen von meinem Kuchen nun in meinem Bauch erneut zündeln. Zwischen meinen Beinen spüre ich dieses sehnsüchtige Pochen und wünschte, ich wäre mit Tiago an einem einsamen Ort.

Ihm scheint es ähnlich zu gehen. Sein Blick wirkt finster und besitzergreifend und er sieht aus, als würde er irgendetwas im Schilde führen.

Nach einem langen Kuss, bei dem unsere Zungen verlangend umeinanderkreisen, zieht er mich von der Tanzfläche herunter.

Irritiert blicke ich ihn an, doch er zwinkert mir nur zu. Aus dem Büro holt er einen Rucksack und wir verlassen die Bar.

Hand in Hand schlendern wir die Straße hinunter Richtung Meer. Auf meinen Ohren ertönt in dieser plötzlichen Stille ein ätzendes Piepen. »Musst du nicht mehr arbeiten?«

»Max hat mir freigegeben. Er übernimmt jetzt. So haben wir Zeit zum Feiern.« Er grinst und sieht mich geheimnisvoll an.

»Wo gehen wir hin? Was hast du vor?«

»Wird nicht verraten! Du wirst es schon noch sehen.«

Will er jetzt mit mir baden gehen?

Tatsächlich ergreift Tiago meine Hand und zieht mich zum inzwischen leeren Strand. Doch anstelle sich auszuziehen, zaubert er einen Neoprenanzug hervor, den er sich überstreift, und reicht mir einen zweiten.

»Willst du jetzt surfen?«, frage ich und versuche, die Panik in meiner Stimme nicht mitschwingen zu lassen. »Ich … Ich kann das nicht. Außerdem ist es fast windstill, das Meer ist total ruhig.« Auf so etwas war ich nicht vorbereitet.

»Nein, nicht surfen«, sagt er und deutet auf zwei lange Bretter, die ich in der Dunkelheit gar nicht bemerkt habe. »Stand Up Paddel Boards, aber wir werden nicht darauf stehen, wir legen uns hin.«

Irritiert gucke ich ihn an.

»Vertrau' mir!«

Zögerlich ziehe ich mein Kleid aus und den Anzug an. Tiago packt unsere Kleidung ein und klemmt den Rucksack vorne auf dem Board fest. Dann trägt er die Bretter zum Wasser und winkt mir zu, ich solle ihm folgen.

Der Mond spiegelt sich auf der Wasseroberfläche und es ist gespenstisch ruhig, nur das sachte Anrollen von kleinen Wellen durchbricht die Stille.

Auf Tiagos Kopf leuchtet ein Licht auf und blendet mich. Er gibt mir auch eine Stirnlampe.

»Wo hast du das ganze Zeug überhaupt her? Und wer hat dir meinen Geburtstag verraten?«

»Es gibt doch Facebook«, sagt er und grinst mich an, »und die hier hat mir ein Kumpel über Nacht ausgeliehen.«

Skeptisch gehe ich ins Wasser und fahre mit der Handfläche über die glatte Oberfläche am Rand des Boards. Als ich mich raufschwinge, wackelt es und ich schreie erschrocken auf. Tiago bindet das Band seines Boards an meinem fest und legt sich dann auf das vordere Brett. »Alles klar? Los geht's!«

Sicher bin ich mir nicht, eher steigt Angst in mir auf, denn das Meer ist so schwarz wie die Nacht und wirkt unheimlich.

Fast lautlos gleiten wir durch das Wasser, vorbei an der emporragenden Steilküste, die mir wie ein bedrohlicher Riese erscheint. Tiago paddelt mit den Armen und ich mache es ihm nach. Es ist erstaunlich, wie schnell wir vorankommen. Als ich mich an das Wackeln gewöhnt habe, macht es sogar richtig Spaß.

Irgendwann ruft Tiago mir zu: »So, wir sind gleich da.«

Ich hebe meinen Kopf und versuche, etwas zu erkennen. Der Mond scheint zwar, doch der Strand liegt im Dunkeln. Die Stirnlampen sind zu schwach. Nicht ein Licht eines Hauses ist zu sehen. Ich setze mich auf und bleibe den Rest der Fahrt sitzen.

Irgendwann spüre ich Sand unter meinen Füßen und bremse mein Board ab.

»Wo sind wir hier?«

»Das ist eine Bucht, zu der man nicht zu Fuß kommt, nur vom Meer aus. Von daher sollte uns hier heute keiner stören.« Seine Stimme klingt irgendwie rauer als sonst und mir läuft ein Schauer über den Rücken.

Nachdem Tiago die Bretter behutsam an Land gebracht hat, öffnet er seinen großen Rucksack und holt eine Decke, zwei Handtücher und eine Flasche heraus. »Wollen wir erstmal baden gehen?« Er sieht mich fragend an und pellt sich langsam aus dem Neopren.

»Ja, gerne, beim Paddeln ist mir ganz schön warm geworden. Ich habe nur keinen Bikini bei.«

Tiago sieht mich an und lacht. »Hier sieht dich außer mir eh keiner. Wir sind allein.«

Stimmt. Wer sollte uns hier schon erwischen? Außerdem ist es dunkel.

Das Wasser schwappt sanft gegen meine Beine. Obwohl Sommer ist, ist das Meer abends ziemlich frisch.

Tiago greift meine Hand und zieht mich mit sich.

Wenn man sich erstmal überwunden hat und untergetaucht ist, ist das Wasser einfach nur herrlich. Tiagos Hand löst sich, er rennt los und taucht mit einem Hechtsprung unter.

Als er nicht gleich wieder auftaucht, werde ich unruhig. Was, wenn er bewusstlos geworden ist? In dem dunklen Meer finde ich ihn doch nie wieder. Ich weiß nicht mal genau, wo ich bin.

»Tiago?«, rufe ich schrill.

Nichts.

Hektisch zucken meine Augen über das Wasser, aber Tiago entdecke ich nicht.

Doch dann höre ich ein Geräusch vor mir und Tiago ruft: »Ich bin hier, was ist?«

Ich atme erleichtert auf.

Er kommt zu mir zurückgeschwommen und nimmt mich in den Arm.

»Mach das nie wieder! Ich hatte Angst.«

»Tut mir leid.« Er sieht mir tief in die Augen und besiegelt seine Worte mit einem Kuss, der mein Innerstes zum Brodeln bringt. »Ich lasse dich nicht allein.«

Meine nackte Haut trifft auf seinen Körper und es fühlt sich wie ein Funkenschlag an.

Die Sehnsucht, ihn richtig zu spüren, verstärkt sich. Viel zu lange hat er mich schon auf die Folter gespannt. Ich nehme seine Hand und führe ihn zurück zum Strand.

Ohne uns abzutrocknen, lassen wir uns küssend auf die Decke fallen. Es fühlt sich alles so intensiv an. Das Kribbeln und Pulsieren hat sich in ein hartes Vibrieren von Trommelschlägen verwandelt. Tiago liegt unter mir. Als mir die Luft für einen kurzen Moment knapp wird, halte ich inne und betrachte sein Gesicht im Mondschein. Ich streichle die feinen Züge seines Gesichts nach und meine Hand wandert weiter seinen muskulösen Bauch hinunter. Er ist bereit, mehr als das, seine Augen leuchten gierig und seine Hand wandert zwischen meine Beine.

Doch ich mag es, ihn einen Moment zappeln zu lassen. Meine Hand bleibt ruhig auf seinem Bauch liegen und ich genieße es, ihn zu beobachten.

Er sieht mich an, dunkel und hungrig. Es wirkt fast, als würde sich seine Lust in eine unendliche Qual verwandeln.

Tiago schnauft, packt mich an der Hüfte und wirbelt mich herum, so dass ich nun unter ihm liege. Er zögert einen

Augenblick, als würde er etwas überlegen, doch dann presst er seinen Körper auf mich und ich möchte nur noch, dass er mich von meinem Verlangen erlöst.

Ich umschlinge seine Hüften mit meinen Beinen. Er umfasst mit seinen breiten Händen meinen Po und es fühlt sich an, als würde ein Lastwagen eine Ladung Oxytocin und Endorphine in meinen Blutkreislauf auskippen.

Doch nun ist es an ihm, mich warten zu lassen. Er küsst meinen Mund, meine Wange, mein Ohrläppchen, wandert weiter an meinem Hals hinab zu meinem Schlüsselbein. An meinen Brüsten verharrt er, streichelt sie und bedeckt auch sie mit Küssen, knabbert an meinen empfindsamsten Stellen. Jede Berührung lässt meine Lust ins Unermessliche wachsen.

Sein Mund wandert weiter über meinen Bauch, seine Zunge kreist um meinen Bauchnabel. Ich halte es nicht mehr aus, ziehe seinen Oberkörper wieder hinauf und er sieht mir direkt in die Augen, dringt mit ihnen direkt in meine Seele. Unsere Lippen treffen erneut aufeinander und seine Zunge sucht den Weg in mich hinein. Meine Hände packen seinen Po und machen ihm deutlich, dass ich nicht länger warten kann. Als er keuchend in mich eindringt, dreht sich alles um mich herum. Es existieren nur noch der Sand, das Meer, der Nachthimmel, Tiago und ich.

Eine Möwe krächzt. Ich schlage ein Auge auf und bereue es sofort. Die Sonne sticht mit ihrem Strahl mitten hinein. Beim Versuch mich aufzurichten, klirrt eine Flasche gegen einen Stein. Lächelnd denke ich an die letzte Nacht zurück.

Nachdem wir so hemmungslos übereinander herge-fallen waren, lagen wir noch eine Weile aneinander gekuschelt auf der Decke und beobachteten die Sterne, eine Sternschnuppe entdeckte ich leider nicht. Tiago holte noch einen kleinen Kuchen aus dem Rucksack und zündete eine Kerze für mich an. Er füllte zwei Plastiksektgläser mit dem mitgebrachten Sekt und ich wünschte mir beim Auspusten der Kerze, dass wir ewig so glücklich sein werden, wie wir es in dieser Nacht waren.

Außerdem zauberte er noch ein schmales, längliches Kästchen hervor und überreichte es mir. »Ich hoffe, es gefällt dir.«

Als ich den Deckel der Schachtel anhob, hielt ich die Luft an. Dort lag eine funkelnde silberne Kette mit einem Herzanhänger, der einen blauen Edelstein in sich trägt. Ein wenig erinnert mich dieser Anhänger an den aus dem Film »Titanic«.

»Sie ist wunderschön«, flüsterte ich und er legte mir die Kette um den Hals. Zum Dank umarmte ich ihn und setzte mich auf seinen Schoß. Kichernd bemerkte ich, dass er schon wieder bereit war für eine zweite Runde, nach der wir erschöpft einschliefen.

Ich hätte nicht gedacht, dass man am Strand unter freiem Himmel so gut schlafen kann. Die Morgensonne brennt bereits auf den Planeten. Noch immer nackt, bin ich froh, dass Tiago Recht hatte, und nicht jeder so einfach hierherkommen kann.

Tiago schläft neben mir noch tief und fest. Ich nehme sein Handy und mache ein paar Fotos von uns, während er die Augen langsam öffnet.

»Danke, für diese wunderschöne Nacht. So romantisch wurde ich noch nie überrascht.«

Tiago grinst und gibt mir einen Kuss. »Lass uns zurückfahren und frühstücken«, schlägt er vor. Sein Magen knurrt laut auf und ich muss lachen. »Da hat jemand aber heute Morgen großen Hunger.«

Wir räumen alle Sachen zusammen, ziehen uns die schwarzen Anzüge an und schmeißen uns wieder auf die Bretter, auf denen wir zum Strand zurückpaddeln.

Bei Tageslicht macht das Ganze gleich noch viel mehr Spaß. Wir kommen schnell voran und ich bin fast ein wenig enttäuscht, als die Fahrt vorbei ist.

»Das müssen wir unbedingt wieder machen. Das war der Hammer!«, rufe ich begeistert, als wir von den Boards steigen und durch die seichten Wellen zum Ufer laufen.

Der Strand ist noch menschenleer.

Nachdem Tiago die Bretter sicher auf den Strand geholt hat, schweift mein Blick über den feinen Sand und bleibt an etwas hängen. Einige Meter entfernt von uns liegt eine Picknickdecke, geschmückt mit den tollsten Leckerbissen.

»Ist das etwa für uns?«, frage ich.

Er schüttelt den Kopf. »Nein, hier werden heute wichtige Hotelgäste erwartet.«

Ich nicke und gleichzeitig macht sich Enttäuschung in mir breit. Auch ich habe inzwischen großen Hunger.

»Natürlich ist das für uns. Siehst du hier sonst noch jemanden?« Er grinst mich frech an.

Als ich merke, dass er mich verkohlt hat, schüttle ich meine Locken, die wild in alle Richtungen stehen, zumindest sieht mein Schatten im Sand so aus. Mit Anlauf springe ich ihm in die Arme.

»Nicht so stürmisch«, ruft er lachend und fällt nach hinten in den Sand.

»Wir sollten langsam essen, sonst kommen die ganzen Touristen und futtern uns alles weg«, unterbreche ich den darauffolgenden Kuss. »Wie hast du das schon wieder organisiert?«

Tiago zuckt nur die Schultern und antwortet: »Meine Quellen werden nicht verraten. Ist geheim.«

Verstrubbelt und voller Sand sitzen wir auf der Decke und genießen dieses außergewöhnlich leckere Frühstück. Dieses Glück würde ich am liebsten in eine Flasche abfüllen und für schlechte Tage aufheben. Schnell ziehen wir uns um und genießen Sekt und Erdbeeren.

Mein Handy vibriert und zeigt mir eine eingegangene E-Mail an. »Das ist eine Zusage für einen Job«, rufe ich und halte mein Handy in die Höhe.

KAPITEL 11

Mila – 07:10

O mein Gott, ich habe es gestern total vergessen. Es tut mir wahnsinnig leid! Alles Liebe und Gute nachträglich zum Geburtstag!

Ich – 07:13

Dankeschön. Ist doch nicht schlimm. Ich hatte einen wunderschönen Tag. Tiago hat sich extra für mich freigenommen und wir haben den ganzen Tag gemeinsam verbracht. Es war unglaublich schön. Schmetterlinge im Bauch waren ein Scheißdreck dagegen. Ich habe heute übrigens meinen ersten Tag bei einer Immobilienfirma. Bin total aufgeregt, freue mich aber auch. Ist bei euch alles ok?

Mila – 07:20

Oh, wie spannend, ich drücke dir die Daumen und wünsche dir einen super Start. Bei euch läuft es also richtig gut? Hier ist alles beim Alten.

Ich – 07:21

Ja, ich habe zwar kurzzeitig gezweifelt, aber ich glaube, es war die richtige Entscheidung, hierher zu ziehen. Ich bin glücklich. Und ich gebe mein Bestes! Erst mal hospitiere ich nur bei Besichtigungen, später soll ich auch eigene Termine übernehmen, wenn alles gut läuft.

Obwohl das Büro nicht weit von unserer Wohnung entfernt ist, bringt Tiago mich mit dem Auto zu meinem neuen Arbeitsplatz. Er sieht durch die Scheibe an mir vorbei und betrachtet das Schild über der Eingangstür.

»Viel Spaß und wenn etwas ist, ruf mich an.« Er sieht mich ernst an und denkt vermutlich an mein Erlebnis mit dem Fotografen.

Ich nicke. Auch ich hoffe, dass ich dieses Mal mehr Glück habe, und der Job der Grundstein für mein Visum wird.

»Vielen Dank, dass du mich hergefahren hast. Ich wünsche dir auch einen schönen Tag. Bis später.«

Nach einem Abschiedskuss fährt Tiago davon. Er muss noch Besorgungen für die Bar erledigen.

Die Türglocke bimmelt, als ich das Maklerbüro betrete.

»Hallo Hanna, schön, dass du da bist. Herzlich willkommen im Team.« Die Frau, die sich mir als Tina vorstellt, begrüßt mich freundlich mit einem Küsschen links, Küsschen rechts. Ihr dicker Bauch berührt mich dabei. Tina plappert in einer Tour und nach kurzer Zeit kenne ich ihre halbe Lebensgeschichte. Sie kommt wie ich aus Deutschland und hat hier in Portugal vor fünf Jahren mit ihrem Mann Werner ein Maklerbüro eröffnet, das sehr gut läuft. Weil Tina mit über vierzig Jahren noch einmal unerwartet schwanger geworden ist, suchen sie nun übergangsweise eine Aushilfe, die sie für die Zeit, in der sie ausfallen wird, vertritt.

»Wir müssen gleich los. Steig ein.« Sie deutet auf ein Auto. Als ich die Tür öffne, steigt mir heiße Luft entgegen, da das Auto mitten in der prallen Sonne gestanden hatte. Tina schnauft und Schweißperlen kullern ihr von der Stirn. Sie tut mir leid, es ist ihr sichtlich zu anstrengend, hochschwanger in der Hitze zu arbeiten.

»Wichtig ist: Sei immer vor den Kunden beim Haus. Besichtige noch einmal die Immobilie, schau, ob alles ordentlich und sauber ist. Lies dir vorher unbedingt das Exposé durch, damit du auf die Fragen eingehen kannst. Lüfte kurz durch, damit die Häuser nicht muffig riechen. Ich habe einen Geheimtrick: Ich tröpfle immer ein wenig Vanille-Aroma in eine Schüssel und stelle sie in den warmen Backofen. Das verströmt den Duft nach selbstgebackenen Keksen im ganzen Haus. Interessenten entscheiden sich dann eher für die Immobilie.« Sie zwinkert mir zu.

Ich nehme mir mein Notizheft, das Patricia mir geschenkt hat, und notiere die Infos von Tina.

Nach zehn Minuten Fahrt hält sie vor einer traumhaften Finca. Wir steigen aus und laufen den angelegten Weg aus weißen Steinen zum Eingang entlang. Die Steine knirschen unter meinen Schuhen und die Palmen, die links und rechts angepflanzt wurden, wiegen sich leicht im sachten Wind. Ich breite die Arme aus und genieße den Windzug nach der Strecke in dem stickigen Auto.

Als Tina den Schlüssel umdreht und die Tür aufspringt, bleibt mir die Luft weg. Ich komme mir vor, als würde ich einen edlen Palast betreten. Marmorboden, eine geschwungene Treppe mit goldenem Geländer und ein glitzernder Kronleuchter zieren die Eingangshalle. Wir gehen weiter zum Wohnraum, links befindet sich eine offene, sehr moderne Küchenzeile und geradezu eine riesige Fensterfront, hinter der eine Terrasse mit einem pompösen Pool zu erkennen ist. Es sieht aus, als würde das Wasser an einem Abhang wie ein Wasserfall hinunterlaufen. Dahinter präsentiert sich eine traumhafte Kulisse mit Palmen, weißen Häusern, gefolgt vom Meer.

»Traumhaft, dieser Infinity Pool, oder?«

Ich nicke mit offenem Mund und zücke den Kugelschreiber, um mir den Fachbegriff zu notieren.

»Bitte sieh oben nach dem Rechten und lüfte. Ich kümmere mich um alles hier unten.«

Eine halbe Stunde später begrüßen wir die potenziellen Käufer an der Tür und führen sie durch das Haus. Ich muss mir ein Lachen verkneifen, als ich das klischeehafte Pärchen vor mir sehe. Die Blondine hat prall aufgespritzte Lippen und die Brüste sind sehr wahrscheinlich auch nicht von Gottes Hand erschaffen worden. Ihr glitzerndes Kleid klebt eng auf ihrer Haut und betont ihren makellosen Körper. Der Mann ist lässig gekleidet, weiße Leinenhose, leicht aufgeknöpftes luftiges Hemd und eine Frisur à la Jürgen Drews. Während der ganzen Besichtigung kann er nicht ein einziges Mal die Hände von seiner Liebsten lassen, was mir schon irgendwie unangenehm wird. Fremdschämen ist das richtige Wort dafür. Doch der Kunde ist König und ich lächele brav, während ich jedes Wort von Tina aufsauge und mir einpräge. Mit dem Duft hatte Tina tatsächlich recht. Das Haus ist so traumhaft, ich hätte die Villa sofort gekauft. Mit dem passenden Kleingeld auf dem Konto natürlich.

Nach dem Termin schließen wir wieder alle Fenster und fahren zurück zum Büro.

»Ich wette, sie werden es nehmen. Der Typ hätte seiner Frau ja am liebsten schon dort die Klamotten vom Körper gerissen und sie vernascht.« Tina blickt zufrieden auf die Straße und hält wenige Minuten später wieder vor dem Büro. Sie will gerade die Autotür öffnen, da klingelt auch schon ihr Handy. »Ah, da ist er auch schon.« Tina hält den

Daumen nach oben und grinst mich an. Die Besichtigung war ein voller Erfolg.

»Das war auch echt mal wieder nötig«, sagt Nadine in monotoner Stimmlage, als wir ihr davon berichten. Ein bisschen mehr Begeisterung hätte ich schon erwartet, doch sie steht bloß hinter dem Tresen und dreht sich eine Haarsträhne um den Finger. Sie verzieht keine Miene und erklärt uns: »Ihr habt gleich noch eine Besichtigung. Hier sind die Unterlagen und Schlüssel.«

Seufzend nimmt Tina die Mappe und wir verlassen den Laden. Im Auto lese ich die wichtigsten Infos zum Haus laut vor, damit wir bestens vorbereitet sind.

Danach nutze ich die Zeit, um Tina eine Frage zu stellen, die mir unter den Nägeln brennt. »Ist Nadine immer so?«, frage ich vorsichtig.

»Hach, es ist nicht leicht mit ihr. Ich hatte gehofft, dass sie mich während des Mutterschutzes vertritt. Aber sie hat mir mehr Kunden vergrault, als dass sie einen Hausverkauf verbuchen konnte. Deswegen hat sie jetzt nur noch Innendienst. Aber man merkt ihr an, dass sie darauf keine Lust hat, oder?«

Ich nicke. »Warum schmeißt ihr sie nicht einfach raus?«

Tina räuspert sich. »Nun ja, Nadine ist unsere Tochter.«

Ups, wie peinlich.

Dass sie bereits ein Kind haben, hätte ich nicht gedacht. Aber warum lassen sie sie hier arbeiten, wenn sie es offenbar gar nicht möchte?

»Sie würde lieber unseren Job machen, aber wir haben es so oft probiert. Sie hat einfach kein Talent dafür«, antwortet Tina, als hätte sie meine Gedanken gehört. »Und weil sie auch nichts anderes machen kann oder will und auch nicht gut Portugiesisch spricht, findet sie hier keinen anderen Job.«

Mit dem Sprachproblem haben wir schon mal etwas gemeinsam. Auch mir fällt es nicht leicht, diese fremdklingenden Worte mit ihrer lispelnden Aussprache und den vielen Sch-Lauten zu lernen. Vor meiner Chefin möchte ich das natürlich nicht offen zugeben. Hoffentlich werde ich den Sprachkurs mit meiner Arbeitszeit vereinbaren können.

Ich nicke ihr freundlich zu und tue so, als würde ich alles nachvollziehen können. In mir drin bin ich jedoch froh, dass wir hier zum Glück nur mit deutschen Kunden zu tun haben. Von daher sollte ich diesen Job hinbekommen.

Die Besichtigung des nächsten Objekts läuft ebenfalls gut, doch als wir zurück zum Auto gehen, meint Tina zu mir: »Ich glaube nicht, dass sie es nehmen werden.«

Den Eindruck hatte ich zwar nicht, doch sie hat mehr Erfahrung und kann das vermutlich besser einschätzen als ich. Sie sollte recht behalten.

Die nächsten Tage verlaufen ähnlich wie mein erster Arbeitstag. Mal mehr Besichtigungen, mal weniger. Aber mir macht die Arbeit sehr viel Spaß. Vor allem, weil ich mich mit Tina so gut verstehe. Bei den Fahrten zu den Immobilien reden und lachen wir sehr viel, wir sind auf der gleichen Wellenlänge.

Werner hingegen ist ganz anders als seine Frau. Er ist groß und kräftig, nicht muskulös, eher schwabbelig. Trotz seiner Halbglatze und dem Schnurrbart erinnert er mich an Al Bundy. Er ist sehr mürrisch und hat eigentlich nie gute Laune. Ich bin froh, dass Tina mich unter ihre Fittiche genommen hat und nicht Mr Griesgram, wie ich ihn heimlich nenne. Eigentlich heißen die beiden Griesswald mit Nachnamen.

Einmal sollte ich einen Tag mit Nadine im Büro verbringen, damit ich die Arbeit dort kennenlerne, und da meldete ich mich tatsächlich mit »Maklerbüro W. und T. Griesgram«. Zum Glück war Nadine gerade auf der Toilette und hat meinen Patzer nicht mitbekommen. Die Anruferin lachte herzlich und stellte sich dann als Tinas Mutter vor. Ich suchte den Knopf unterm Tisch, der mir die erlösende Falltür öffnen würde. Sie versprach mir aber, nichts zu verraten. »Unter uns gesagt, ich finde auch, dass Werner ein Griesgram ist. Keine Ahnung, was Tina an ihm findet«, gestand sie mir seufzend und kicherte.

Mit Nadine werde ich leider auch nicht warm. Immer wenn ich mal ein Gespräch mit ihr anfangen möchte, bekomme ich eine einsilbige Antwort oder ein Schulterzucken. Sie scheint mehr nach ihrem Vater zu kommen.

Drei Wochen nach meinem Jobstart sitze ich morgens mit einem Schoko-Cappuccino in der Sonne auf dem Balkon und lerne Vokabeln für einen Test, denn inzwischen besuche ich zwei Mal in der Woche abends den Sprachkurs. Es ist zwar anstrengend, nach der Arbeit noch dorthin zu gehen und zu lernen, doch es macht mir auch Spaß. Ich nehme mir für heute Abend vor, eine Frau, die auch aus Deutschland kommt, nach ihrer Handynummer zu fragen. Vielleicht können wir uns auch mal so treffen und zusammen lernen.

Das Klingeln meines Handys unterbricht mich.

»Hanna, ich bin's, Werner. Ich muss Tina ins Krankenhaus bringen. Sie hat Blutungen bekommen. Wir haben heute jedoch einen Termin mit einem sehr wichtigen Kunden. Kannst du das bitte übernehmen? Traust du dir das zu?«

»Äh, ja, klar. Ich mache das. Kein Problem. Ich hoffe, es ist nichts Ernstes mit Tina und dem Baby.«

»Ja, das hoffe ich auch, es wäre noch viel zu früh. Hol´ dir bitte bei Nadine das Auto und die Unterlagen ab, ja?«

Als ich auflege, kribbeln meine Hände. Meine erste Besichtigung alleine. Schaffe ich das? Bin ich wirklich schon bereit dafür? Egal, heute werde ich es sein müssen. Schnell mache ich mich fertig und verlasse die Wohnung.

Das bekannte Glöckchen bimmelt an der Tür, als ich das Büro betrete. Nadine schaut mich düster an: »Du bist spät dran. Hier sind deine Unterlagen und dort steht die Adresse.« Sie tippt auf einen Zettel.

»Hallo Nadine, ich wünsche dir auch einen guten Morgen«, sage ich ironisch fröhlich, dann nehme ich die Unterlagen. »Danke, ich mache mich gleich auf den Weg. Werner hat mich erst vor ein paar Minuten angerufen. Weißt du schon etwas Neues?«

Nadine sieht auf ihren Bildschirm und schüttelt nur kurz den Kopf.

Seufzend drehe ich mich um und mache mich auf den Weg zum Auto. Ich tippe die Adresse ins Navi ein und stecke den Schlüssel ins Schloss. Als ich ihn herumdrehe, passiert nichts.

»Oh nein, nicht das noch.« Die Tankanzeige ist leer. Ich renne zurück zu Nadine und atemlos erkläre ich ihr die Lage.

»So ein Mist, Papa ist mit dem anderen Auto ins Krankenhaus gefahren. Aber mir ist so, als würde hinten noch ein Kanister mit Benzin stehen. Ich geh mal nachsehen.« Tatsächlich kommt Nadine mit einem breiten Grinsen zurück und hält den Kanister wie eine Trophäe in die Höhe. Als wäre sie die Heldin des Tages.

Ich nehme ihr den Behälter mit der hin- und herschwappenden Flüssigkeit ab und gieße sie in den Tank des Autos. Glücklicherweise springt der Wagen beim nächsten Versuch gleich an und ich kann losdüsen.

Nach nur fünf Minuten bin ich an der eingegebenen Adresse angekommen. Verwirrt greife ich zu den Unterlagen, die Nadine mir gegeben hat. Das Haus auf der Vorderseite des Exposés sieht doch ganz anders aus. Ich blättere die Unterlagen durch. Dort steht eine ganz andere Anschrift. Wie kann das denn sein? Mit zittrigen Fingern gebe ich die andere Anschrift ins Navi ein. Zehn Minuten Fahrtzeit rechnet mir das Gerät aus. Na super.

Ich wende das Auto und folge der Navi-Stimme.

Da ich keinen Parkplatz finde, muss ich leider noch ein ganzes Stück weiter entfernt von dem Haus parken. Abgehetzt komme ich an und sehe, wie ein junges Paar gerade wieder in ein Auto steigen möchte. Wild wedle ich mit den Armen und rufe sie.

Mit angesäuertem Blick kommen sie auf mich zu.

»Es tut mir schrecklich leid, dass ich zu spät bin. Mein Name ist Hanna Sommer. Ich vertrete heute Tina Griesswald. Sie ist schwanger und musste leider wegen eines Notfalls ins Krankenhaus.«

Die beiden stellen sich als Herr und Frau von Winterheer vor. Die Dame mit zu viel Make-Up und den unnatürlich wirkenden Gesichtszügen mustert mich intensiv, als würde sie einen Lügendetektorscan bei mir durchführen.

Sie scheint aber zu dem Schluss zu kommen, dass ich die Wahrheit sage. »Wir warten hier schon eine Ewigkeit und dachten, es kommt niemand mehr. Aber nun haben Sie es ja doch noch geschafft, dann sollten wir uns mit der Besichtigung beeilen. Wir haben noch andere wichtige Angelegenheiten zu klären.«

Ich ignoriere ihre Spitze, nicke und schließe die Tür auf. Zum Glück scheint die Immobilie noch nicht so lange leer zustehen, es riecht jedenfalls nicht muffig und sauber sieht es auf den ersten Blick auch aus. Trotzdem reiße ich einige Fenster auf. Für den Backofentrick bleibt keine Zeit. Die hochhackigen Schuhe von Frau von Winterheer klackern auf dem glatten Marmorboden.

»Sehen Sie sich in Ruhe um, wenn Sie Fragen haben, wenden Sie sich bitte an mich«, sage ich und versuche die Panik, weil ich unvorbereitet bin, zu verstecken.

»Wollen Sie uns nicht durch die Räume führen und uns alles genau erklären?«, fragt die Frau pikiert. Unsicher blicke ich auf. Ich brauche Zeit, um das Exposé zu studieren. »Wir lassen unsere Kunden gerne selbst einen ersten Eindruck entwickeln und beantworten dann entstandene Fragen«, behaupte ich einfach und lasse das verdutzte Ehepaar stehen.

Leise murmelnd gehen sie die Treppe hinauf und ich fühle ihren Blick in meinem Nacken. Als sie endlich aus meinem Blickfeld verschwinden, stürze ich mich auf die Unterlagen, lese mir alles ganz genau durch und versuche mir möglichst viele Details zu merken.

Nachdem die beiden Herrschaften auch die untere Etage und den traumhaften Garten mit Pool erkundet haben, kommen sie auf mich zu. »Wir haben uns verliebt«, sagt sie.

Ihn scheint das Ganze nicht so zu interessieren. Sie strahlt dagegen über das ganze unechte Gesicht.

»Was möchten Sie denn noch wissen? Haben Sie Fragen?«

»Nicht wirklich. Es ist erstaunlich. Wir haben schon zehn Immobilien besichtigt und alle Makler haben uns mit Informationen zugeschüttet. Am Ende der Besichtigungen war ich so mit den ganzen Daten und Fakten überladen, dass ich gar keine Lust mehr hatte, die Finca zu kaufen. Hier stimmt einfach alles. Mein Gefühl sagt mir, das ist es. Es fühlt sich richtig an. Nicht wahr, Günther?«

»Ja, mein Häschen, alles, was du möchtest. Wir nehmen es.« Er reicht mir die Hand für einen Handschlag und nun bin ich es, die verdutzt zwischen den beiden hin und her blinzelt.

»Na, wie ist es gelaufen?«, fragt Nadine.

Höre ich da Schadenfreude heraus? Ich lege die Unterlagen und den Autoschlüssel auf den Tresen und schaue sie ernst an. Nadines Grinsen wird immer breiter.

Hat sie mir absichtlich die falsche Adresse notiert?

»Es lief gar nicht gut. Als ich dort ankam, habe ich das Haus gesucht und nicht gefunden. Doch zum Glück stand die richtige Anschrift in dem Exposé. Ich kam natürlich viel zu spät dort an. Aber Herr und Frau Winterheer werden die Immobilie trotzdem nehmen. Sie waren total begeistert.«

Es ist lustig anzusehen, wie ihr Lächeln sich zu einem Ausdruck verändert, als hätte sie schlechte Milch getrunken.

»Ist das nicht super?«

»Doch, ja, klar. Mein Vater wäre auch sehr enttäuscht von dir gewesen, wenn es nicht so gekommen wäre. Es war quasi der Test, ob du dem gewachsen bist.«

Als ich realisiere, was sie mir da gerade gesagt hat, bleibt mir der Mund offen stehen. Werner wollte mich testen? Schönen Dank auch. Umso besser, dass ich das so gut hinbekommen habe. Vielleicht hätten sie mir sonst sogar noch gekündigt.

»Hast du schon was aus dem Krankenhaus gehört?«, frage ich und versuche, meine flatterige Stimme fest klingen zu lassen. Oder war das auch eine Lüge gewesen?

Nadine schüttelt den Kopf, dann erhebt sie sich, greift nach ihrer Tasche und läuft zum Ausgang. »Kümmerst du dich bitte um die Vertragsunterlagen? Wir sehen uns dann morgen wieder, ich muss jetzt los«, sagt sie.

Es ist gerade mal Mittagszeit und Nadine haut schon ab? Doch bevor ich sie fragen kann, was sie vorhat, ist sie schon verschwunden. Sicher möchte sie zu ihrer Mutter ins Krankenhaus.

Ich bleibe alleine zurück und erledige den Papierkram. Ich bin so vertieft in meine Arbeit, dass ich regelrecht zusammenzucke, als das Telefon läutet.

»Nadine?«, fragt Werner und unterbricht mich mitten in meiner Begrüßungsformel.

»Nein, hier ist Hanna. Ich dachte, Nadine ist zu euch ins Krankenhaus gefahren?«

»Äh, nein, hier ist sie nicht.«

»Wie geht es Tina und dem Baby?«

»Gut, gut, der Ultraschall zeigt, dass es dem Kind gut geht. Tina muss aber zur Beobachtung einige Tage im Krankenhaus bleiben. Wie lief es mit Familie von Winterheer?«

»Ich habe den Test bestanden«, sage ich stolz.

»Welchen Test?« Werner klingt irritiert.

»Die Stolperfallen: leerer Tank, falsche Adresse und so.«

»Ich verstehe nur Bahnhof.«

»Aber Nadine meinte doch ...«

Er seufzt. »Was hat sich dieses Kind diesmal wieder einfallen lassen?« Ich kann sein Kopfschütteln fast durch den Telefonhörer hören.

Hätte ich mir auch denken können, dass Nadine mir diese Fallen gestellt hat. Will sie mich so dringend loswerden? »Ich habe es trotzdem zur Besichtigung geschafft und die beiden waren so begeistert, dass sie sofort zugeschlagen haben. Sie nehmen die Finca.«

»Sehr gut, sehr gut. Das sind doch die besten Neuigkeiten des Tages. Ich muss jetzt auflegen, bis bald.«

Den Rest des Tages bleibt es ruhig im Büro. Punkt achtzehn Uhr schließe ich die Tür ab und versuche, Tiago anzurufen, um ihm von meinem Tag zu berichten. Doch er geht nicht an sein Handy.

Mein Magen knurrt. Da Nadine einfach abgehauen ist, habe ich mich nicht raus getraut, um mir etwas zum Mittag zu besorgen. Hoffentlich hat Tiago zu Hause etwas Leckeres gekocht.

Während ich erschöpft nach Hause laufe, beschleicht mich ein merkwürdiges Gefühl. Ich weiß nicht genau, was es ist, aber auf dem Weg zu unserer Wohnung drehe ich mich mehrmals um und suche die Straße ab. Irgendwie werde ich den Eindruck nicht los, dass mich jemand beobachtet. Doch ich kann niemanden entdecken. Meine Schritte werden schneller, als ich in die menschenleere Straße zu unserem Wohnblock abbiege. An der Haustür bleibe ich stehen und krame meinen Schlüssel hervor. Am Anfang der Straße steht auf einmal ein dunkles Auto.

War das eben auch schon dort? Ich öffne die Eingangstür und sie fällt hinter mir ins Schloss. Erleichtert atme ich aus und gehe die Treppe hinauf.

In der Wohnung ist kein Mucks zu hören.

»Tiago? Bist du da?«

Nichts.

Er wird wohl wieder in der Bar aufgehalten worden sein. Achselzuckend gehe ich in die Küche und mache das Abendessen. Später werde ich ihm davon etwas in der Bar vorbeibringen, bevor ich zu der Sprachschule gehen muss.

KAPITEL 12

Wenn Tiago es nicht schafft, zum Abendessen nach Hause zu kommen, was leider recht häufig der Fall ist, bringe ich ihm etwas zur Bar und wir essen gemeinsam im Biergarten. So sehen wir uns wenigstens noch einmal, bevor seine Nachtschicht beginnt.

Doch heute war mein Hunger so groß, dass ich schon zu Hause gegessen habe.

Mit nur einer Portion in der Tasche betrete ich die Bar. Inzwischen kennen mich alle Mitarbeiter und keiner will mich mehr davonscheuchen, sie begrüßen mich freundlich. Da Tiago nirgendwo zu sehen ist, öffne ich die Tür zum Büro. Er starrt auf den Bildschirm seines Computers.

»Hallo, ich bringe dir dein Abendessen«, sage ich und halte den Beutel in die Höhe.

Er blickt nicht mal auf.

»Halloooo!«

»Hm? Äh, ja, danke. Stell es bitte dorthin.« Er sieht mich noch immer nicht an, verzieht nur das Gesicht, als würde ihm etwas wehtun.

Alarmiert betrachte ich ihn, doch er schweigt weiter, und so frage ich: »Bekomme ich keinen Kuss?«

»Doch, natürlich. Tut mir leid, es ist sehr stressig zurzeit.« Er dreht sich zu mir und zieht mich auf seinen Schoß, dann gibt er mir den versäumten Kuss.

»Verstehe. Kann ich dir irgendwie helfen?«

»Du hilfst mir damit, dass du meine Arbeit und ihre Nachteile akzeptierst und mir eine leckere Mahlzeit servierst.« Er lächelt, doch es wirkt irgendwie nicht echt.

»Achso, ich bin also nur eine Köchin für dich.« Ich versuche mit meinem heiteren Tonfall, die angespannte Stimmung aufzulockern und stemme gespielt ernst die Hände in die Seiten.

»So war das nicht gemeint. Dein Essen schmeckt fantastisch und ich genieße deinen Service. Aber du musst das nicht machen. Ich kann mir auch etwas zu essen kaufen.«

»Kommt gar nicht in Frage«, rufe ich entrüstet und wackle mit dem Zeigefinger.

Tiago lächelt. »In der Vergangenheit konnten meine Freundinnen meine Arbeitszeiten nicht so hinnehmen wie du.« Er streicht mir eine Haarsträhne aus dem Gesicht und gibt mir einen Kuss auf die Nasenspitze.

»Ich würde dich aber auch lieber viel mehr für mich haben«, gestehe ich.

»Ja, ich weiß. Aber der Sommer, du weißt das doch ... Im Herbst und Winter wird es wieder ruhiger. Da haben wir mehr Zeit.«

»Ich freue mich schon darauf. Du hast übrigens einen Brief bekommen, sieht wichtig aus.« Er nimmt mir den Umschlag aus den Händen und reißt ihn mit hochgezogener Augenbraue auf, bevor er die Zeilen überfliegt.

»Das ist ein Brief von der Polizei. Sie haben den Fotografen nicht ausfindig machen können und stellen die Ermittlungen ein.«

Ich schnaufe. »Ganz toll! Und was macht der jetzt mit meinen Fotos? Ich hoffe, ich finde mich nicht irgendwann mal im Internet wieder.«

»Glaube ich nicht ... Mach dir keine Sorgen. Der war sicher nicht auf die Fotos aus, sondern auf dich!«

»Trotzdem, der Kerl ist noch frei und zieht seine Nummer nun vermutlich mit der Nächsten ab ...«

»Vielleicht ist der schon gar nicht mehr im Land«, sagt Tiago und reibt mit der Hand über seinen Dreitagebart, den er nur in besonders stressigen Zeiten stehen lässt, und schielt wieder auf seinen Bildschirm.

So ganz kann ich mir das nicht vorstellen, doch ich schiebe den Gedanken von mir weg, weil ich mich sonst gleich wieder schlecht fühle.

Während Tiago isst, erzähle ich ihm von meinem Tag. Er freut sich sehr mit mir über meinen Erfolg bei der Arbeit. »Aber mit dieser Nadine stimmt doch irgendwas nicht«, sagt er mit vollem Mund.

»Ja, ich weiß auch nicht. Irgendwie habe ich das Gefühl, sie hat alles dafür getan, dass ich zu spät zu dem Termin komme. Aber damit schadet sie doch dem Unternehmen ihrer Eltern. Entweder sie will mich rausgraulen, weil sie meinen Job haben möchte oder sie will, dass ihre Eltern pleitegehen und wieder nach Deutschland zurückziehen. Ich habe das Gefühl, sie fühlt sich hier nicht wirklich heimisch.«

»Wer weiß das schon ... Ich muss jetzt leider wieder arbeiten.«

Ich verdrehe die Augen und stehe seufzend auf. »Was freue ich mich auf den Winter.«

»Ich mich auch. Doch um auch dann über die Runden zu kommen, muss ich jetzt Geld verdienen. Viel Geld.« Tiago kneift mir sanft in den Po und küsst mich zum Abschied.

Ich sehe auf die Uhr und stelle fest, dass die Zeit bei meinem Freund rasend schnell vergangen ist und ich mich beeilen muss, um noch rechtzeitig zum Vokabeltest zu kommen.

Mit großen Schritten verlasse ich die Bar und werde draußen von der untergehenden Sonne geblendet. Ich halte mir die Hand an die Stirn, um besser sehen zu können. Ein paar Männer kommen mir entgegen und gehen zum Eingang der Bar. Komisch, die Bar ist doch noch geschlossen ... Zwei der vier Männer kommen mir irgendwie bekannt vor. Mir fällt jedoch auf die Schnelle nicht ein, wo ich die Gesichter schon einmal gesehen habe. Vielleicht sind das Lieferanten und sie wollen etwas Geschäftliches besprechen.

Ich schwinge mich auf das alte Fahrrad von Tiago, das im Hinterhof steht, und radele zur Sprachschule.

Enttäuscht stelle ich fest, dass die Frau, welche ich nach ihrer Nummer fragen wollte, leider nicht erscheint. Ob sie krank ist oder drückt sie sich nur vor dem Test? Ich werde sie dann in der nächsten Unterrichtsstunde ansprechen, nehme ich mir vor.

Der Test ist zum Glück nicht sonderlich schwer, ich schaffe alle Aufgaben in der vorgegebenen Zeit und sitze die folgende Unterrichtsstunde ab. Gähnend mache ich mich danach mit dem Rad auf den Weg nach Hause. Heute werde ich sicher gut schlafen.

KAPITEL 13

»Schnell, lass mich rein. – Mach die Tür zu.«

Ich schalte das Licht im Flur ein. Patricias Stimme klingt brüchig und die verlaufene Mascara lässt ihr Gesicht gespenstisch wirken. Sie sieht sich wie ein erschrockenes Eichhörnchen um.

»Was ist denn los? Ist etwas passiert?« Ich strecke mich und gähne, ich hatte etwas Schönes geträumt. Tiago und ich, im Sonnenuntergang am Meer. »Wie spät ist es überhaupt?«

»Hat Max dich nicht erreicht? Er hat mich angerufen.« Ich drehe mein Handy um, das auf lautlos gestellt ist. Tatsächlich zeigt es dreizehn verpasste Anrufe von Tiagos Boss an. Verständnislos gucke ich zu Patricia. Erneut laufen Tränen über ihre Wangen. Was geht hier vor sich?

Ein dumpfes Gefühl macht sich in mir breit. Ein Gefühl der bösen Vorahnung. Wieso hat Max mich angerufen, wieso steht Patricia hier in unserer Wohnung? Wieso ist es nicht Tiago, der mich kontaktiert oder herkommt? Die einzige logische Erklärung wäre ...

»Tiago ist tot.« Es klingt mehr wie ein Schluchzen.

Ich lache auf. »Nein, das kann nicht sein. Ich habe ihn doch vorhin noch gesehen. Warte, ich beweise es dir, ich rufe ihn an.« Mit flinken, aber zittrigen Fingern versuche ich, seine Nummer zu wählen. Erst beim dritten Versuch klappt es. Ich höre ein Freizeichen.

Niemand nimmt ab.

»Los, geh schon ran!«, flüstere ich auf Deutsch, doch Patricia ergreift meinen Arm und zieht das Handy langsam von meinem Ohr weg. »Vielleicht hört er es nicht wegen der lauten Musik.«

Patricia schüttelt den Kopf. Der Blick, den sie mir zuwirft, ist das blanke Entsetzen.

»Du machst Witze. Es ging ihm gut, er war quicklebendig.« Erwartungsvoll sehe ich sie an.

Patricia schweigt und der Schmerz in ihren Augen wird immer größer, sodass mir mit einem Mal ganz unbehaglich wird. Warum sollte sie mit so etwas scherzen? So verheult, wie sie aussieht, und sie taucht mitten in der Nacht hier auf ... Das ist doch ungewöhnlich.

»Bist du betrunken?« Ein verzweifelter Versuch, eine logische Erklärung für ihren Schwachsinn zu finden. Doch Patricia bringt nur ein schluchzendes »Nein!« hervor.

Mir wird schummerig. Meine Beine sind plötzlich aus Wackelpudding und geben nach. Ich sacke zusammen, lande auf dem Fußboden und weiß nicht, was ich denken soll.

Er kann doch nicht tot sein. Er darf nicht tot sein. Er ist doch mein Leben, alles, was ich habe. Ich möchte hier mit ihm glücklich sein, mir ein Leben aufbauen.

Krampfhaft überlege ich, was die letzten Worte waren, die ich mit ihm gewechselt habe. Doch sie fallen mir nicht ein.

Ich sehe die Bilder vor mir, wie wir allein in unserer Bucht meinen Geburtstag feiern. Automatisch wandert meine Hand an meinen Hals, wo die Kette mit dem Herz baumelt. Der Anhänger fühlt sich warm an, als würde er mir sagen wollen, dass auch Tiagos Herz noch warm ist.

Doch so sehr ich mir das wünsche, Patricia steht vor mir und erzählt mir das Gegenteil.

Mein Magen krampft sich zusammen und mir wird kotzübel. Auf allen Vieren krabbele ich ins Bad und schaffe es gerade noch, den Klodeckel hochzuheben, bevor sich mein Magen entleert. Patricia steht hinter mir und hält mir die Haare hoch. Sanft streichelt sie über meinen Rücken.

»Hör zu, du bist hier nicht sicher«, sagt sie und ich bemerke die Hektik in ihrer Stimme. »Sie wissen, wo du wohnst, und sie sind auch hinter dir her.«

Wie durch Watte dringen ihre Worte zu mir hindurch. Aber den Sinn dahinter verstehe ich nicht. In meinem Kopf hallen nur noch die Worte nach: »Tiago ist tot.«

Tot! Tot! Tot!

Was für ein komisches Wort. Es passt vor allem so gar nicht zu meinem Tiago, der so warm war, so voller Leben, immer aktiv, der immer etwas zu tun hatte. Seine braunen Augen, die mir dieses schelmische Lächeln schenkten und die ich nun nie wiedersehen werde. Seine Lippen, die ich nie wieder so weich auf meinen spüren darf. Sein Duft, der für immer davongeweht ist. Die Erkenntnis trifft mich schlagartig und dringt tief in meine Seele ein. Mir wird schwarz vor Augen.

»Hanna! Hanna, hallo! Hörst du mich?«

Nein, ich will nichts hören. Tiago kann auch nichts mehr hören. Ohne ihn hat das Leben keinen Sinn mehr, das Leben hier zumindest nicht. Wenn er nicht mehr lebt, ist mein Leben dunkel, düster, kalt.

»Wieso?«, frage ich. Meine Stimme klingt hohl und leer. Plötzlich sehne ich mich nach den Armen meiner Mutter, die mich einfach nur festhält.

»Was wieso?«

»Wieso ist er gestorben?«

»Hanna, wir müssen wirklich hier weg. Max meinte, sie haben schreckliche Dinge gesagt, sie haben dich beobachtet.«

»Wer? Von wem redest du überhaupt?«

»Ich weiß nicht, wer genau die sind. Aber kannst du dich noch daran erinnern, als Tiago angeschossen wurde?«

Ich nicke und mit einem Mal wird mir klar, wo ich die Männer vorhin bei der Bar schon einmal gesehen habe. Im Krankenhaus, damals, als ich Tiago mit dem Streifschuss dorthin gebracht habe. Die Männer wollten auf ihn losgehen. Und er hatte so getan, als würde er sie nicht kennen. Ich hatte gespürt, dass er log.

»Ich weiß nichts Genaues, aber ich vermute, sie wollten Schutzgeld haben. Die Sache muss eskaliert sein und ...« Sie schweigt einen Moment. »Du musst packen!« Sie rennt zum Schrank und wirft meine Klamotten in den Koffer.

Ich bleibe wie angewurzelt stehen. »Ich glaube nicht, dass ich in Gefahr bin. Was sollten sie von mir wollen?« Doch dann fällt mir ein, wie beobachtet ich mich auf der Straße gefühlt habe. Wenn ich ehrlich bin, hatte ich dieses Gefühl in letzter Zeit öfter. Ich habe mir eingeredet, mir das nur einzubilden. Doch, was ist, wenn es keine Einbildung war? Wenn die Kerle mich tatsächlich ausspioniert haben?

Mein Herz rast und mir bricht der Schweiß aus. Plötzlich habe ich das Gefühl, alles ganz klar zu sehen. Ich kann hier nicht alleine bleiben. Die Neuigkeiten lassen mich hilf- und schutzlos erscheinen.

Ich muss hier weg. Sofort!

Wertsachen, Papiere, Handy ... Was noch? Patricia hat gute Arbeit geleistet. Auf den ersten Blick erinnert nichts mehr daran, dass ich hier mal gelebt habe. Und auch Tiago wird nie wieder einen Fuß in diese Wohnung setzen, wird mir schmerzlich bewusst.

Seine Zigarettenpackung liegt noch auf dem Küchentisch. So sehr ich Rauchen auch hasse, ich wünschte, er würde jetzt mit seiner Zigarette auf dem Balkon stehen und mich angrinsen.

Mit schwerem Herzen schließe ich die Wohnungstür ein allerletztes Mal.

»Ich bringe dich zu einer Freundin. Da bist du erst einmal sicher.« Aber ich schüttle den Kopf.

»Nein, ich will nicht dorthin. Bring mich bitte zum Flughafen. Ich möchte nach Hause.«

»Aber ..., aber wir sind doch jetzt deine Familie. Es ist mitten in der Nacht.« Der Ausdruck in ihren Augen ist unglaublich traurig und ich höre das Krachen, als mein Herz in tausend Splitter zerspringt.

»Ich habe euch wirklich alle sehr lieb. Aber ich muss jetzt zu meinen Eltern. Ich hoffe, du verstehst das. Bitte sag deiner Mama und allen anderen, wie leid es mir tut. Aber wenn ich wirklich in Gefahr bin, dann muss ich hier weg. So weit weg wie möglich.«

»Ja, ich verstehe. Ich bringe dich zum Flughafen.«

Vor der letzten Treppe hält Patricia abrupt inne. Sie ergreift meinen Arm und hält ihren Zeigefinger vor die gespitzten Lippen.

Als ich um die Ecke schaue, erkenne ich auch, was sie sieht. Vor der Tür sind zwei dunkle Gestalten am Werk. Allem Anschein nach wollen sie das Schloss aufbrechen. Mit einem Schlüssel hätten sie die Tür schon längst geöffnet.

»Das sind sie. Los, komm!«

Ohne das Licht anzumachen, gehen wir durch den Keller zum Hinterausgang des Hauses. Dort laufen wir auf Zehenspitzen vorbei an dem großen Pool.

Ich sehe noch einmal zu unserem Balkon hoch und bilde mir ein, Tiago dort zu sehen, wie seine Zigarette rot aufleuchtet. Doch beim nächsten Blinzeln ist er verschwunden.

Wir biegen um die Hausecke. Nicht in der Lage einen klaren Gedanken zu fassen, schleiche ich hinter Patricia zu ihrem Auto, das sie glücklicherweise neben einem Transporter geparkt hat, der uns Deckung gibt. Patricia startet den Motor und legt, ohne die Scheinwerfer anzumachen, den Rückwärtsgang ein. Als wir langsam an dem Hauseingang vorbeirollen, sind die Typen nicht mehr zu sehen. Offenbar haben sie es geschafft, die Tür zu öffnen. Gänsehaut läuft mir über den Rücken. Was wäre, wenn Patricia mich nicht geweckt und gewarnt hätte? Hätten die Kerle mitten in der Nacht an meinem Bett gestanden und mich womöglich auch umgebracht? Ich sehe mich aus der Vogelperspektive blutverschmiert und mit verdrehten Gliedern in den zerwühlten Laken liegen.

Meine Knie zittern. Der bittere Geschmack in meinem Mund lässt sich nicht wegschlucken.

Erst als wir an den Schildern vorbeifahren, die uns den Weg zum Flughafen in Faro weisen, kommt mir der Gedanke, dass wir die Polizei hätten rufen sollen. Doch vermutlich sind die Mörder schon wieder unverrichteter Dinge abgehauen.

Beim nächsten Gedanken habe ich das Gefühl, mich gleich übergeben zu müssen.

Diego.

Er hat seinen Vater verloren und muss nun wie Tiago auch ohne Vater aufwachsen. Was für ein Glück, dass er ihn noch kennengelernt hat. Doch Diego ist gerade mal vier Jahre alt, wird er sich später auch noch an ihn erinnern können? Ich kurbele das Fenster herunter und lasse mir die Nachtluft um die Nase wehen, in der Hoffnung, die Übelkeit beseitigen zu können, doch dieser Gedanke hat sich fest in mein Herz geklammert wie eine verirrte Heftklammer.

Wieder sitze ich tränenüberströmt im Flugzeug. Das dritte Mal. Ich glaube, ich werde dieses Land wirklich nie ohne Tränen verlassen können. Und ich glaube, ich werde auch nie wieder einen Fuß in dieses traumhafte Land setzen können.

Nicht nur in die Landschaft hatte ich mich verliebt, auch die Menschen, die hier leben, sind die warmherzigsten und offensten, die ich je kennengelernt habe. Alle werden ewig einen Platz in meinem Herzen haben. Nur dieser eine, der wichtigste Platz, wird von nun an auf ewig leer bleiben. Er hinterlässt eine Lücke in meinem Herzen, wie ein schwarzes Loch, das all meine Gefühle einsaugt und in der Unendlichkeit verschwinden lässt.

Die kurze Zeit, die mir mit Tiago geschenkt wurde, war so intensiv gewesen, so wunderschön. Ich kann mir nicht vorstellen, wieder jemals so empfinden zu können.

Bilder, wie Tiagos Körper leblos auf der Straße liegt, tauchen vor meinem inneren Auge auf. Wurde er erschossen? Erstochen? Musste er leiden? Oder war er sofort tot?

Ich versuche, diese Gedanken wegzudrängen. Ich will mir nicht vorstellen, wie genau er umgebracht wurde. Nein, ich möchte ihn so in Erinnerung behalten, wie er für mich war. Sein warmer, liebevoller Blick, seine Hilfsbereitschaft. Der kleine niedliche Leberfleck hinter seinem rechten Ohr, die fast unsichtbare Narbe an seiner Schläfe, die von einem Unfall mit einem Roller stammte, die Narbe des Streifschusses an seinem Oberarm. Die Freude, die er empfand, wenn er an seinem DJ-Pult stand, die Blicke, die er mir dabei zuwarf. Ein Schauer läuft mir über den Rücken. Mein Verstand will noch immer nicht akzeptieren, dass ich Tiago nie wiedersehen werde.

Ich weiß nicht, wie ich es geschafft habe, und ich weiß auch nicht, wie lange das Ganze genau gedauert hat. Ich habe keinen Direktflug bekommen, musste irgendwo umsteigen und zwei Mal Start und Landung über mich ergehen lassen, bis ich endlich in Berlin gelandet bin. Natürlich in Tegel, weit entfernt von zu Hause.

Die Fahrt zu meinen Eltern kommt mir vor wie eine Ewigkeit.

Nachdem mein Vater mich am Stadtrand eingesammelt und zu meinem Elternhaus gebracht hat, erkläre ich, was passiert ist und erhalte die langersehnte Umarmung meiner Mutter.

Kurz darauf falle ich in mein altes Jugendbett auf dem Spitzboden. Meine Mama kuschelt sich eng an mich und bleibt die ganze Nacht bei mir. Immer wieder schütteln krampfhafte Weinanfälle meinen Körper durch, nach denen ich erschöpft einnicke.

Am nächsten Morgen überhäuft meine Mutter mich mit klugen Weisheiten, aber nachdem ich ihr gesagt habe, dass ich ihre gut gemeinten Ratschläge und Fragen nicht ertragen könne, lassen meine Eltern mich zum Glück in Ruhe. Meine Mutter kommt nur in mein Zimmer, um mir in regelmäßigen Abständen etwas zu essen hinzustellen, welches ich manchmal jedoch nicht mal ansehe. So vergeht ein Tag nach dem anderen. Nur um mal auf die Toilette zu gehen, verlasse ich meinen Turm der Trauer.

»Kind, du musst doch mal wieder da runterkommen, unter Leute gehen. Du liegst schon seit einer Woche dort oben. Das ist nicht gut«, startet meine Mutter wieder mal einen neuen Versuch.

»Mir doch egal«, rufe ich trotzig zurück.

»Ich verstehe, dass du trauerst. Aber, so blöd es klingt, das Leben geht weiter. Du kannst dich nicht ewig hier verkriechen!«

Wieso eigentlich nicht? Ich finde den Gedanken gar nicht schlecht. Ich habe keine Wohnung mehr, keinen Job, meine große Liebe ist gestorben. Wozu soll ich aufstehen und irgendwas machen?

Ich ziehe mir die Decke über den Kopf und schweige, bis meine Mutter mit einem tiefen Seufzer aufgibt und die Tür wieder schließt.

KAPITEL 14

»Hanna?«

Ich schrecke hoch. Diese Stimme ist definitiv nicht von meiner Mutter. Ich bin plötzlich hellwach. »Mila?«

»Ja, darf ich hochkommen?«

Ich blicke an mir herunter. »Nein, ich sehe schrecklich aus.«

Doch Mila hört nicht auf mich. Sie kommt die knarrende, steile Treppe hinauf.

»Puh, hier mieft es.« Sie reißt das Fenster auf. »Wann hast du das letzte Mal geduscht?«

»Keine Ahnung. Welcher Tag ist heute?« Ich drehe mich weg und ziehe mir die Decke bis zur Nasenspitze hoch. Ich mag mich selbst nicht mal mehr riechen.

»Samstag.«

Ich habe keine Ahnung, wann ich mich das letzte Mal um meine Körperpflege gekümmert habe, und das ist mir in diesem Moment äußerst unangenehm. »Geh weg!«

»Süße, komm her. Es ist so schrecklich, was passiert ist.«

Ich blinzle sie an. »Wer hat es dir erzählt?«

»Du jedenfalls nicht!«

Ich ziehe weiter die Decke über meinen Kopf. Ich muss so schon wieder gegen Tränen ankämpfen, Vorwürfe kann ich nicht auch noch ertragen.

»Es tut mir leid. Deine Mutter stand überraschend vor meiner Tür und hat mir davon berichtet.« Sie macht eine

Pause, atmet tief ein und sagt dann: »Ich, nein, wir würden uns freuen, wenn du wieder bei uns einziehst.«

»Ich bin keine gute Gesellschaft.«

»Ich würde natürlich darauf bestehen, dass du jeden Tag duschst.« Sie lacht leise.

»Mir geht es gut, so wie es ist«, antworte ich patzig.

Sie sieht nicht aus, als würde sie mir das abnehmen. »Glaubst du wirklich?«

Schweigen.

»Na gut, dann lade ich dich heute bei uns zum Essen ein. Ich bestelle auch Sushi.«

Schweigen.

»Du machst es mir echt nicht einfach.«

Schweigen.

»Ich möchte dir so gerne helfen.« Sie lässt die Hände sinken und atmet laut aus.

»Dann bring mir Tiago wieder.« Ich klinge wie ein kleines, bockiges Kind.

Sie seufzt und ihr Tonfall wird zärtlich. »Das kann ich nicht. So sehr ich es auch möchte. Erzählst du mir, was passiert ist?«

Ich setze mich auf und schaue ihr in die Augen. Dann bricht die ganze Geschichte aus mir heraus und ich erzähle ihr alles, was ich am letzten Tag in Portugal erlebt habe. Immer wieder gerate ich ins Stocken, denn die Tränen rauben mir die Sprache.

Keine Ahnung, wer von uns beiden mehr weint, aber es tut mir gut, darüber zu reden. Auch wenn es mir leidtut, dass Mila nun ebenso traurig ist.

Sie nimmt mich in den Arm und drückt mich ganz fest. Und irgendwie kann sie mich dazu bewegen, zu duschen und in ihr Auto zu steigen. Wahrscheinlich war es der Hunger, der mich mit einem mal überkam. Bevor Mila das Autoradio einschaltet, knurren unsere Mägen synchron und wir müssen kichern.

Zehn Minuten später betreten wir die Wohnung und Piet begrüßt uns mit seinem sächsischen Dialekt. »Willkommen zurück. Sushi wurde vor einer Minute geliefert. Die gebackenen Rollen sind sogar noch warm.« Piet kommt auf mich zu und nimmt mich fest in die Arme. Im ersten Moment fühlt sich die Berührung komisch an. So nah waren wir uns noch nie. Doch seine Wärme ist tröstlich und ich lehne mich kurz gegen seine Brust.

Auch der Kater schleicht zur Begrüßung um meine Beine und sabbert mich voll. Ich bücke mich und streichle ihn. Liebevoll schmiegt er sich an meine Hand. Er ist noch so klein und süß.

»Perfekt, wir haben einen Riesenhunger«, sagt Mila, wirft ihre Tasche in die Ecke und stürzt ins Wohnzimmer, wo der Tisch hübsch gedeckt und eine Flasche Sekt in einem Behälter kaltgestellt ist. Daneben liegt ein eingepacktes Geschenk.

Mila nimmt es in die Hände und überreicht es mir. »Alles Gute nachträglich zum Geburtstag.«

Traurigkeit überfällt mich, weil meine Gedanken sofort zu meinem Geburtstag zurückwandern, an die wundervollste Nacht, die ich mit Tiago hatte. Ich greife an die Halskette und fühle mich ihm ein Stück mehr verbunden.

»Los, pack es aus!«, sagt Mila schnell, die meine Gedanken offenbar erraten hat. Ich reiße das Papier auf und zum Vorschein kommt ein Exit Game.

»Ich weiß doch, wie gerne du Gesellschaftsspiele spielst. Heute machen wir einen Spieleabend.«

Sushi und Spielen, der Abend wird wider Erwarten echt lustig. Mila und Piet schaffen es mehrmals, mich mit ihrer lockeren, fröhlichen Art zum Lachen zu bringen.

»So Mädels, ich geh dann mal ins Bett«, kündigt Piet an und verschwindet ins Badezimmer.

Der Kater springt auf den Tisch und schnuppert, ob vielleicht noch eine Sushirolle für ihn übriggeblieben ist.

»Wieso hast du den Kater überhaupt Jesus genannt?«, frage ich in die entstandene Stille hinein.

Mila guckt mich an und prustet los. »Er heißt nicht Jesus, das spricht man Chechsuus aus.«

Will sie mich jetzt veräppeln? Auch ich lache los.

»Das schreibt man, glaube ich, auch mit so einem Strich über dem U – keine Ahnung, wie man das nennt. Das ist die spanisch-portugiesische Aussprache. Ich hatte vor Piet da mal so einen Freund, der kam aus Brasilien und war so was von knackig und sexy, sage ich dir. Nur seine Küsse waren immer ziemlich feucht. Der Kater hat mich mit dem gleichen Blick angesehen wie Chechsuus damals und als er sabbernd über mich hergefallen ist, stand der Name fest.« Sie senkt die Stimme und hält sich den Finger vor den Mund. »Aber erzähl das bloß nicht Piet!«

Ich muss grinsen. »Was ist aus Chechsuus geworden?« Ich spreche den Namen deutlich übertrieben aus und handle mir dafür einen Seitenhieb ein.

»Er ist nach Brasilien zurückgegangen. Sein Aufenthalt hier war leider nur begrenzt. Aber er war mein heißester Lover, kann ich dir sagen. Hui ...« Sie wischt sich imaginären Schweiß von der Stirn.

Die nächsten Tage gehört die Schlafcouch mir. Ich schaue Serien auf Netflix, um mich abzulenken, und tauche ab in die Geschichten von Anne auf Green Gables. Es hilft mir ein wenig dabei, mein eigenes Schicksal zu vergessen und damit fange ich schon sehr früh an, denn jeden Morgen um fünf Uhr sitzt Jesus, den ich liebevoll in Jürgen umgetauft habe, weil ich die Aussprache auf Dauer zu blöd finde, auf meinem Brustkorb, streicht sein schnurrendes Köpfchen an mein Kinn und lässt den Sabberhahn laufen. Ich habe noch nie eine Katze oder einen Kater kennengelernt, der so viel sabbert. Es ist nicht so, als würde ihm die Sabber die ganze Zeit aus dem Maul laufen wie bei Rotzi von den Griswolds. Bei Jürgen ist es eher so, dass er sich in Rage sabbert, wenn jemand mit ihm kuschelt und ihn streichelt. Dabei wechselt er bestimmt zwanzig Mal seine Position, bis er endlich richtig liegt. Mein Schlafshirt klebt dann jedes Mal nass an meinem Dekolletee. Spannend wird es dann noch, wenn er anfängt zu niesen. Dann kann man nur noch in Deckung gehen. Damit er Mila und Piet nicht jedes Mal vor dem Weckerklingeln wach kuschelt und vollsabbert, haben sie ihn nachts aus ihrem Schlafzimmer verbannt. Dafür habe ich ihn nun Morgen für Morgen an der Backe. Im wahrsten Sinne des Wortes.

In der Regel kuschelt er den ganzen Tag mit mir, denn offenbar bin ich in sein Revier – die Couch – eingedrungen. Doch er erweist sich als netter Begleiter und Zuhörer und wird mein bester Freund. Er scheint den gleichen Seriengeschmack wie ich zu haben.

Wenn Mila oder Piet nach Hause kommen, fühle ich mich meist wie auf die Erde zurückgebeamt, wache auf aus meiner kleinen Welt, die in eine Blase gehüllt ist. Tiagos Tod rollt wie eine schwarze Welle über mich hinüber und verschlingt mich minutenlang.

Tina und Werner hatte ich eine Nachricht geschrieben, dass ich aufgrund eines Todesfalles Portugal verlassen habe und nicht mehr zurückkommen werde. Sie waren geschockt und müssen sich nun erneut nach einer Aushilfe umsehen, was mir sehr leid tut. Tina geht es zum Glück wieder besser und sie durfte nach Hause. Doch mit der Arbeit wird sie ruhiger treten müssen. Nadine muss erst einmal notgedrungen einspringen.

»Hast du dir eigentlich schon überlegt, wie es arbeitstechnisch bei dir weitergeht?«, reißt mich Mila aus meinen Gedanken.

»Hm, nee. Nicht wirklich.«

»Was ist denn mit diesem Simon? Der hatte doch gesagt, du könntest dich melden, wenn du einen Job brauchst. – Hallo?«

»Hm?«

»Simon?«

»Ja, stimmt. Das hatte ich ganz vergessen.«

»Wirst du dich bei ihm melden?«

»Weiß nicht.«

Doch irgendwie lässt mich der Gedanke an Simon und den Job nicht los. Vielleicht würde die Arbeit mir gut tun und mich ein wenig ablenken. Auch wenn ich es liebe, den ganzen Tag auf der Couch zu liegen und nichts zu tun, so sagt doch eine Stimme in mir, dass es besser wäre, mal wieder raus und unter Menschen zu kommen. Und so hole ich meinen Laptop hervor, aktualisiere meine Bewerbung und füge alle Dateien in eine E-Mail ein. Das geht schneller als die Post, kostet nichts und ich muss nicht mal im Schlafanzug vor dir Tür gehen. Hoffnungsvoll klicke ich auf den Senden-Button.

Doch zwei Tage später verpufft meine Zuversicht, denn ich erhalte eine Absage von der Personalabteilung. Das Lesen der Mail verursacht einen dumpfen Schmerz in meiner Magengegend.

Wieso will Simon mich nicht mehr? Hat er inzwischen alle Stellen besetzt? Habe ich Fehler in der Bewerbung gemacht?

Schnell checke ich das Schreiben. Nein, das ist in Ordnung.

Oder liegt es an mir? Hatte er das Gefühl, sich nicht auf mich verlassen zu können?

Bitterkeit, Trauer, Wut – alles stürzt irgendwie gleichzeitig auf mich ein und legt sich wie eine Mauer aus Beton auf meine Brust. Sie erdrückt mich, macht mich handlungsunfähig.

Es zieht mich mehr herunter, als ich erwartet hätte, und ich stehe noch weniger auf, als ich es bisher schon tat.

Ich schäme mich und brauche mehrere Tage, bis ich mich überwinde, Mila von meiner Niederlage zu erzählen. Denn genauso fühlt es sich an. Als hätte ich versagt.

Mila reagiert super. Entrüstet ruft sie: »Der spinnt wohl. Der weiß gar nicht, was ihm entgeht. Bietet dir einen Job an und lässt dich fallen wie eine heiße Wurst.«

Kartoffel. Es heißt Kartoffel, doch ich unterbreche Mila nicht, die inzwischen zu Flüchen und Verwünschungen übergegangen ist. »Dieser Simon, der soll mir bloß nicht mal nachts begegnen. Der sollte rennen, wenn er mich sieht.«

Ich muss grinsen, weil Mila sich mit erhobener Faust vor mir aufgebaut hat und aussieht, als würde sie gleich in den Krieg ziehen wollen. Beste Freunde sind das Tollste.

Wenig später schallt Piets Stimme durch die Wohnung. »Hoch die Hände, Wochenende! Schluss mit Trübsalblasen, wir gehen feiern! Ein neuer Club eröffnet heut und ich hab Tickets im Radio gewonnen«, begrüßt uns Piet und wedelt mit den Karten herum.

»Ist nicht dein Ernst! Ich habe das auch im Radio gehört und dort angerufen. Bin aber nicht durchgekommen«, ruft Mila und rennt auf Piet zu.

»Ich bleibe hier«, sage ich maulig.

»Nix da, kommt gar nicht in Frage! Du wirst uns begleiten!« Mila stemmt die Hände in die Hüften.

Entschlossen schüttle ich den Kopf.

Dreieinhalb Stunden später stehen wir aufgebrezelt in der Schlange zu dem besagten Club.

»Oh Mann, ich bin ja so aufgeregt. Wer wohl alles kommt? Im Radio haben sie gesagt, es wird mit Starauf-gebot gerechnet.«

»Also, bisher habe ich noch kein bekanntes Gesicht gesehen.« Suchend blicke ich durch die Menschenmasse.

Oh. Mein. Gott. Ist das etwa …? Ich gehe in die Knie.

»Die gehen bestimmt durch einen VIP-Eingang«, sagt Mila und sieht sich suchend nach mir um. »Was ist? Was machst du da auf dem Boden? Wieso versteckst du dich?«

»Ich glaube, da hinten steht Simon«, flüstere ich ihr zu.

»Wo?«

»Guck nicht so dahin!«

»Ich sehe ihn nicht.«

»Du weißt ja auch gar nicht, wie er aussieht.«

»Stimmt, wie sieht er denn aus?«

Langsam erhebe ich mich und recke vorsichtig meinen Kopf in die Höhe. »Vielleicht war er es auch gar nicht.« Jetzt kann ich die Person, die ich für Simon gehalten habe, auch nicht mehr entdecken.

Einige Minuten später erfahren wir, dass Gäste mit Tickets vorgelassen werden und so zeigt Piet dem Türsteher unsere Karten, der uns viel Spaß wünscht und uns hineinlässt. Laute Musik wummert durch die Boxen, bunte Lichter flirren, eine Nebelmaschine sorgt für mystisches Feeling. Diverse Männerdüfte mischen sich mit süßen Damenparfümen. Mila zieht mich durch die Menge hindurch.

Doch das Einzige, woran ich denken kann, ist Tiago. Ich fühle mich in seine Bar zurückversetzt und schüttle den Kopf. Als könne ich so meinen Gedanken entfliehen. Ich versuche, ruhig zu atmen. Eins, zwei, drei, vier …

Piet drückt Mila und mir einen Cocktail in die Hand. Vielleicht beruhigt mich der Alkohol. Ich nehme einen großen Schluck und viel zu schnell ist das Glas leer. Da ich kein Abendessen hatte, merke ich die Wirkung deutlich. Mila tanzt fröhlich neben mir. Doch meine Welt dreht sich und mein Magen krampft sich schmerzvoll zusammen.

Immer wieder erwische ich mich dabei, wie ich zum DJ-Pult gucke und Tiago suche. Doch Tiago ist nicht hier. Wie auch? Er ist auch nicht mehr in seiner Bar zu finden. Er ist tot. Er ist verdammt nochmal tot!

Mila und Piet wippen im Takt auf und ab, verschmelzen mit den anderen Gästen zu einem bunten, wirren Haufen. Das Wummern des Basses wird immer stärker und raubt mir den Atem. Ich habe das Gefühl, keine Luft mehr zu bekommen. Die Lichter vor mir flimmern und alles dreht sich.

Mir wird schwarz vor Augen. Ich muss raus hier. Ich brauche Luft.

Eine Hand hält mich fest, doch ich schüttle sie ab. Dann renne ich los und merke zu spät, dass ich genau in die falsche Richtung laufe. Schnell drehe ich um, drängle mich zurück durch die Leute und komme vor einer Fensterfront zu einer Dachterrasse mit Pool zum Stehen. Einige Gäste haben sogar Bikinis und Badeshorts an und schlürfen im Wasser ihre Cocktails oder knutschen wild rum. Ich gehe hinaus und stütze mich an das kalte Edelstahlgeländer der Brüstung. Dass Tränen über mein Gesicht ihre Bahnen ziehen, merke ich erst, als der Wind gegen sie peitscht.

»Hanna?«

Ich runzle die Stirn, denn die Stimme kommt mir bekannt vor. Langsam drehe ich mich um. Mit dem Gefühl, dass meine Beine gleich nachgeben, starre ich in sein Gesicht und schüttle sprachlos den Kopf. »Was machst du denn hier?«

KAPITEL 15

Simon grinst mir entgegen.

Ernsthaft? Wie kann er es wagen? Er hat mir meine Bewerbungsunterlagen zurückgeschickt, obwohl er mir kurz zuvor versichert hatte, ich sei jederzeit in seinem Unternehmen willkommen. Er lässt mich im Stich und lacht mir nun frech ins Gesicht?

Seine Grübchen verschwinden, als er meinen entsetzten Gesichtsausdruck sieht, und er hält verdutzt in der Bewegung inne.

»Hanna? Alles in Ordnung?« Mila taucht neben mir auf und ihr Kopf wandert zwischen Simon und mir hin und her, als würde sie bei einem Tennisturnier mitfiebern. Als sie erkennt, dass ich über diese Begegnung nicht begeistert bin, funkelt sie Simon böse an, greift meinen Arm und zieht mich weg.

»Hat der Kerl dich belästigt? Er ist dir ja total hinterhergerannt«, schreit sie mir gegen die Musik ins Ohr.

Ich schüttle den Kopf, bin aber nicht in der Lage, meine Zunge irgendwie zu bewegen.

Mila bleibt stehen, kräuselt die Stirn und sieht mich erwartungsvoll an.

»Nein, das ist Simon«, bringe ich über die Lippen.

»*Das* ist Simon? Na, der hat ja vielleicht Nerven. Warte, dem werde ich was erzählen.« Als sie herumfährt, steht er jedoch schon vor ihr. Erschrocken schreit sie auf und hält sich die Hand auf die Brust. Wild gestikulierend redet sie auf Simon ein.

Ich schleiche mich davon und suche die Damentoilette. Dort schaufle ich mir kaltes Wasser in mein Gesicht und krümme mich, denn ein erneuter Magenkrampf ruft eine so starke Übelkeit in mir hervor, dass ich das Gefühl habe, mich gleich übergeben zu müssen. Der Alkohol auf leeren Magen war definitiv keine gute Idee.

Eine Frau steht vor dem Spiegel, zieht sich die Lippen nach und rümpft die Nase.

Ich verziehe mich in eine freie Toilettenkabine und fahre mir mit den Händen durch meine Locken, halte mich an ihnen fest. Werde ich jedes Mal, wenn ich einen Club betrete, eine Panikattacke bekommen? Oder werde ich je wieder ein normales Leben führen können?

Meine Hände zittern noch immer und ich fühle mich schweißnass, dabei habe ich noch nicht einmal getanzt.

Ich zähle langsam bis zehn, dann mische ich mich wieder unter die Leute. Meine Freundin entdecke ich am Rand der Tanzfläche. »Mila, mir geht es wirklich überhaupt nicht gut. Ich muss wieder nach Hause«, sage ich und drücke eine Hand auf meinen Bauch.

»Ja, du siehst schrecklich aus. Aber du fährst nicht alleine!«

»Danke für deine Ehrlichkeit! Nein, ihr bleibt bitte hier und macht euch einen schönen Abend!«, sage ich bestimmend. »Ihr habt euch so darauf gefreut.«

»Dann wird dich Simon begleiten. Ich glaube, ihr solltet mal reden«, sagt Mila.

Ich ziehe die rechte Augenbraue in die Höhe und starre verwundert meine Freundin an. Woher kommt dieser Sinneswandel?

Mila nickt und deutet in eine Ecke, in der eine Deko-Palme steht.

Ich ziehe die Stirn kraus. Was soll ich mit der Palme?

Aber dann entdecke ich ihn neben dem Baum. Ich schüttle den Kopf.

»Doch, doch, glaub mir!«, sagt sie beharrlich und winkt ihn herbei. Erst als er vor mir steht, lässt sie meine Hand los. »Simon, Hanna geht es nicht gut, kannst du sie nach Hause begleiten?« Seine dunkelbraunen Augen mustern mich ernst, doch dann schenkt er mir ein Lächeln. Seine weißen Zähne erinnern mich an eine Zahnpastawerbung. Er sieht verdammt gut aus heute. In mir flattert ein merkwürdiges Gefühl, das ich nicht richtig einordnen kann.

Nein, nein, nein, nicht Simon. Er soll mich bloß in Ruhe lassen.

»Mir egal, Hauptsache raus hier«, höre ich mich sprechen, obwohl ich eigentlich was ganz anderes sagen wollte.

Als Simon sich umdreht, um zum Ausgang zu gehen, bewegt Mila die Lippen, was aussieht wie »Sieht der heiß aus!«, und schüttelt ihre Hand, als hätte sie sich verbrannt. Augenrollend winke ich Piet und Mila zu und folge Simon hinaus.

Draußen an der frischen Luft atme ich tief durch und der Schwindel lässt nach. »Danke, aber du musst mich wirklich nicht nach Hause bringen. Ich schaffe das auch alleine.« In meinen Ohren fiepen hundert Dezibel wie eine Opernsängerin, die Glas zerschmettern kann.

»Deine Freundin verlässt sich jetzt aber auf mich«, sagt er trotzig.

Ich laufe einfach los, doch Simon folgt mir, hält mich am Oberarm fest und bringt mich zum Stoppen.

»Du hast dich gar nicht gemeldet«, sagt er.

Ich funkele ihn böse an.

»Was?« Jetzt sieht er verdattert aus.

»Meine Bewerbung wurde abgelehnt.«

»Du wolltest die Stelle doch damals nicht antreten.«

Wir kommen an einem großen schwarzen Audi Q8 vorbei und Simon öffnet die Tür, die ohne Türgriff merkwürdig aussieht. Ich setze mich auf den kühlen schwarzen Ledersitz. Der typische Geruch von neuen Autos steigt mir in die Nase. Eigentlich mag ich den Duft, doch gerade erzeugt er ein flaues Gefühl in meiner Magengegend. Das Auto sieht definitiv teuer aus.

Simon fängt meinen Blick auf. »Dienstwagen«, erklärt er knapp.

»Ich rede nicht von damals, ich rede von jetzt.«

Simon sieht aus, als würde er überlegen. Dann glättet sich seine Stirn. »Das ist dann leider an mir vorbeigegangen. Ich bin gestern erst von einer Dienstreise zurückgekommen. Ich war fünf Wochen nur unterwegs, habe Messen besucht und neue Standorte besichtigt. Das muss dann die Personalabteilung ohne mein Wissen entschieden haben. Tut mir leid, ich werde mit der zuständigen Sachbearbeiterin reden.«

Das Auto fährt los. Mit Bus und S-Bahn hat die Anfahrt viel länger gedauert, doch mit dem Auto sind wir bereits nach fünfzehn Minuten in der Straße unserer Wohnung.

»Woher weißt du, wo ich wohne?«, frage ich irritiert, denn mir fällt jetzt erst auf, dass er gar nicht nach meiner Adresse gefragt hat.

»Ich hatte damals deine Bewerbungsunterlagen auch auf meinem Tisch.« Er reißt die Augen groß auf und sieht mich an, als müsse mir sofort klar sein, was er meint.

»Und dann hast du gleich mal bei Maps gesucht, wo das ist«, kombiniere ich.

Statt einer Antwort grinst er mich an. Dann wird sein Ausdruck wieder ernster. »Was war eigentlich los? Warum ging es dir im Club so schlecht? Ist es wegen der Jobabsage?«

Ich schüttle den Kopf und schaue auf meine Hände, die unruhig aneinanderreiben. Das Auto hält auf dem großen Parkplatz neben dem Supermarkt.

»Ist eine lange Geschichte.«

»Also, ich habe heute nichts mehr vor«, sagt er und zuckt die Schultern.

Ich muss lächeln und schweige. Mein Kopf wandert in seine Richtung, doch mein Mund ist wie zugetackert.

»Ich glaube, ich müsste im Kofferraum noch eine Flasche Champagner haben. Leider nicht gekühlt. Aber prickelt trotzdem.« Er steigt aus und geht hinter das Auto. Die Klappe öffnet sich.

Ich steige ebenfalls aus und folge Simon widerwillig. »Ich würde lieber in mein Bett ...«, setze ich an, doch da fliegt der Korken schon mit einem lauten *Plopp* in die Luft.

Simon breitet eine Decke auf dem schmalen Grünstreifen des Parkplatzes aus und setzt sich hin. Dann klopft er mit der freien Hand neben sich.

Ergeben seufzend lasse ich mich neben ihm auf der Decke nieder. »Ich kann nichts trinken. Ich habe zu wenig gegessen.«

Als er auch noch zwei Schoko- und Müsliriegel aus seiner Tasche zaubert, staune ich nicht schlecht. »Hast du immer ein halbes Picknick dabei?«

»Hätte ich gewusst, dass ich heute auf dich treffe, hätte ich etwas Besseres vorbereitet. Gläser habe ich leider auch nicht. Aber wir können sicher aus einer Flasche trinken, wir haben ja schon viel mehr Flüssigkeiten ausgetauscht.« Sein typisches Zwinkern soll die Situation ins Lustige ziehen, doch bei seinem letzten Satz schießt mir das Blut in den Kopf und meine Ohren und Wangen fangen an zu glühen. Es ist mir noch immer total unangenehm, dass ich damals einfach so mit ihm ins Bett gegangen bin. Seitdem ist so viel passiert. Ein Schauer rollt mir über den Rücken. Um nicht antworten zu müssen, verschlinge ich die zwei Müsliriegel.

»Auf deine Rückkehr nach Deutschland.« Er hebt die Flasche, setzt sie an und trinkt einen Schluck. Lachend verzieht er das Gesicht. »Das ist wirklich widerlich«, sagt er und reicht mir den Champagner.

Auch ich schlucke die warme Plörre mit ihrer harten, prickelnden Kohlensäure hinunter. »Also, ich weiß ja nicht, wie Champagner normal schmeckt, aber so ist er wirklich eklig.« Wir lachen und teilen uns die zwei Schokoriegel.

Eine halbe Flasche später berichte ich Simon, was ich in den letzten Monaten alles erlebt habe. Ich erzähle von Alex, dem »Unfall«, seiner Festnahme, meiner Angst vor ihm.

Schweigend hört er mir zu. Als ich verstumme, schüttelt er den Kopf. »Ich wusste, dass mit dem etwas nicht stimmt. Ich hoffe, er bekommt eine harte Strafe.«

Zögerlich fahre ich mit meiner Erzählung fort und berichte in kurzen Worten von Tiago, wobei ich nicht alle Details erwähne, nur das Nötigste. Mehr bekomme ich auch gar nicht in Worte geformt, denn die Tränen sprudeln wie Champagner aus einer durchgerüttelten Flasche aus mir heraus.

Ich spüre, wie Simon seinen Arm um mich legt. Die Wärme seines Körpers und sein Duft fühlen sich tröstlich und vertraut an und ich schließe kurz die Augen und genieße für einen Moment diese unerwartete Nähe.

Als ich die Augen öffne, zoome ich mich wieder ins Hier und Jetzt, greife nach meiner kleinen Partytasche und krame darin rum, in der Hoffnung, dort ein Taschentuch zu finden. Natürlich habe ich keines eingepackt.

»Was ist?«, will Simon wissen.

»Taschentuch«, bekomme ich nur heraus, damit mir nicht der Rotz aus der Nase läuft. Simon greift zu seinem Rucksack und holt heldenhaft eine Packung hervor.

Nachdem ich dezent wie ein Elefant meine Nase geputzt habe, frage ich peinlich berührt: »Ziehst du da gleich noch eine Stehlampe à la Mary Poppins heraus?«

»Wer weiß, willst du es herausfinden?« Langsam beugt er sich zu mir herüber.

Will er mich etwa küssen? So verheult wie ich gerade aussehe? Ich habe einen ekligen Geschmack im Mund.

Er kommt tatsächlich immer näher. Hilfe! Was mache ich denn nur?

Wir hatten doch damals in dem Café geklärt, dass wir normalerweise nicht solche Leute sind, die regelmäßig One-Night-Stands praktizieren. War das eine Lüge?

Er ist mir schon ganz nah, zu nah! Panisch taste ich nach meiner Tasche.

»Ich ... Ich bin müde.« Mit diesen Worten drehe ich mich weg, springe auf und renne davon.

KAPITEL 16

Vor der Haustür, während ich mal wieder in meiner Handtasche wühle, fällt mir auf, dass ich gar keinen Schlüssel mitgenommen habe, denn Piet hatte abgeschlossen.

Niedergeschlagen setze ich mich auf die Treppenstufe vor der Tür.

Und nun?

Zum Glück sind die Nächte noch sehr warm. In Deutschland herrscht gerade eine Hitzewelle.

Ich nehme mein Handy in die Hand und rufe Mila an, doch sie geht nicht ran. »So ein Mist«, schimpfe ich und tippe eine Nachricht.

Ich – 01:27
Mila, könnt ihr nach Hause kommen? Ich habe keinen Schlüssel dabei und sitze vor dem Haus.

Mila – 01:30
Was ist mit Simon? Habt ihr geredet?

Ich – 01:30
Er hat mich hergebracht, wir haben geredet, auf einer Decke mit warmen Champagner und Schokoriegeln.

Mila – 01:31
Wie romantisch. Und wieso ist er jetzt weg?

Ich – 01:32

Er wollte mich küssen.

Mila – 01:32

Ui, na der geht ja ran. Aber was heißt wollte?

Ich – 01:33

Bin weggerannt.

Mila – 01:34

Nicht dein Ernst. Der Ärmste. Was macht er nun?

Ich – 01:34

Keine Ahnung. Sicher ist er wieder gefahren.

Ich stehe auf und spähe langsam um die Ecke der Hecke. Sein Auto steht noch immer dort. Er liegt, die Arme hinter dem Kopf verschränkt, auf der Decke und schaut in den Sternenhimmel. Oder schläft er?

Vermutlich wartet er, bis sich sein Alkoholpegel wieder reduziert hat. Er hat ja auch einiges getrunken.

Hat er gehofft, dass er noch einmal bei mir im Bett landet? Wieder steigt Hitze in mir auf.

Das kann er vergessen! So etwas passiert mir kein zweites Mal!

Ich – 01:35

Er liegt noch immer auf der Decke.

Mila – 01:35

Na los, geh zu ihm, leg dich dazu!

Ich – 01:35

Spinnst du?

Mila – 02:36

Wieso? Er ist mega süß!

Ich tippe mehrere verschiedene Antworten in das Feld, die ich immer wieder lösche. Von »Ist er gar nicht!« über »Ja, ist er, trotzdem …«

Ich – 02:37

Wann seid ihr endlich hier?

Mila – 02:47

Dauert sicher noch 35 bis 45 Minuten.

Ich verdrehe die Augen und reibe mir die Arme. Auch wenn es tagsüber super heiß und auch jetzt noch überdurchschnittlich warm ist, fröstle ich und überlege hin und her, ob ich wirklich wieder zu Simon zurückgehen sollte.

KAPITEL 17

Ich nehme all meinen Mut zusammen und versuche, mit erhobenem Kopf und gestrafften Schultern halbwegs selbstbewusst rüberzukommen. »Wieso liegst du hier noch?«, frage ich Simon.

»Ich hatte gehofft, dass du zurückkommst.« Er grinst mich an und kaut auf einem vertrockneten Grashalm herum.

»Du bist betrunken«, stelle ich fest.

»Du doch auch!« Sein Grinsen wird noch breiter.

Hm, Chapeau! Warmer Champagner scheint wirklich schnell zu Kopf zu steigen.

»Puh, ist das noch warm.« Hitze steigt in mir auf. Ich setze mich erneut neben ihn auf die Decke.

»Zieh dich doch ein wenig aus! Ich habe nichts dagegen.« Wieder dieses Simon-Zwinkern. »Wir könnten auch baden gehen.« Er zeigt in Richtung des Kanals.

»Ich glaube nicht, dass man im Teltow-Kanal baden kann.« Ich bin jedenfalls noch nie auf die Idee gekommen und ich habe da auch noch nie jemanden baden gesehen.

»Hm, du duftest so gut. Soll ich dich ein wenig massieren? Du siehst so verkrampft aus.«

»Das ist dir aufgefallen? Ich bin wirklich seit Tagen total verspannt im Nacken.« Knackend lasse ich meinen Kopf von links nach rechts wandern, während Simon hinter mir Platz nimmt und sich die Hände warm rubbelt. Er setzt an und drückt etwas unbeholfen an meinen Schultern herum.

»Wenn du dein Shirt ausziehen würdest, könnte ich dich besser durchkneten.«

»Spinnst du? Wir sitzen hier mitten an der Straße!«, rufe ich entsetzt. Ich habe nicht mal einen BH an, weil ich keinen passenden für dieses Oberteil besitze.

»Dann lass uns dort rüber ziehen!« Er deutet wieder zum Kanal, wo Büsche und Sträucher einen guten Sichtschutz bieten würden.

Die Aussicht auf eine wohltuende Massage macht mich schwach.

Wir erheben uns und verschwinden in der Tarnung der Dunkelheit. Ich ziehe mein Shirt über meinen Kopf und bleibe damit an meinem Ohrring hängen. Wenn man schon einmal elegant rüberkommen möchte!

Simon löst den verhedderten Faden und streift mir das Oberteil ab. Ein weiteres Mal greift er in seine Tasche.

Ich höre ein Klack, dann rubbelt er erneut seine Hände, bevor er mir warm, feucht und glitschig über den Rücken streift.

»Was zauberst du da noch aus deinem Sack?«

»Das wirst du schon noch sehen!« Er haucht mir einen Kuss in den Nacken und alle Härchen stellen sich auf.

Der Duft von Kokos und Vanille schwebt mir in die Nase. »Im Ernst, was ist das?«

»Sonnenöl, ich war heute Nachmittag am Strand.« Während er redet, halten seine Finger inne.

»Nicht aufhören, du machst das so gut!« Ein wohliges Stöhnen rutscht mir heraus.

Hups, das war gar nicht beabsichtigt. Ich kichere in die Dunkelheit hinein. Eine Million Champagnerbläschen schwirren durch meinen Bauch, weiter nach unten.

»Meine Güte, du bist aber wirklich sehr verspannt. Leg dich mal auf den Rücken. Ich versuche mal das, was mein Masseur immer macht«, fordert er mich auf.

Stirnrunzelnd lege ich mich flach auf den Rücken. Mein Shirt halte ich eng an mich gepresst.

Doch Simon greift bestimmend an meine Arme und legt sie neben meinen Körper, mein Shirt wirft er zur Seite. Ein warmer Luftzug streift mich und versteift sofort meine Brustwarzen.

»Nicht!«, rufe ich erschrocken.

»Es ist dunkel, man sieht nichts. Außerdem habe ich dich schon einmal nackt gesehen. Schon vergessen?«

Stimmt auch wieder. Wieso stelle ich mich bloß so an? Ich schließe die Augen und versuche, mich voll und ganz fallen zu lassen.

Warm und weich streichen seine Hände über meine Haut, drücken ein paar schmerzhafte Punkte, wandern weiter am Kopf hinauf und durchwuscheln meine Haare.

Oh Gott, ist das schön!

Damit nicht genug, streichelt er weiter über mein Gesicht, über die Stirn, Nase, Wangen. Er massiert mir meine verkrampften Kieferknochen, dann wandert er abwärts.

Mit dieser Massage bin ich ihm verfallen. Als er mein Dekolleté berührt, keuche ich auf.

Ich beobachte Simon. Auch er muss sich offenbar sehr beherrschen, nicht auf der Stelle über mich herzufallen.

Ich ergreife seine Handgelenke und führe seine warmen, flutschigen Finger über meine Brüste. Es pocht wie wild in mir und ich zerspringe fast vor Verlangen.

Mit einem Satz rutscht Simon neben mich und sein Blick bringt mich fast um den Verstand. Mein Herzschlag trommelt in meinen Ohren. Mit ungeduldigen Fingern öffne ich seine Hose und ziehe sie ihm herunter. Er springt mich förmlich an: heiß, prall und voller Lust.

»Ich halte es nicht mehr aus!«, flüstere ich heiser und ziehe ihn auf mich.

»Hanna«, stöhnt Simon.

Plötzlich verändert sich das Gesicht vor mir. Nicht viel, die dunklen Haare und Augen bleiben, doch es ist nicht mehr Simon, der mich da ansieht, sondern …

Tiago.

Mit seinen verstrubbelten Haaren und seinem umwerfenden Lächeln.

Liebevoll streichle ich seine Wange.

»Hanna! – Hallo, Hanna? Hörst du mich?«

»Hmmmm, Tiago?«

Etwas rüttelt an meinen Schultern. »Hanna! Hallo, wir sind es – Mila und Piet.«

Schlagartig bin ich hellwach. Ich sitze halb umgefallen an die Eingangstür gelehnt. Meine Muskeln schmerzen und ich reibe mir über die Augen. »Oh, ich muss eingeschlafen sein. Wie spät ist es?« Gähnend strecke ich mich.

»02:45 Uhr, uns ist der blöde Nachtbus vor der Nase weggefahren und wir mussten vom Bahnhof laufen! Tut mir leid, dass es so lange gedauert hat.« Mila wirft Piet einen vorwurfsvollen Seitenblick zu, als hätte er Schuld an der Verspätung.

»Schon gut, jetzt seid ihr ja da.« Mit knackenden Knien stehe ich auf und massiere meinen verspannten Nacken. »Ist er noch da?«

»Wer?«, fragt Mila.

»Na Simon, auf dem Parkplatz?«

»Nee, da ist kein Auto mehr«, sagt Piet nach einem Blick um die Ecke. Wenn Piet Alkohol getrunken hat, ist sein sächsischer Akzent noch stärker herauszuhören.

Gemeinsam steigen wir die Treppen hinauf zu unserer Wohnung, wo ich sofort ins Bett falle.

Ich habe wirklich mehrmals überlegt, wieder zu Simon zurückzugehen. Er hätte mich sicher mit zu sich nach Hause genommen – und mir alle Klamotten vom Leib gerissen, mir vielleicht ein wenig Trost geschenkt. Schnell vertreibe ich diese Vorstellung, die mir erstaunlicherweise doch ein leichtes Kitzeln im Bauch beschert.

Mein Blick fällt auf mein Handy. Das Hintergrundbild zeigt mich und Tiago, glücklich lachend in der einsamen Bucht.

Unerwartet ist sie wieder da, die Trauer, die Wut, das Unverständnis, das Nicht-wahr-haben-wollen.

Leere, unendliche, schwarze Leere.

Und Scham, ich schäme mich für den Traum und meine Gefühle. Wie kann ich schon wieder an einen anderen Mann denken, wenn ich Tiago gerade erst verloren habe? Was stimmt mit mir nicht? Vielleicht ist es die Einsamkeit, denn auch wenn ich bei Mila und Piet wohne, fühle ich mich einsam. Ständig.

KAPITEL 18

Drei lange, ätzende Tage vergehen, ohne dass Simon sich meldet. Obwohl ich ihm geschrieben habe, dass es mir leidtut, einfach abgehauen zu sein, kam von ihm keine Antwort.

Habe ich ihn verschreckt oder verärgert?

Simon war mir zu nah gekommen. Ich habe ihm nur meine Grenzen aufgezeigt. Wenn er das nicht versteht, ist das sein Problem.

Für mich ist es zu früh, viel zu früh, das habe ich gemerkt. Ich spüre noch jede von Tiagos Berührungen auf meiner Haut, sehe ständig sein Gesicht vor meinem inneren Auge. Ich kann es immer noch nicht glauben, dass er einfach aus meinem Leben gerissen wurde. Ohne Abschied, ohne Vorwarnung.

Im Nachhinein ärgere ich mich unendlich, dass ich einfach so meine Sachen geschnappt und das Land verlassen habe. Wie konnte ich nur so blöd sein? Doch mich hatten Angst, Schock und das Gefühl geleitet, einfach nur wegzuwollen. Raus aus der Gefahr.

Jetzt wäre ich jedoch am liebsten bei Patricia und ihrer Familie, um gemeinsam zu trauern. Hier kennt niemand Tiago. Für die Menschen hier ist er ein Phantom, ein hübscher Kerl auf einem Foto. Für mich war er mein Leben, meine Zukunft. Ein warmherziger Mensch, der mir so viel gegeben hat.

Entschlossen greife ich zu meinem Handy und wähle Patricias Nummer. Es tutet lange, doch dann geht sie endlich ran.

»Hanna? Bist du das?« Sie spricht leise und schnell.

»Hey Patricia, wie geht es dir?«

»Nicht gut! Hör zu, ich kann nicht lange sprechen.«

»Ähm, okay, ich wollte auch nur fragen, wann die Beerdigung ist. Ich möchte zu euch kommen und mich von ... Tiago verabschieden.« Seinen Namen auszusprechen, fällt mir nicht leicht.

»Bitte, komm nicht her! Die Beerdigung war vor zwei Tagen. Nicht einmal wir waren dabei.« Ihre Flüsterstimme überschlägt sich fast.

»Wieso nicht? Ich verstehe nicht ...« Tränen laufen mir wie so oft in der letzten Zeit über mein Gesicht und versagen mir kurz das Weiterreden.

»Wir mussten auch untertauchen. Sie haben auch uns bedroht und wollten Geld haben. Deshalb kann ich auch nicht lange sprechen. Bitte, bleib in Deutschland! Dort bist du sicher!«

Das kann doch alles nicht wahr sein! Hat der Horror nach Tiagos Tod noch immer kein Ende?

»Warte! Eine Frage habe ich noch: Wie genau ist er gestorben?«

»Bist du sicher, dass du das wissen möchtest?«

Nein, bin ich nicht. Doch mein Kopf malt sich die schlimmsten Szenarien aus.

»Er wurde ... erschossen. Er war auf der Stelle tot. Es fällt mir nicht leicht, darüber zu reden. Hör zu, ich muss auflegen. Ich vermisse dich! Mach´s gut, Hanna.« Mit diesen Worten beendet sie meinen Anruf.

Ungläubig starre ich auf das Display und die Tränen wollen gar nicht mehr aufhören zu laufen, sie rennen, als würden sie mich von den Schmerzen reinwaschen wollen.

Das Hintergrundbild von Tiago und mir verschwimmt vor meinen Augen, meine Nase schwillt zu und ich habe das Gefühl, nicht mehr genug Luft zu bekommen.

Genau in diesem Moment kommt Mila aus dem Schlafzimmer, sie stürzt auf mich zu und fragt: »Was ist passiert?«

Bestimmt zehn Minuten liegen wir uns in den Armen. Ich schluchze und durchtränke ihr Nachthemd, ohne ein Wort sagen zu können. Erst als ich mich ein wenig beruhigt habe, kann ich ihr die Situation erklären. »Patricia, ich habe sie angerufen ...« Immer wieder unterbrechen mich laute Schluchzer, doch irgendwann schaffe ich es, den Bericht von dem Gespräch mit Tiagos Schwester zu beenden. Mila sieht mich sprachlos an und nimmt mich nur fest in ihre Arme.

Irgendwann formt sich eine Idee in meinem Kopf, die ich erst nicht herauslasse, weil ich mich nicht traue, weil ich nicht weiß, ob es eine gute Entscheidung ist.

»Was ist? Spuck schon aus.«

Okay, Mila scheint heute ein sehr feines Gespür für mich zu haben.

»Ich will trotzdem nach Portugal.« So. Jetzt ist es raus. »Ich will an seinem Grab stehen und mich von ihm und seinem Land verabschieden.«

»Verstehe.« Mila macht eine Pause und streicht mir eine Haarsträhne hinter das Ohr, dann sieht sie mir ernst in die Augen. »Aber meinst du wirklich, das ist so eine gute Idee? Würdest du dich wirklich sicher fühlen, wenn du einen Fuß auf den Friedhof setzt?«

Genau das ist meine Angst. Aber soll ich mich wirklich von dieser Furcht leiten lassen? Sicher werde ich ein mulmiges Gefühl haben, wenn ich durch das Tor des Friedhofs trete, und erstmal alles abchecken, ob irgendwo verdächtige Leute herumlauern, die mir gefährlich werden könnten. Aber darauf kann ich keine Rücksicht nehmen. Es fühlt sich an, als wäre ein elektrischer Riesenmagnet angeschaltet worden, der mich kraftvoll zu sich zieht. »Ich muss es riskieren.«

»Gut, aber ich will nicht, dass du allein hinfährst.«

Fragend warte ich darauf, dass sie fortfährt.

»Ich komme mit.«

»Nein, ich will nicht, dass du dich für mich in Gefahr begibst«, sage ich und schüttle den Kopf.

»Du sagst es ja selber, es ist gefährlich. Und was wäre ich für eine Freundin, wenn ich dich das alles alleine durchmachen lassen würde.«

Ich setze zu einem Einwurf an, doch Mila legt mir einen Finger auf den Mund. »Ich diskutiere da gar nicht weiter. Ich komme mit, basta!« Sie nimmt meinen Laptop vom Tisch und legt ihn mir aufgeklappt auf den Schoß. »Wir suchen jetzt einen Flug raus.«

Eine halbe Stunde später haben wir tatsächlich zwei Hin- und Rückflugtickets für das folgende Wochenende gekauft und eine Unterkunft gebucht. Ich kann es gar nicht glauben, aber ich werde tatsächlich wieder nach Portugal zurückfliegen.

Am Samstagmorgen bringt uns Piet zum Flughafen. Ich bin froh, dass wir weit vor der empfohlenen Zeit losgefahren sind, denn der Stau bis zum Flughafen Tegel ist unglaublich lang. So lang, dass ich trotzdem befürchte, dass wir nicht rechtzeitig zum Check-in kommen. »Können wir das nicht online machen?«, fragt Mila, die inzwischen auch langsam nervös wird. Ich lege mein Buch zur Seite, mit dem ich versucht habe, mich von meiner Aufregung abzulenken, und öffne die Seite der Fluggesellschaft. Mehrmals tippe ich die Daten aus unseren Unterlagen ein, erhalte jedoch immer wieder die gleiche Fehlermeldung und stecke mein Handy irgendwann genervt in meine Tasche zurück.

Zehn Minuten später sind wir endlich von der Autobahn runtergefahren und steigen wie einige andere Reisende auch aus dem Auto und laufen den letzten Weg im Nieselregen zum Flughafen.

Die Menschenmassen dort erschlagen uns förmlich. »Was ist denn hier los? So voll habe ich das hier noch nie erlebt«, sage ich verwundert zu Mila und suche einen Haargummi für meine inzwischen nassen und in Strähnen vor meinem Gesicht baumelnden Haare, die einfach nicht hinter dem Ohr bleiben wollen.

»Keine Ahnung. Ich frag mal den Mann da.« Mila drückt mir ihren Koffer in die Hand und kämpft sich zu einem Herrn, der so aussieht, als würde er für den Flughafen arbeiten.

Ich beobachte Mila, die wild mit den Händen gestikuliert, auf ihre Uhr zeigt und mit hängenden Schultern wieder zu mir zurückkommt.

Mit großen Augen sehe ich sie an. »Was ist?«

»Streik.« Sie sagt nur dieses eine Wort und mir wird ganz flau im Magen.

»Was soll das heißen?«, frage ich und meine Stimme klingt leicht panisch.

»Das heißt, dass wir heute vermutlich nicht fliegen können«, spricht Mila meine Befürchtung aus. Sofort schießen
mir Tränen in die Augen. »Los, komm, wir müssen trotzdem
zum Check-in und fragen da mal nach.«

Fünf Stunden später hocken wir noch immer auf unseren
Koffern auf dem Flughafen und sind kein Stück weiter. Die
Informationen sacken nur spärlich zu uns durch, doch eines
ist klar. Heute werden wir nicht nach Portugal fliegen und
so wie es aussieht, dauert dieser Streik auch mehrere Tage
an.

Ich kreise meinen Kopf, was ein schmerzhaftes Knacken
bewirkt, und strecke meine eingeschlafenen Beine, als Mila
sagt: »Ich rufe jetzt Piet an, damit er uns abholt.«

Enttäuscht nicke ich. »Ja, ich bin einfach nur k. o.«

Wir kämpfen uns wieder nach draußen und laufen zu
dem Punkt, an dem wir uns mit Piet verabredet haben.
Durch den immer noch andauernden Stau braucht er aber
eine weitere Stunde, bis er endlich bei uns ankommt.

Auf dem Rücksitz des Wagens öffnen sich meine Schleusen vollends und erst weine ich leise für mich, doch irgendwann schluchze ich so hemmungslos, dass Piet anhält und
Mila zu mir nach hinten kommt. »Vielleicht war es ein
Zeichen und wir sollen nicht dorthin fliegen, weil es wirklich zu gefährlich ist.«

Dieser Gedanke ist mir natürlich auch schon gekommen,
doch ich möchte das nicht wahrhaben. Ich wollte zu
meinem toten Freund reisen. Ich brauche diese Reise. Doch
das Geld erhalten wir wohl nicht zurück und ich werde Mila
nicht ein zweites Mal dazu bewegen können, mit mir
dorthin zu fliegen. Vielleicht sollte ich mich wirklich von

dieser Idee verabschieden. Auch die magnetische Anziehung, die ich heute Morgen noch gespürt habe, ist verschwunden.

Seit diesem Tag geht es bergab. Ich weiß nicht, wie viel Zeit seit diesem Streik vergangen ist, denn Tag und Nacht wechseln, ohne dass ich es wirklich realisiere. Ich falle tief, sehr tief und meine Welt wird von Tag zu Tag düsterer. Mila und Piet versuchen mehrmals, mich da wieder herauszuholen. Doch wenn sie in eine Bar oder in einen Club gehen, bleibe ich zu Hause. Nichts kann mich mehr motivieren, meinen Hintern von der Couch hochzubewegen.

Nachdem Mila mich mehrfach bat, mit ihnen brunchen zu gehen, sagt sie: »Hanna? Ich habe deine Eltern angerufen. Seit Tagen liegst du hier im Bett und stehst kaum auf.«

»Lass mich! Sag ihnen, sie sollen nicht kommen! Es geht mir gut.«

»Es geht dir nicht gut!« Sie stemmt die Hände in die Hüften.

Die Klingel surrt laut.

»Kommst du mit runter?« Milas Frage klingt eher wie eine Anweisung.

Nur widerwillig erhebe ich mich, weil sie an meinem Arm zerrt. Als sie die Tür öffnet, hält sie bereits meine Reisetasche in der Hand.

Wann hat sie die denn gepackt? Ich schüttle den Kopf. »Nein, ich komme nicht mit. Ich bleibe einfach hier.«

»Hanna, das geht so nicht.«

»Falle ich dir etwa zur Last?« Dieser Erkenntnis schmerzt irgendwie. Und auch wenn Mila das verneint, fühlt es sich an, als würde sie mich loswerden wollen.

Meine Mutter kommt die Treppe hoch und bleibt in der Tür stehen. Augenblicklich versinken meine Augen in einem See. Mit einem besorgten Blick nimmt sie mich in die Arme. »Komm her, Süße! Ich glaube, du solltest lieber wieder mit zu uns kommen. Ich kümmere mich ein wenig um dich, ja?«

Ich habe keine Kraft, mich dagegen zu wehren und lasse mich von meiner Mama zum Auto führen.

Fünfzehn Minuten später fahren wir auf den Hof meiner Eltern und steigen aus.

Der Kies knirscht unter den Reifen. Ich drehe mich herum und entdecke Piets Auto, aus dem Mila aussteigt. Ich habe gar nicht bemerkt, dass sie uns gefolgt ist.

Sie kommt zu mir gelaufen und legt einen Arm um mich. Wissende Blicke wechseln zwischen ihr und meiner Mutter hin und her.

»Komm, wir haben etwas vorbereitet«, sagt sie und führt mich am Haus vorbei über die Wiese.

»Was ist hier los?«, frage ich und kann der Situation nicht ganz folgen.

Doch Mila deutet nur mit dem Kinn geradezu.

An der großen Eiche steht mein Vater auf einen Spaten gestützt.

»Weil du nicht bei Tiagos Beisetzung dabei sein konntest, machen wir jetzt eine symbolische Beerdigung«, erklärt Mila.

Ich erstarre. Damit habe ich nicht gerechnet und weiß nicht, wie ich diese Idee finden soll. Doch Mila lenkt mich weiter voran.

Neben meinem Vater bleibe ich stehen. Er begrüßt mich mit einem stacheligen Wangenkuss und ich verziehe schmerzerfüllt mein Gesicht.

Mein Blick wandert zum Boden, denn er hat dort ein kleines, tiefes Loch gebuddelt.

Meine Mutter stellt sich neben meinen Vater, reicht Mila einen Beutel, aus dem sie eine Holzkiste, ein Foto sowie ein paar Blumen herausholt.

Rote Rosen – solche, wie der Verkäufer damals in Portugal in der Bar verkauft hat. Ich zittere innerlich.

Mila überreicht mir das Foto.

»Was soll ich damit?«, frage ich und traue mich kaum, einen Blick darauf zu werfen.

»Du legst das Foto von Tiago darein, dann beerdigen wir sie. So nehmen wir Abschied von ihm.«

Ich schlucke, versuche, den Kloß in meinem Hals hinunterzuschlucken, doch er hält sich hartnäckig. Feuchte Perlen rollen mein Gesicht hinab, als ich das Bild betrachte, das den lachenden, lebensfrohen Tiago zeigt, meinen Tiago, meine Liebe, mein Leben. Ich drücke meine Lippen auf das glänzende Papier. Nur ungern und mit zittrigen Händen lege ich es in die Kiste hinein, die Mila geöffnet vor mir hält. Sie klappt mit einem dumpfen *Plopp* den Deckel zu und verschließt den goldenen Haken. Dann überreicht sie mir die Box. Es hat etwas Endgültiges. Meine tiefste Hoffnung, dass alles nur ein böser Traum war, zieht wie eine vom Sturm getriebene Wolke davon.

Trotz des mir die Sicht vernebelnden Tränenschleiers, hocke ich mich hin, um die Kiste in dem Erdloch zu versenken.

Dabei rutscht meine Kette mit dem Herzanhänger nach vorne und schlägt auf einem flachen Stein auf. Erschrocken lasse ich die Kiste los und greife nach dem Herz. Es fühlt sich anders an als vorher und mein Tränenmeer verdoppelt sich augenblicklich. Es war mein einziges Andenken von Tiago und nun ist es zerstört.

»Das ist ja ein Amulett!«, ruft Mila.

Ich wische mir das salzige Wasser aus den Augen und betrachte den Anhänger. Tatsächlich ist er nicht kaputt, es sind nur die beiden Hälften auseinandergesprungen. Auf der linken Seite ist ein kleines Foto von Tiago eingeklebt. Aus der anderen Seite fällt ein zusammengefalteter Zettel heraus, ganz klein ist er. Erst glaube ich, es wäre ein zerknülltes Kaugummipapier, nur Müll. Doch dann falte ich das Papier auseinander.

In winziger Schrift steht dort auf Englisch:

Querida,

dass du mich gesucht hast, war das Beste, was mir passiert ist. Der Inhalt dieses Medaillons ist eine Überraschung, falls uns das Leben mal eine kurze Zeit trennt. So bin ich immer bei dir. Und du hast für immer einen Platz in meinem Herzen. Ich liebe dich!

Tiago

Meine Finger zittern so sehr, dass mir das Lesen schwerfällt, und kraftlos lasse ich mich auf den Boden sinken. Feuchter, schwarzer Sand bettet mein Gesicht.

Ich schreie, weine und schluchze gleichzeitig. Mein ganzer Körper bebt, als die komplette Flut der Gefühle auf mich einstürzt. Tiagos Worte rühren mich so sehr, gleichzeitig tun sie unendlich weh. Sicher hat er diese Zeilen für den Fall geschrieben, dass ich nach Deutschland zurückreise, eine kurze Trennung auf Zeit, doch jetzt fühlt es sich an wie ein Abschiedsbrief.

Meine Mama hebt mich vom Boden auf, drückt mich fest an sich und weint mit mir. Vermutlich nicht wie ich wegen Tiagos Tod, sondern weil sie es nicht ertragen kann, mich so zu sehen.

Erst als die Sonne langsam an Kraft verliert, nehme ich meine Umgebung wieder deutlicher wahr. Mein Vater hat das Loch zugebuddelt und von irgendwoher ein Holzkreuz gezaubert, in das der Name »Tiago« eingebrannt ist. Meine Mutter und Mila haben noch Blumen darum dekoriert und eine Trauerkerze angezündet. In diesem Moment begreife ich so richtig, dass es tatsächlich so ist. Tiago wird nie wieder zu mir zurückkommen. Tiago ist tot. Und ich muss lernen, das zu akzeptieren.

KAPITEL 19

Seit der Trauer-Zeremonie geht es mir noch schlechter. Einerseits war es heilend, endlich zu verinnerlichen, dass Tiago nie wieder zurückkommen wird. Doch irgendwie riss in diesem Moment das Loch in meinem Herzen noch weiter auf. Tiagos Tod hinzunehmen, ist noch schlimmer, als es innerlich anzuzweifeln. Es fällt mir schwer, mich aufzuraffen – selbst zum Essen.

Meine Eltern beschließen daraufhin, den Familienrat einzuberufen, und beordern mich dafür ins Wohnzimmer. Mit seit Tagen ungewaschenen Haaren und nur schlecht abgeschminkt sitze ich im Schlafanzug, der schon längst einmal die Waschmaschine meiner Eltern von innen kennenlernen sollte, vor ihnen und fühle mich, als hätte ich etwas verbrochen.

»Wir wissen, du trauerst um deinen Freund. Doch wir können nicht mit ansehen, wie du in Selbstmitleid versinkst. Du läufst herum wie ein Geist, isst und trinkst zu wenig. Du bist schon ganz dünn und blass geworden. Wir machen uns wirklich große Sorgen.«

Mein Papa nickt zustimmend.

»Ich habe mit Tante Tina gesprochen.« Meine Mutter macht eine bedeutungsschwere Pause. Tante Tina ist Mamas zwei Jahre jüngere Schwester, Psychologin von Beruf, und sie hat immer einen Tipp parat, ob man danach fragt oder nicht.

»Sie sagt, ein Tapetenwechsel würde dir guttun. Sie hat auch den Vorschlag mit dem symbolischen Begräbnis gemacht.«

»Ganz toll. Sind wir jetzt fertig?«, fahre ich sie an. Angriff ist die beste Verteidigung.

»Johanna, nicht in so einem Ton!«, ruft mein Vater.

Meine Mutter schenkt ihm einen strafenden Blick und fährt dann fort: »Wir fahren in die sächsische Schweiz und machen dort Urlaub.«

»Schön für euch. Viel Spaß«, sage ich eine Spur zu patzig.

»Du kommst natürlich mit.«

Ungläubig sehe ich meine Eltern an. »Ich mache was?« Seit fünf Jahren fahre ich schon nicht mehr mit ihnen in den Urlaub. Alex und ich sind immer alleine verreist. Schmerzlich wird mir bewusst, dass ich mit Tiago noch keinen gemeinsamen Urlaub hatte. Nie haben werde.

»Doch, das wird dir guttun, glaube mir. Tante Tina meint auch, frische Luft, die schöne Natur, körperliche Bewegung, das wird dir helfen.«

»Ich komme nicht mit. Hat doch eh keinen Sinn. Nichts macht mehr einen Sinn.«

»Schatz, was hast du denn zu verlieren? Schlechter wird es dir da auch nicht gehen. Also, ich finde, einen Versuch ist es wert.«

Na, ich weiß ja nicht.

Da ich aber keine Lust auf weitere Diskussionen habe, zucke ich zustimmend die Schultern, gehe in mein Zimmer und packe.

»Habe ich das Bügeleisen ausgemacht? Ich habe das Bügeleisen vergessen! Kehr sofort um!« Meine Mutter sieht mich mit weit aufgerissenen Augen an und wirft die linke Hand auf den Oberschenkel meines Vaters.

»Nein, werde ich nicht«, antwortet er ganz gelassen.

»Aber ...«, meine Mutter sucht verzweifelt nach Worten.

»Ich habe es ausgeschaltet.«

»Hast du auch abgeschlossen?«

»Ja.«

Ich rolle die Augen. Der Beginn unserer Urlaubsreise verläuft genauso wie früher, als ich noch ein Kind war. Daran wird sich wohl auch nichts mehr ändern.

Das Auto meiner Eltern fliegt über die Autobahn und trotz der Schnelligkeit fühle ich mich auf dem Rücksitz bei ihnen immer sicher, als könne mir dort nie etwas passieren.

Die Fahrt dauert nicht lange und schon bald steigen wir vor der wunderschönen kleinen Pension von Papas Großtante Erna aus und beziehen unsere kleinen Zimmer.

Meine Mutter und Tante Tina sollten recht behalten. So viel wie in diesem dreiwöchigen Urlaub habe ich mich noch nie bewegt. Ernas Tochter, Maja, gibt Yoga-Kurse, an denen ich und meine Mutter drei Mal in der Woche teilnehmen. Ich hätte nie gedacht, dass Yoga mir so viel Spaß machen würde, so guttut, und ich bin so viel beweglicher in dieser Zeit geworden.

Außerdem habe ich wieder angefangen, Gedichte zu schreiben – über meine Zeit in Portugal, Tiago, die Liebe, den Tod. Meist fallen mir einzelne Zeilen und Reime während der vielen Wanderungen ein.

Bei unserer heutigen Tour gelangen wir in den Wald unterhalb des Pfaffensteins. Dort stehen mehrere große Felsbrocken am Wegesrand, die irgendwann mal vom Berg abgebrochen sind. Meine Eltern gehen weiter, doch ich bleibe stehen, sehe nach oben und komme mir so klein vor wie eine Ameise im Gebirge.

Mir wird hier bewusst, wie klein ich doch bin und wie klein manche Probleme sind. Selten habe ich mich so verbunden mit der Natur gefühlt wie an diesem Ort. Der Duft der Erde, die Wärme der Steine und der sanfte Wind, der mir um die Nase weht, lassen mich eigenartig lebendig fühlen. Die Sonne bräunt meine Haut und viele der düsteren Gedanken sind in den Hintergrund gerückt. Ich lebe im Hier und Jetzt.

Ein Stück weiter hole ich meine Eltern an einer Lastenseilbahnstation ein und der Pfad führt uns weiter zu einer Wildwiese. Mit ihren unendlich vielen Blumen erinnert sie mich an die Felder in Portugal im Frühling. Diese Erinnerung sticht in mein Herz, doch ich bin auch froh, die Landschaft gesehen und diese Liebe erfahren zu haben. Auch wenn unsere Zeit beim zweiten Mal ebenso viel zu kurz war.

Von der Wiese hat man einen sehr schönen Ausblick auf den Pfaffenstein und das Wahrzeichen der sächsischen Schweiz, die Barbarine.

Meine Mutter, die schon oft mit meinem Vater diesen Ort besucht hat, erklärt mir: »Diese Felsformation hat eine Geschichte. Der Sage nach war die Barbarine ein Mädchen, das brav in die Kirche gehen sollte. Doch als die Mutter herausfand, dass ihre Tochter nicht dort angekommen war, lief sie hinauf zum Pfaffenstein, wo sie ihre Tochter beim Heidelbeerpflücken vorfand. Die Mutter war so verärgert darüber, dass sie ihre Tochter verwünschte, sie solle zu Stein werden und ewig in den Heidelbeeren stehen. Wieder andere sagten, sie habe sich dort mit ihrer geheimen Liebe getroffen. Diese versteinerte Jungfrau soll ein Mahnmal für alle ungehorsamen Kinder sein.«

»Wie gruselig. Armes Mädchen«, sage ich und gehe weiter. »Zum Glück bist du nicht so«, sage ich, bleibe stehen und nehme meine Mama in den Arm. Ich erinnere mich an ihre Zeilen zu meinem Abschied damals, als ich nach Portugal gezogen bin. Sie waren so herzlich und einfühlsam. Ich trage ihren Brief noch heute in meinem Portemonnaie mit mir. Auch wenn das Zusammenleben mit meinen Eltern nicht immer einfach ist, so bin ich doch sehr froh, sie zu haben. Sie sind immer für mich da. In dieser Sekunde brechen bei mir alle Dämme. Traurigkeit mischt sich mit Dankbarkeit und der Sehnsucht nach Unbeschwertheit. Es ist seit Tagen die erste richtige Gefühlsregung in mir und sie sucht ihren Weg nach draußen.

Es sind diese Momente, die mich inspirieren und die Worte sprudeln nur so durch meinen Kopf. Immer wenn mir ein neuer Gedanke oder ein Reim einfällt, hole ich mein Notizbuch aus dem Rucksack und schreibe sie auf. So kommt in der Zeit in den Bergen eine beachtliche Anzahl an Gedichten und Gedanken zusammen. An diesem Tag sind folgende Zeilen entstanden:

Meine Liebe, wo bist du hin?

Fort. Doch du lebst in mir drin.

Bist bei mir. Jeden Tag bist du mir nah,

Ich kann es nicht begreifen! Es ist nicht wahr!

Als du von mir gingst, fühlte ich mich verlassen und leer,

versteinert wie die Barbarine, es gab keine Freude mehr.

So plötzlich war alles vorbei und du warst weg,

auf meinem Herz bleibt ein schwarzer Fleck.

Dein Medaillon trage ich an meinem Herzen,

Sehnsucht, so groß, es bereitet mir Schmerzen.

Für mich wäre es das größte Glück,

kämest du einfach zu mir zurück.

Doch nimmt mir der dunkle Tod,

was mir einst deine Liebe bot.

Sehe ich am Ende Licht?

Ich weiß es nicht.

Du

warst

mein

Leben,

ohne

dich

bin

ich

nichts.

Wir besteigen den Pfaffenstein, Stufe für Stufe, unter großen Felsbrocken hindurch, die in längst vergessenen Zeiten in den Felsspalt gestürzt sind und jetzt über dem Weg festhängen.

Immer wieder ertappe ich mich bei dem Gedanken, was wäre, wenn erneut so ein Felsen auf uns niederbrechen würde.

Wären Tiago und ich dann wieder vereint? Was genau passiert nach dem Tod? Eine Frage, die mich, seit ich denken kann, immer wieder quält. Sind wir komplett weg, ausgelöscht, oder schwirrt unsere Seele noch irgendwo herum? Trifft sie auf andere verstorbene Geister? Wen würde ich dann alles wiedersehen? Würde ich Tiago überhaupt finden? Er ist schließlich in Portugal gestorben.

Nachdem wir die Barbarine auch von dem gutbesuchten Aussichtspunkt betrachtet und fotografiert haben, geht es zurück ins Restaurant. Bei einem leckeren Schnitzel mit Pommes kommt auch so langsam mein Appetit wieder, was meine Mutter mit einem Lächeln quittiert. Sie versucht mich nur unauffällig zu beobachten, doch mir entgeht ihr prüfender Blick nicht.

Auf dem Rückweg erkunden wir weiter die vielen dunklen Höhlen und großen, tiefen Spalten in den Felsen. Die Sonne lacht, die Luft riecht herrlich frisch. Doch in der Ferne ziehen dunkle Wolken auf, die vermutlich das heute früh im Wetterbericht angekündigte Gewitter im Schlepptau haben und überraschend schnell auf uns zukommen.

Wir beeilen uns mit dem Abstieg und passieren eine Treppe, die so schmal wird, dass wir eine steile Leiter hinab klettern müssen.

Als wir am Auto ankommen, bin ich schweißgebadet, doch wir schaffen es gerade rechtzeitig, denn wenige Minuten später öffnet der Himmel seine Pforten und ergießt einen Schwall Wasser auf die Erde.

An Tagen wie diesen erblüht eine langversteckte Freude in mir. Wehmütig schaue ich aus dem Autofenster und bin ein wenig traurig, dass unser Urlaub morgen schon wieder vorbei ist.

Das nächste halbe Jahr gönne ich mir eine weitere Auszeit, denn ich brauche noch mehr Zeit für mich. Die Trennung von Alex, die Kündigung, der Unfall, der keiner war, Tiagos Tod, das ist einfach zu viel auf einmal gewesen.

Der Urlaub mit meinen Eltern hat mir sehr gut getan. Er hat mir aber auch deutlich gemacht, dass ich nicht gleich wieder weitermachen kann, wie es alle erwarten. Ich habe viel mit Tante Tina gesprochen und sie bestärkte mich darin, mir Zeit zu lassen, damit meine Seele heilen kann.

Meine Eltern haben mich wieder aufgenommen und unterstützen mich finanziell.

Auf den Sommer waren ein kurzer Herbst und ein kalter Winter gefolgt. Ich habe mich in der Zeit auf das Schreiben konzentriert, unendlich viele Gedichte sind entstanden, und ich habe gemalt. Ich konnte nie wirklich schön zeichnen und doch habe ich mich selbst überrascht, wie gut die Bilder unter meiner Hand werden können.

Außerdem habe ich mich dem Chor im Ort ange-schlossen. Singen hat mir ja schon im Schulchor viel Spaß gemacht. Mit meinen inzwischen sechsundzwanzig Jahren bin ich zwar mit Abstand die Jüngste dort, doch alle freuen sich, dass ich mal neuen Wind in die Gruppe bringe und wir nun auch das eine oder andere modernere Lied singen.

Beim Abendessen erzähle ich meinen Eltern von dem Chortreffen am Nachmittag – das letzte in diesem Jahr. »Hertha hat ihre Brille vergessen und musste alle Lieder aus dem Gedächtnis singen. Leider ist es nicht mehr so zuverlässig und sie hat ständig die Strophen durcheinander gewürfelt. Sie sah jedes Mal ganz bedröppelt aus, wenn sie bemerkte, dass sie was ganz Anderes sang als wir.«

Meine Eltern kennen die kleine, schrumpelige Frau, die immer sehr darauf bedacht ist, alles ganz korrekt zu machen, und kichern laut los.

»Ich freue mich, dass du endlich wieder lachen kannst«, stellt meine Mama fest und streichelt mir über den Kopf.

»Hast du denn schon Pläne für Silvester? Wir feiern dieses Jahr hier und haben Freunde eingeladen«, wechselt mein Vater das Thema.

Ich blähe die Backen und puste die Luft langsam heraus. »Pläne habe ich noch nicht, aber ich frage mal Mila und Piet, was sie machen.« Auf Feiern mit meinen Eltern und ihren Freunden habe ich so viel Lust wie auf eine Wurzelbehandlung.

KAPITEL 20

»Zehn«, rufen alle Partygäste im Chor. Bilder des vergangenen Jahres ziehen wie ein Daumenkino durch meine Gedanken.

»Neun.« Alex. Letztes Jahr haben wir gemeinsam Silvester gefeiert. Zu zweit, allein zu Hause. Ich hatte schlechte Laune, weil ich lieber richtig feiern und unter Leute gehen wollte. Stattdessen saßen wir zu zweit mit Raclette am Tisch und sahen uns »Dinner for One« an.

»Acht.« Alex und ich beim Paddeln im Spreewald und anschließend der Aufenthalt im Spa. Einer der schönsten letzten Erinnerungen unserer Beziehung.

»Sieben.« Alex und die andere Frau, die alles verändert hat.

»Sechs.« Simon, der so ungeplant in mein Leben gestolpert ist und mich mächtig durcheinandergebracht hat.

»Fünf.« Tiago, wie er als Vierzehnjähriger vor mir steht und mich angrinst. Der erste Zungenkuss.

»Vier.« Tiago, wie wir uns als Erwachsene wiedersehen und ich mich in dieser Sekunde ein zweites Mal mit voller Wucht in ihn verliebe.

»Drei.« Wie wir uns das zweite erste Mal am Strand geküsst haben.

»Zwei.« Tiago.

»Eins.« Tiago.

»Frohes Neues!«

Die Stimmen werden lauter als meine Gedanken. Jeder umarmt seinen nächsten Nachbarn. Mila schlingt die Arme um mich, danach fällt mir Piet um den Hals.

»Ich bin so froh, dass ich hier mit euch feiere!«, rufe ich, um gegen die Lautstärke anzukommen.

Zu Hause bei meinen Eltern ist zusätzlich zu den ganzen Freunden meiner Eltern noch Tante Tina angereist. Das konnte ich heute nicht ertragen. Ihr Analysieren und Therapieren geht mir in letzter Zeit auf die Nerven. Es ist nicht so, als wären ihre Ratschläge nicht hilfreich für mich gewesen, aber heute möchte ich mal nicht ihr Patient, sondern einfach mal wieder Ich sein. Ich, Hanna, die auch wieder Spaß haben kann. Hoffentlich. Ich trinke mein Sektglas in einem Zug aus.

»Hanna, möchtest du nicht wieder bei uns einziehen?«, fragt Mila mit schwerer Zunge. Sie stolpert und fängt sich auf, indem sie ihren Arm um meinen Hals wirft. »Ich hab' ein schlechtes Gewissen, ich möchte nicht, dass du denkst, ich hätte dich damals rausgeschmissen. Dein Zustand hat mir nur Angst gemacht.«

»Schon gut, ich verstehe das. Ich war wirklich nicht mehr ich selbst. Die Zeit bei meinen Eltern hat mir wirklich gutgetan.« Mir schwirrt der Sekt auch schon verdächtig durch den Kopf.

»Trotzdem, ich vermisse dich.« Sie drückt mir einen feuchten Schmatzer auf die Wange und hängt sich auf meine Schulter.

»Ich vermisse dich auch. Ich überlege es mir, ja?«, sage ich lächelnd und bin wirklich gerührt von ihren Worten, gerate unter ihrem Gewicht jedoch ins Wanken.

»Hast du denn gute Vorsätze für das neue Jahr?«, will sie wissen. Das Feuerwerk des Clubs ist vorbei und wir beobachten noch die bunten Raketen anderer Leute, die nicht aufhören können, einen Böller nach dem nächsten zu zünden.

»Naja, ich möchte mir eine neue Arbeit suchen und mein Leben irgendwie wieder auf die Reihe bekommen.«

»Das klingt doch gut. Hast du dich denn schon beworben?« Ich schüttle den Kopf und lasse meinen Blick über die Gäste des Clubs wandern. »Mir ist kalt. Gehen wir rein?« Langsam bewegen wir uns von der Dachterrasse mit dem Pool wieder hinein zur Tanzfläche.

Wir sind in dem Club, zu dessen Eröffnung wir bereits waren. Ich muss zugeben, ich hatte Angst davor, wieder mit so einer Panikattacke zu reagieren. Doch mit etwas mehr Abstand versuche ich, Clubs, Musik und DJs nicht mehr negativ zu sehen. Im Gegenteil, es erinnert mich an Tiago und daran, wie sehr er dies alles geliebt hat. Ich habe es ja auch geliebt. Tanzen, laute Beats, da fühlte ich mich frei und lebendig und ich habe mir vorgenommen, dieses Gefühl wieder zu beleben. »Und du? Hast du dir etwas für das neue Jahr vorgenommen?«

»Ach, naja, so, wie jedes Jahr. Mehr Sport treiben.« Sie zwinkert und deutet auf ihren Bauch, der in dem letzten halben Jahr wirklich etwas gewachsen war. »Der Winterspeck muss weg. Los, wir fangen gleich an, lass uns tanzen! Außerdem möchte ich eine bessere Freundin für dich sein.«

»Mila, du bist die beste Freundin, die ich je hatte. Wenn dann möchte ich eine bessere Freundin für dich sein. Danke, dass du mir mein schlechtes Verhalten in den letzten Monaten nicht krummnimmst.«

»Hanna, ich habe dich wirklich sehr lieb.«

»Ich habe dich auch lieb.«

Nachdem wir uns noch einmal gedrückt haben, zieht mich Mila mit schwankenden Schritten auf die Tanzfläche.

Mila, Piet und ich hüpfen bis zum Umfallen mit den anderen Partygästen. Im wahrsten Sinne des Wortes, Mila dreht sich zu wild und fliegt rückwärts gegen eine Gruppe tanzender Mädels, die erschrocken zur Seite springen. Mila landet auf ihrem Hintern.

Ich ziehe sie lachend wieder auf die Beine.

»Pah, keiner fängt mich auf. So eine Frechheit«, sagt sie im gespielt vorwurfsvollen Ton in die Richtung der anderen Frauen. »Uuuh, diesen Song liebe ich!« Und schon rockt sie weiter.

Auch ich mag dieses neue Lied, wiege mich im Takt, schließe die Augen und genieße dieses langvermisste Gefühl. Es ist mir egal, wie viel Schweiß mir den Rücken hinunter rinnt, ich fühle mich gut, am Leben. Endlich. Wieder.

Beim Refrain nimmt Mila mich an den Händen und wirbelt mich wie bei einem Walzer herum.

»Hilfe, nicht so schnell!«, brülle ich ihr entgegen, doch da stoße ich mit dem Rücken auch schon mit jemandem zusammen. Ich drehe mich um, um mich mit erschrockenem Blick für den Zusammenprall zu entschuldigen, und lache peinlich berührt.

Habe ich zu viel getrunken? Fantasiere ich? Denn ich bilde mir ein, in das Gesicht von Simon zu blicken.

Doch er ist es tatsächlich. Er hat den Arm um eine große, schlanke Brünette gelegt und sein Lächeln erstirbt, als er mich erkennt. »Hanna?«

Meine Haare kleben mir nass im Gesicht. Ich schwitze so sehr, dass meine Augen sicher schwarz verschmiert sind.

Simon hatte sich, seitdem ich damals von ihm weggerannt bin, nicht mehr gemeldet. Es herrscht die sogenannte Funkstille zwischen uns.

In meinem Bauch rumort ein Gefühl, dass ich nicht deuten kann. Nicht gut und nicht schlecht. Ich habe keine Ahnung, wie ich reagieren soll und so starre ich ihn einfach weiter an.

Simon sieht noch genauso gut aus wie vor einigen Monaten, aber er ist in Begleitung, sicher ist das seine Freundin. Als in dem Moment auch noch ein Lied erklingt, das damals in der Twist Bar in Portugal lief, in der Simon und ich unseren ersten Abend verbracht haben, kann ich nicht mehr klar denken. Es passiert das, was ich vermeiden wollte. All die Situationen in Portugal tanzen an meinem inneren Auge vorbei.

Ich versuche einen klaren Kopf zu bekommen und merke, dass ich Simon noch immer sprach- und regungslos anglotze.

Simon starrt genauso merkwürdig zurück.

Bevor die Situation noch komischer wird, sage ich schnell: »Sorry!« Dann drehe ich mich um und flüstere Mila ins Ohr: »Ich fahre nach Hause.«

»Hanna, nicht! Bleib hier, bitte!«, ruft sie mir hinterher, doch ich habe mich schon losgerissen. Piet kann ich nicht entdecken, vielleicht ist er auf der Toilette. Mit dem Garderobenchip hole ich meinen Wintermantel ab und verlasse den Club. Wieder bin ich auf der Flucht vor Simon.

Die kalte Winterluft kühlt meinen Schweiß auf Minusgrade ab. Ich ziehe meinen Mantel fest um mich und setze die Kapuze auf. Meine Locken kleben mir nass auf der Haut.

Ich bin froh, dass vor dem Club mehrere Taxis warten, und steuere auf das vorderste Auto zu. Dann setze ich mich auf den Rücksitz und sage dem Fahrer die Adresse von Milas Wohnung, denn wir hatten verabredet, dass ich dort übernachten kann. Den Schlüssel für die Wohnung habe ich in weiser Voraussicht eingepackt. Meine Eltern haben mir Taxi-Geld gegeben, falls ich doch zu ihnen nach Hause kommen möchte. Doch da ist sicher noch die Party in vollem Gange. Ich möchte jetzt aber lieber alleine sein.

In meiner ehemaligen Wohnung husche ich zuerst unter die Dusche, bevor ich mich auf die Schlafcouch werfe und den Fernseher laufen lasse.

Mila ruft mich mehrere Male an, doch ich schreibe ihr nur, dass es mir gut gehe und ich schon bei ihr zu Hause sei.

Aber gut geht es mir ganz und gar nicht. Tausend Gedanken und Erinnerungen schießen mir durch den Kopf, dass mir ganz schwindelig wird und ich froh bin, wenn mich der Schlaf endlich übermannt.

KAPITEL 21

Am zweiten Januar klingelt mein Handy und zeigt eine Berliner Nummer an. Da Mila heute noch frei hat und wir gestern weiter in das neue Jahr gefeiert haben, bin ich eine weitere Nacht bei ihr und Piet geblieben.

Ich nehme das Gespräch an und melde mich mit: »Hanna Sommer«.

»Frau Sommer, wie schön, dass ich Sie erreiche. Herr Winter lässt ausrichten, dass Sie ab morgen bei ihm als Sekretärin anfangen können.«

Irritiert schweige ich. Ist das ein Scherz? In der Silvesternacht renne ich noch vor ihm weg und nun bietet er mir einen Job an?

»Ähm, ich habe mich doch aber gar nicht neu beworben«, sage ich skeptisch.

»Wollen Sie die Stelle oder nicht?« Nun klingt die Dame aber etwas patzig.

Da muss ich nicht lange überlegen. Ich brauche einen neuen Job und wenn er mir so vor die Füße fällt, warum sollte ich da nicht zugreifen? »Ja, sehr gerne! Und das ist wirklich kein Witz?«

»Wieso sollte ich scherzen?«

Ok, ganz ruhig bleiben, tief durchatmen und souverän antworten! »Ja, wenn das so ist. Dann bis morgen. Ich freue mich.« Ich lege auf und schaue das Handy ungläubig an. Dann springe ich laut jauchzend in die Höhe.

»Nanu, was machst du denn hier für ein Freudentänzchen?« Mila kommt mit verstrubbelten Haaren im Bademantel aus dem Schlafzimmer.

»Ich habe einen Job!«

»Wuuuah, cool. Das ging ja schnell. Ich wusste gar nicht, dass du ein Bewerbungsgespräch hattest.«

»Hatte ich auch nicht.«

»Hä? Wie hast du einen Job bekommen ohne Gespräch? Du willst doch nicht schon wieder modeln? Lass da lieber die Finger von.«

»Also, ich hatte jetzt kein Gespräch, das ist schon länger her. Es ist das Unternehmen von Simon.«

Mila zieht scharf die Luft ein. »Meinst du, das wäre so gut?«

Ich zucke die Schultern. »Es war doch seine Entscheidung.«

»O Gott!« Mila schlägt sich die Hand vor den Mund.

»Was ist?«, frage ich.

»Du hast doch gesagt, du hast Simon auf der Silvester-Party gesehen.«

Ich nicke zustimmend und warte darauf, was noch kommt.

»Ich glaube, ich habe mit ihm geredet. Vielleicht ist das meine Schuld.«

Ungläubig sehe ich sie an. »Du hast was?«

»Naja, ich war ganz schön angetrunken. Mir ist irgendwie so, als hätte ich mich mit Simon über dich unterhalten?«

»Das ist nicht dein Ernst! Was hast du ihm erzählt?«

»Weiß ich doch jetzt nicht mehr. Bestimmt nichts Schlimmes. Immerhin möchte er dich einstellen.«

Stimmt auch wieder. »Trotzdem, denk nach, was hast du gesagt?«

»Ich weiß es wirklich nicht mehr!«

»Man, Mila! Mach so etwas nie wieder! Hörst du?«

»Tut mir leid, werde ich nicht. Versprochen!«

Mila hat es offenbar ernst gemeint, mir eine bessere Freundin sein zu wollen. Aber ob sie mir damit wirklich einen Gefallen getan hat, wird sich erst noch zeigen.

Noch am gleichen Tag fahre ich zu meinen Eltern und hole meine Sachen und Kleidung ab. Meine Mutter freut sich sehr, dass ich einen neuen Versuch starte und wieder ins Berufsleben zurückkehren möchte. Auch wenn sie es lieber hätte, wenn ich noch weiter bei ihnen wohnen bleiben würde.

Von Milas Wohnung ist mein Arbeitsweg jedoch deutlich kürzer und wenn ich die Probezeit bestehen sollte, werde ich mich nach einer eigenen Wohnung umsehen. Solange gewähren mir Piet und Mila ein Dach über dem Kopf und einen Platz auf meiner geliebten Schlafcouch.

Am Donnerstag stehe ich pünktlich um acht Uhr in meinem Hosenanzug mit zittrigen Fingern und schweißnassen Handinnenflächen vor Simons Büro und klopfe an. Da ich kein »Herein« höre, öffne ich vorsichtig die Tür.

»Hier drüben!«, ruft eine Frauenstimme durch die offene Verbindungstür zu Simons Zimmer. Ich gehe weiter in ihr Büro.

»Hallo, du musst Hanna sein.« Sie steht auf und reicht mir die Hand. »Herzlich willkommen im Team. Ich bin Jessica, Simons persönliche Assistentin. Du kannst auch Jessi zu mir sagen. In diesem Team duzen wir uns. Ich hoffe, das ist kein Problem?«

Sie kommt mir irgendwie bekannt vor. Ich weiß nur nicht, woher.

»Ja, ich bin Hanna. Ist Simon gar nicht da?«

»Simon hat heute leider einen wichtigen Termin reinbekommen. Aber das ist nicht schlimm. Ich werde dich eh einarbeiten. Du solltest als Erstes in die Personalabteilung gehen und deinen Vertrag unterschreiben. Danach legen wir hier los.«

Motiviert mache ich mich auf den Weg zu der Zimmernummer, die Jessica mir aufgeschrieben hat, und betrete den Büroraum.

»Na, das wird ja auch Zeit, dass Sie endlich hier erscheinen! Hier sind die Unterlagen. Lesen Sie diese bitte sorgfältig durch. Unterschreiben bitte hier. Sollten Sie Fragen haben, bitte nicht bei mir, ich habe zu tun.« Damit verlässt die brünette junge Frau mit der strengen Hochsteckfrisur den Raum und ich bleibe alleine zurück.

Ungläubig sehe ich ihr hinterher. Wie arrogant ist die denn? Ist sie immer so oder hat es was mit mir zu tun? Doch ich werde darauf keine Antwort erhalten und so konzentriere ich mich auf die Papiere vor mir, lese die Zeilen und setze meine Unterschrift darunter.

Den Vertrag lasse ich dort liegen und gucke auf dem Rückweg noch einmal genau auf das Schild neben der Tür: F. Kronwitz.

Ich muss lächeln und stelle sie mir mit einem kleinen Thron, Zepter und schief sitzender Krone vor. Sie tut tatsächlich so, als hätte sie ein Krönchen auf.

Zurück im Büro fällt Jessica eine wichtige Information ein. »Bevor ich es vergesse, morgen findet der Betriebsausflug statt. Da hast du echt Glück, dann lernst du gleich die meisten Mitarbeiter aus dem Unternehmen kennen. Bis dreizehn Uhr wird gearbeitet, dann treffen wir uns zu den Aktivitäten. Wir haben hier verschiedene Listen zum Auswählen.« Sie deutet auf den Bildschirm.

Leise lese ich vor: »Beach Volleyball in der Halle, Indoor-Kletterpark, Stadtrundfahrt Berlin, Wald-Wanderung mit Führung, Barkeeper-Lehrgang.«

»Achso, Volleyball und Kletterpark sind schon ausgebucht. Ich gehe zum Klettern.« Ein gewinnendes Lächeln huscht über ihr Gesicht.

Ich überlege. Eine Stadtrundfahrt? Nee, die habe ich auch schon mal gemacht. Für eine lange Wanderung ist es mir zu kalt ... »Ich glaube, ich nehme den Barkeeper-Kurs.« Das klingt wenigstens ein bisschen spannend.

»Alles klar, ich trage dich dort ein. Simon hat das auch ausgewählt.«

Oje, da hätte ich vielleicht vorher nachfragen sollen, denn mit Simon wollte ich nicht gleich so viel Zeit außerhalb der Arbeit verbringen. Ob ich wechseln sollte? Aber das würde sicher auch komisch aussehen.

Ich hatte damit gerechnet, dass er was mit Sport und Action wählt. Mein Blick fällt auf das Bild mit dem Surfer in seinem Büro.

Als hätte sie meine Gedanken erraten, sagt Jessi: »Er war in den letzten Wochen nur unterwegs und hat leider zu spät seine Anmeldung abgegeben, da waren die interessanten Plätze leider schon vergeben.« Sie wirkt fast ein wenig enttäuscht, fährt dann aber fort: »Abends treffen wir uns dann alle wieder hier im Haus, unten im Konferenzsaal. Wir haben einen Caterer bestellt, es wird ein super Buffet und eine Bar geben und ein DJ ist engagiert. – Es herrscht Anwesenheitspflicht.«

Ups, sie hat mir wohl angesehen, wie wenig Lust ich darauf habe. Ich versuche, die Gedanken an Tiago zu verdrängen, die automatisch bei dem Wort DJ in meinem Kopf auftauchen. Ich nicke und verziehe den Mund zu einem unechten Lächeln. »Ich freue mich drauf.«

»So, dann legen wir mal los ...« Jessica klatscht in die Hände und erklärt mir alles Organisatorische im Büro, zeigt mir, was ich mit dem Posteingang und -ausgang machen soll, erklärt mir kurz die Programme, mit denen sie arbeitet und lässt mich bei Telefonaten zuhören. Ich schreibe mir viel in mein Notizbuch und hoffe, dass ich mir das alles auch merken kann.

Die Mittagspause verbringen wir gemeinsam, Jessi zeigt mir die Uni-Mensa, in der wir essen können und stellt mir ein paar Kollegen vor, auf die wir dort treffen.

Danach geht es im Büro weiter. Sie richtet mir mein E-Mailkonto ein und zeigt mir, wie ich Zugriff auf Simons E-Mails erhalte. Danach stellt sie mir noch mehr neue Kollegen vor.

Als ich mich nach der Arbeit auf dem Heimweg befinde, qualmt mir der Kopf und mein Magen knurrt. Geistige Anstrengung macht Hunger.

Piet hat uns zum Glück etwas Leckeres gezaubert und ich erzähle den beiden beim Essen von meinem ersten Tag, bevor ich wenig später erschöpft in mein Bett falle.

Doch das nervöse und ungewisse Gefühl in meinem Bauch hält mich noch eine Weile wach. Was wird mich am morgigen Tag erwarten?

KAPITEL 22

Der nächste Arbeitstag beginnt so, wie der erste geendet hat: Input, Input, Input. Ich werde in die Geheimnisse des Kopierers und Druckers eingewiesen, lerne welche Besonderheiten zu beachten sind, um Faxe zu verschicken, und all die nützlichen Dinge aus dem Büroalltag.

Ich bin ehrlich froh, als Jessi ruft: »Huch, schon kurz vor dreizehn Uhr. Jetzt schaffen wir gar keine Mittagspause mehr. Naja, egal, mit vollem Magen klettert es sich eh nicht gut.«

Ich beiße mir auf die Zunge, um nichts zu sagen, denn ich habe schon Hunger und muss nun zu einem Cocktail-Lehrgang. Ich hoffe nur, da müssen wir nichts trinken.

In meiner Handtasche finde ich noch einen Müsliriegel, den ich schnell im Fahrstuhl verschlinge.

Unten vor dem Bürogebäude treffen sich alle Mitarbeiter und sortieren sich in Gruppen für die verschiedenen Unternehmungen.

Simon kann ich nicht entdecken. Er hat Jessi heute Morgen geschrieben, dass er gestern erst spät von seinem Termin nach Hause gekommen wäre und heute Home Office machen würde. Vielleicht hat er es sich ja anders überlegt und kommt doch nicht zu diesem langweiligen Lehrgang, was ich nur begrüßen würde, denn die Einarbeitung nimmt mich momentan schon ziemlich mit.

Nachdem wir vollzählig sind, läuft meine Gruppe los und ich trotte etwas verloren hinterher.

Zum Glück ist der Weg nicht weit und weil ich ein Kleid trage, bin ich froh, endlich wieder ins Warme zu kommen.

Wir versammeln uns um den Bartresen und der tätowierte Typ mit der aalglatten Gelfrisur dahinter begrüßt uns. »Herzlich willkommen zum Barkeeper-Lehrjang. Ick bin der Timo, Barkeeper-Meister. Da Se sich hierfür anjemeldet ham, geh ick mal davon aus, dass Se keenerlei Vorkenntnisse haben.« Seine Augen wandern durch die Menge und stoppen kurz bei jedem einzelnen von uns.

Ich folge seinem Blick. Simon ist tatsächlich nicht aufgetaucht. Innerlich atme ich auf und ein kleiner Teil meiner Anspannung fällt von mir ab.

»Starten wa also mit de Grundlajen, wa? Wie nennt man dit hier?«

»Strohhalm«, ruft die kleine Frau mit dem schwarzen Bob und der Hornbrille neben mir. Sie erinnert mich an ein Mädchen aus meiner Schule damals, die sehr viel Ahnung von Computern hatte und von allen nur Nerdy genannt wurde. Vielleicht arbeitet sie in der IT-Abteilung?

»Danke. Oing, falsch. Jedes Mal, wenn ich das Wort Strohhalm höre, müssen Se einen Schnaps exen. Da kräuseln sich die Haare in meinen Ohren. Sehn Se hier irgendwo Stroh?«

Alle Teilnehmer schütteln den Kopf. »Sehn Se? Ick och nich. Dat hier ist ein Trinkhalm! Kapische? Trink-halm.« Das letzte Wort spricht er deutlich betont auf seine Silben aus.

Nach der halbstündigen Einführung in die Geheimnisse der Barkeeperkunst sollen wir Zweier-Teams bilden. Da sich die meisten Kollegen untereinander schon kennen, finden sich schnell die Paare.

Wie hätte es auch anders sein sollen, ich bleibe als Einzige übrig. Das war schon damals im Sportunterricht so.

»Dann kommste zu mir«, sagt unser Ausbilder und zwinkert mir aufmunternd zu.

Wir sollen uns ein Rezept aussuchen und den Cocktail nach seinen Tricks und Tipps mixen. »Denkt dran, euer Partner muss den Cocktail dann trinken. Verjiftet euch also nicht!«

Allgemeines Gelächter.

Ich bin mit dem Profi als Partner noch nervöser und konzentriere mich sehr auf das, was ich tue. Während ich meinen Sex On The Beach nach Rezept mische und aufpasse, auch ja die richtige Flasche zu greifen, bekomme ich irgendwann mit, dass mich zwei Männer durch ein Cocktailglas interessiert grinsend anstarren. Erschrocken erkenne ich die rehbraunen Augen.

Sofort werde ich stocksteif und mir wird heiß und kalt gleichzeitig.

Timo kommt herum und legt einen Arm um mich: »Sehn Se, jetzt haben Se sogar zwei Männer an der Backe. Hier kommt noch `n Nachzügler.«

Mein Magen macht einen merkwürdigen Hüpfer. »Ähm, hallo, Simon«, bringe ich stammelnd hervor. »Ich muss mal auf die Toilette.« Auf der Stelle mache ich eine Kehrtwende und laufe zügig davon.

»Allet klar, dann weis ick den jungen Herrn mal ein«, höre ich den Barkeepermeister noch rufen.

Muss Simon mich so erschrecken? Ich hatte ehrlich gedacht, nicht so schnell auf ihn treffen zu müssen und nun taucht er doch noch auf. Nicht nur das, jetzt wird er sogar mein Teampartner.

Ob ich einfach sage, dass es mir nicht gutgeht und ich nach Hause gehe? Das macht aber am zweiten Arbeitstag sicher keinen guten Eindruck.

Einige Minuten bleibe ich auf der Damentoilette, um mich zu fangen. Ich hoffe, man hat mir mein Entsetzen nicht zu sehr angemerkt. Tief einatmen und ausatmen. Dann gehe ich zurück an die Bar.

Simon hantiert schon mit einigen Flaschen und dem Messbecher herum. »Timo, wo sind denn hier die Strohhalme?«, fragt er den Barkeeper.

»Da ham wa den Ersten. Dat gibt für dich und deine Partnerin nen Kurzen.«

»Joa, mitjehangen is mitjefangen«, erklärt er mir, nachdem er meinen panischen Blick richtig gedeutet hat.

Verständnislos sieht Simon mich an.

»Es heißt Trinkhalm«, flüstere ich ihm zu, kippe mir den Wodka hinunter und schüttle mich, während mir die Luft wegbleibt.

Doch Simon scheint heute nicht sehr aufnahmefähig zu sein, denn drei Minuten später haut er raus: »So, deiner sieht auch fertig aus, nur der Stroh…, äh, Trinkhalm fehlt noch.«

»Ah, ah, ah, ich habe das schlimme Wort gehört. Prost, ihr Zwei!« Timo legt den Arm um Simon. »Du willst die junge Dame wohl abfüllen, wa? Naja, is ja och ne Hübsche.« Timo zwinkert mir zu und geht weiter zu unseren Nachbarn.

Wie uns ergeht es noch drei weiteren Gruppen, was zur Folge hat, dass die Gespräche und das Gelächter immer lauter werden.

Wenig später schallt Timos Stimme wieder durch die Bar. »So, die Zeit ist leider um, kommen wa zum vergnüglichen

Teil des Abends. Jeder darf jetze den Cocktail seines Partners trinken und bewerten.«

Mein leerer Magen rumort. Mir haben schon die zwei Wodka gereicht, die eine wohlige Wärme in mir erzeugten.

Alle Kollegen setzen sich an die freien Tische und tauschen ihre Cocktails. Es wird wieder laut geredet, gelacht und selbst die kleine Frau, die wirklich in der IT-Abteilung arbeitet, wirkt viel gelassener und reißt Witze. Sie kosten ihre verschiedenen Kreationen, vergleichen und überlegen, was man besser hätte machen können, wenn einer mal nicht so geworden ist wie erwartet.

Ich sitze schweigend meinem Chef gegenüber.

Simon überreicht mir mit einem Zwinkern seinen Piña colada. »Ist das ein Sex On The Beach? Ist ja fast wie an unserem ersten Abend in Portugal. Nur ohne die meterlangen Strohha..., Mist.«

Ohne ein Wort zu sagen, stellt uns Timo zwei Wodka vor die Nase. »Ick hab da sehr sensible Antennen für.« Er grinst.

»Ich muss erst mal etwas Essen, wenn wir hier raus sind«, sage ich mit einer Hand auf meinem Bauch.

»Gleich geht's zurück, ist ja zum Glück nicht weit und da wartet dann ein reichhaltiges Buffet auf uns. Prost!« Simon kippt sich den Wodka hinunter und nimmt einen Schluck vom Cocktail. »Da hast du es aber gut gemeint.« Er hustet.

Meine Wangen glühen. »Ist er zu stark? Ich habe mich genau an das Rezept gehalten.«

»Alles gut, es ist der beste Sex On The Beach, den ich je hatte.« Wieder dieses Zwinkern. Er zwinkert sich noch um meinen Verstand. Na, das kann ja was werden.

»Danke für den Job«, sage ich, um auf das Thema zu sprechen zu kommen.

»Nicht dafür, ich halte mein Wort. Ehrensache! Auf gute Zusammenarbeit.« Wir erheben unsere Cocktailgläser und stoßen an.

Zwanzig Minuten später finde ich mich zwischen zweihundert Leuten im Konferenzsaal des Unternehmens wieder. Als eine der Ersten stürze ich mich auf das Buffet, das Simon kurz zuvor in einer Ansprache an alle Mitarbeiter eröffnet hat. Ich hoffe, die Kollegen halten mich nicht für verfressen, aber in meinem Kopf dreht sich schon alles und mein Bauch zwickt unangenehm. Wenn ich nicht negativ auffallen möchte, muss ich den Alkohol dringend mit fester Nahrung aufsaugen. Zum Glück scheinen alle mit sich selbst oder Kollegen beschäftigt zu sein oder stürmen selber zum Essen.

Mit meinem voll beladenen Teller verziehe ich mich in eine Ecke an einen Stehtisch. Lange bleibe ich jedoch nicht alleine. »Huhu, na, wie war der Lehrgang?«, ruft Jessi, die ihren schmalen Körper noch in Sportklamotten gehüllt hat. »Wir sind jetzt erst zurück gekommen, es hat etwas länger gedauert. Haben wir etwas verpasst?«

Mit vollem Mund schüttle ich den Kopf. »Daf Buffet wurde gerade eröffnet.«

»Perfekt, ich habe einen Bärenhunger. Halt mir einen Platz frei, bin gleich wieder zurück.« Sie verschwindet und ich gehe vom Durst getrieben an die Bar. Es gibt eine große Auswahl an Cocktails. Ich halte mich jedoch lieber an Wasser, da das leckere Essen mich zwar gesättigt hat, aber die Nüchternheit bringende Wirkung bisher ausgeblieben ist.

Jessi kommt kurz darauf mit einem Mixgetränk und einem kleinen Teller mit Häppchen zurück zu mir. Nachdem sie alles, was für mich maximal die Vorspeise gewesen wäre, verdrückt hat, scheint sie satt zu sein. »Los, lass uns tanzen.« Sie zieht mich am Arm auf die Tanzfläche. Komischerweise stören mich hier die Musik und die vielen Menschen nicht. Vielleicht weil ich im Hinterkopf habe, dass das der Konferenzsaal ist, in dem viele seriöse Veranstaltungen stattfinden. Es gibt mir aber auch die Hoffnung, dass ich auch in Zukunft wieder unbeschwert in Clubs gehen kann.

Unauffällig sehe ich mich nach Simon um.

Er ist mit verschiedenen Mitarbeitern im Gespräch vertieft. Bestimmt versucht er, möglichst viele Angestellte mit kurzem Smalltalk zu beehren, was wohl zu den Pflichten eines Chefs zählt.

Gegen vierundzwanzig Uhr verkündet der DJ das Ende der Feier.

»Och nö, ist es wirklich schon vorbei?« Jessi klingt entsetzt. Sie läuft zu einer Gruppe von Kollegen, die sie offenbar gut kennt. Ein Mann im Anzug, der seine Krawatte gelockert hat, legt den Arm um sie. In dem Moment entsteht in mir so ein merkwürdiges Déjà-vu-Gefühl. Ich habe Jessi schon einmal so gesehen. Es dauert einen Moment, bis es mir wieder einfällt.

Silvester!

Sie war die Brünette in Simons Arm. Natürlich!

Lief da etwas zwischen den beiden? Bisher haben sie es gut verheimlichen können. Aber ich bin ja auch erst den zweiten Tag da.

»Los, komm mit, wir konnten noch ein paar Flaschen Champagner retten, wir feiern oben im Büro weiter«, ruft Jessi mir im Vorbeigehen zu und reißt mich damit aus meinen Gedanken.

Da ich meine Tasche noch oben im Büro deponiert habe, folge ich ihr unauffällig. Der Fahrstuhl ist jedoch schon so voll, dass er ohne mich abfahren muss. Ich drücke auf den Knopf und warte auf den nächsten. Die Tür öffnet sich mit einem lauten Pling, ich mache einen Schritt nach vorne und knalle fast mit Simon zusammen. Wo kommt er denn her?

»Willst du noch arbeiten?«, fragt er lachend.

»Nein, ich muss nur meine Tasche holen«, erkläre ich und füge in Gedanken hinzu: Und eine Horde Mitarbeiter plant eine Party in deinem Büro. Doch ich verkneife mir diese Antwort und verpfeife die Kollegen besser nicht.

Bevor die Tür erneut vor meiner Nase schließt, hüpfe ich in den Lift.

Als ich oben wieder aussteige, schallt lautes Gelächter über den Flur. In Jessis Büro steht ein neuer zweiter Schreibtisch, auf dem mehrere gefüllte Gläser stehen.

»Schau, du hast schon deinen eigenen Schreibtisch bekommen. Lass uns auf deinen neuen Job anstoßen!« Jessi nimmt zwei Gläser in die Hand und überreicht mir eines.

»Ich wollte eigentlich nur meine Tasche holen.«

»Ach, komm schon! Nur ein Glas.«

Um nicht als spießig dazustehen, nehme ich das Glas innerlich seufzend an.

Mit Jessi befinden sich noch zwei Männer und eine Frau im Büro. Sie werden mir als Jannis, Shawn und Melissa vorgestellt, aber schon beim Anstoßen habe ich die Namen wieder vergessen.

Ich trinke ein paar Schlucke und kippe immer wieder unauffällig einen Schwupp in die Topfpflanze neben der Tür.

Als das Glas leer ist, hoffe ich, verschwinden zu können. Doch da habe ich die Rechnung wohl ohne Jessi gemacht. Sie gießt erneut fröhlich allen die Gläser voll und spricht einen Toast aus.

Sie lästern über die lahmen Kollegen aus der IT-Abteilung und berichten von ihren Ausflügen heute.

Melissa erzählt: »Das Biest ist heute beim Klettern voll abgerutscht. Sie hing da wie so ein hilfloser Käfer. Es hat bestimmt zehn Minuten gedauert, bis der Mitarbeiter vom Kletterpark sie befreien konnte. Hahahaha ...« Jessi stimmt mit ein. »Ach, das hat sie auch verdient, die Kronwitz ist so eine olle Kratzbürste.«

Bevor ich das zweite Glas trinke, stelle ich es ab, murmle etwas von Klo und verschwinde.

»Bleib nicht so lange weg!«, ruft Jessi mir noch hinterher und mit einem schweren Seufzer rolle ich hinter der Tür mit den Augen.

Auf der Toilette überlege ich, wie ich aus dieser Situation wieder rauskomme. Vielleicht sollte ich einfach warten, bis sie so betrunken sind und gar nicht merken, dass ich einfach abhaue. Nur wann wird das sein?

Durch den leeren und dunklen Flur schleiche ich zurück zum Büro. Dieses sonst so belebte Haus ist nun so gespenstig leer und nur aus unserem Zimmer sind Geräusche zu vernehmen.

Ich stehe vor der Tür, immer noch unschlüssig, was ich nun tun soll.

Aus dem Augenwinkel nehme ich das Schild wahr, auf dem jetzt auch mein Name vermerkt ist, wie ich erfreut feststelle.

Langsam öffne ich die Tür und sehe hinein.

Ich entdecke nur noch zwei Personen, Melissa und Name vergessen sitzen knutschend auf einem Bürostuhl.

Nanu, was habe ich denn jetzt verpasst?

Gerade als ich fragen will, wohin Jessi und der Andere verschwunden sind, höre ich ein leises Stöhnen aus der Ecke. Braucht sie etwa Hilfe? Ist sie gestürzt? Ich gehe drei Schritte weiter.

Sie liegt tatsächlich dort auf dem Boden, nicht allein, sondern wild knutschend mit Irgendwas-mit-J. Es sieht fast so aus, als würden sie versuchen, sich gegenseitig auszuziehen.

Ich räuspere mich und greife nach meiner Tasche, die neben den beiden liegt. »Ich geh dann mal, ciao, bis Montag.«

Plötzlich surrt mein Handy.

Mila – 00:32
Wo bist du? Ist alles in Ordnung? Wir machen uns Sorgen! Muss ich die Polizei rufen?

Bevor ich antworten kann, ertönt eine tiefe Stimme hinter mir: »Du musst noch nicht gehen!«

Vor Schreck schreie ich laut auf, meine Hand wandert auf mein Herz, das sich auf hundertachtzig Schläge beschleunigt hat, und ich fahre herum.

KAPITEL 23

Simon steht in der Verbindungstür zwischen seinem und unserem Büro. Seine – vermutlich vom Alkohol – glasigen Augen wandern durch das Zimmer. »Aber eure Privatparty ist jetzt vorbei. Macht das zu Hause.« Seine Worte richten sich an die übereinander herfallenden Kollegen im Raum. Erschrocken fahren auch die zusammen.

Überstürzt und kichernd rennen die Vier hinaus zum Fahrstuhl.

»Ich werde dann auch mal gehen ...«, sage ich in die plötzliche Stille hinein und greife nach meiner Jacke.

»Der Champagner ist noch nicht alle. Wäre doch schade drum. Trinkst du noch mit mir ein Glas und hilfst mir beim Aufräumen?«

O, wie peinlich. Daran hätte ich auch denken können, hier wieder alles auf Vordermann zu bringen. Ich bin eine lausige Sekretärin, naja, oder eher eine sehr angetrunkene.

»Natürlich.« Ich lasse meinen Mantel los, sammle alle Schnipsel vom Boden auf, bevor ich die leeren Gläser nehme und in der Küchenecke abwasche. Mit den sauberen Gläsern in der Hand komme ich zurück.

Simon steht angelehnt an meinen neuen Schreibtisch.

»Puh, kannst du mal das Fenster öffnen? Hier liegen jede Menge Östrogen, Testosteron und Dopamin in der Luft.«

Simon betrachtet mich mit einer hochgezogenen Augenbraue und sieht aus, als würde er etwas sagen wollen, aber er schweigt. Er nimmt mir ein Glas aus der Hand und gießt unter meinem Protest den Rest aus einer Flasche hinein.

Weil er keine Anstalten macht, gehe ich zum Fenster und reiße es weit auf. »Es regnet ja.« Nicht nur das, ein Blitz zuckt über den Himmel von Berlin und lässt mich zusammenzucken.

»Sieht aus, als hätte ich doch noch Zeit für ...«, setze ich an, verstumme aber, weil ich plötzlich einen warmen Hauch in meinem Nacken spüre. Sofort stellen sich alle Härchen auf meinen Armen auf.

Simon steht dicht hinter mir.

»Ich liebe Gewitter«, sagt er mit leicht belegt klingender Stimme.

»Ich nicht, Gewitter machen mir Angst.« Langsam drehe ich mich um.

Simon reicht mir mein Glas und stößt mit seinem dagegen.

Ich führe es zu meinem Mund und nippe an dem perligen Getränk. »Gekühlt schmeckt er tatsächlich besser«, stelle ich in Erinnerung an unser Treffen im Sommer fest.

»Sag ich ja«, stimmt Simon zu. »Auf gute Zusammenarbeit.«

»Auf gute Zusammenarbeit«, wiederhole ich.

Zittern meine Knie so wegen des Gewitters oder weil Simon mir so unerhört nahegekommen ist? Während ich das überlege, stürze ich mir fast das ganze Glas auf einmal hinunter. Ich unterdrücke einen Rülpser.

»O, der Mülleimer ...« Ich stelle mein Glas auf Jessis Tisch und bücke mich, um den Inhalt von ihrem umgekippten Papierkorb wieder hineinzustopfen, dankbar für ein wenig Abstand zu meinem Chef.

Ich richte mich auf und drehe mich zu Simon zurück. Prompt knalle ich mit meiner Nase an seine Wange. Mir bleibt keine Zeit, um mir irgendeine Reaktion zu überlegen. Seine warmen, weichen Lippen liegen schon auf meinen. Ein Schauer fließt über meine Wirbelsäule. Erst überlege ich, Simon empört von mir wegzustoßen, doch dieser Kuss vernebelt mir die Sinne. Sein Geruch kommt mir so vertraut vor, seine Hände lassen jede Zelle meines Körpers vibrieren. Er greift an meine Hüften und hebt mich auf Jessis Schreibtisch.

Mein Glas kippt um und der Champagner ergießt sich über den Tisch. Ich greife zu der Taschentücherbox neben mir, ziehe ein paar Tücher heraus und werfe sie über den nassen Fleck.

Von dem Missgeschick völlig unbeeindruckt, drückt Simon meine Beine auseinander und presst seine Hüften an mich. Seine Hände ergreifen meinen Kopf und er zieht mich wieder in einen endlosen Kuss hinein.

Der Rock meines Kleides rutscht immer höher.

Simon hält inne, legt seine Stirn an meine und sieht mir in die Augen. Vermutlich ist es der Alkohol, aber dieser Blick auf so kurze Distanz beamt mich einige Monate zurück in die Matt's Bar und ich sehe kurz Tiagos Gesicht vor mir. Ungläubig blinzle ich und das Bild vor meinen Augen verschwimmt.

Es ist Simon, Simon, Simon.

Wasser steigt mir in die Augen und ich versuche, die Gedanken und Erinnerungen mit einem besonders heftigen Kuss, der dieses Mal von mir ausgeht, zu verdrängen. Wie von einer fremden Macht geführt, wandern meine Hände zu seinem Hosenbund.

Er hatte sich umgezogen, denn er trägt keine elegante Anzughose mehr, sondern eine legere Jeans.

Hastig öffne ich den Knopf und lasse seine Hose hinuntersinken.

Sein überrasches Stöhnen lässt meine roten Blutkörperchen Samba tanzen. Mein Atem beschleunigt sich, während seine Hände an meinen Oberschenkeln entlangwandern und mein Kleid immer höher schieben. Vorsichtig zieht er mir meine Thermo-Leggings herunter.

Schließlich hebe ich die Arme, er zieht mir mein Kleid über den Kopf und wirft es achtlos hinter sich. Gekonnt öffnet er meinen BH und streift ihn mir ab. Wie ein Lasso lässt er ihn über unsere Köpfe kreisen, dann fliegt er durch die Luft und landet auf meinem Bildschirm. Ich trage nur noch meine Unterhose und komme mir mit einem Mal sehr nackt vor.

Um mich nicht alleine so zu fühlen, reiße auch ich Simon das T-Shirt vom Körper.

Sein Blick wird düster und lüstern. Meine Augen wandern an seinem muskulösen Bauch hinab und erstaunt keuche ich auf, als ich erkenne, dass er heimlich seine Boxershorts abgestreift hat.

Sein bestes Stück ragt steif und bereit in die Höhe. Einen kleinen Moment kommen mir Zweifel und mir fällt sein Satz einige Minuten zuvor wieder ein. »Macht das zu Hause.«

Jetzt ist er selber nicht besser.

Seine Pupillen wirken riesig und spiegeln seine Lust wider, ich kann mich ihnen nicht mehr entziehen.

Keuchend lege ich mich nach hinten auf den Tisch und warte sehnsüchtig auf sein Eindringen.

Simon hält ein Kondom in der Hand und streift es sich über. Ich bin froh, dass er an Verhütung denkt.

Als es endlich passiert, schließe ich genießerisch die Augen und gebe mich ihm voll und ganz hin. Da wir nun ganz allein in diesem riesigen Bürogebäude sind und der stete Donner die Wände erbeben lässt, brauchen wir auch auf die Lautstärke keine Rücksicht zu nehmen. Sein Stöhnen treibt mich in die Ekstase und ich lasse mich voll und ganz fallen. Mein ganzer Körper prickelt und langsam rollt dieses Gefühl der Erlösung herbei.

Dass Simon mir einen Tick zu früh kommt, merke ich am Pulsieren zwischen meinen Beinen. Enttäuscht sacke ich zusammen.

Simon atmet schwer und löst sich kurz darauf von mir.

Ich rolle mich zur Seite, um aufzustehen und meine Sachen zusammen zu suchen.

Plötzlich ergreift er meine Hand und zieht mich über den Flur einen Raum weiter. Dort steht zu meiner Verwunderung ein großes Bigsofa. »Das ist der Pausenraum«, sagt er, gibt mir einen Schubs und ich lande sitzend darauf, »oder auch meine zweite Heimat, wenn es mal wieder zu viel zu tun gibt im Büro. Ich habe hier schon das eine oder andere Mal geschlafen. Aber verrate es niemandem!« Er legt seinen Finger auf meine Lippen und ich beiße in ihn hinein.

Mit einem Grollen wirft er mich nach hinten und ich kann erkennen, dass er schon wieder bereit ist. Glücklich lasse ich ihn gewähren und dieses Mal komme auch ich voll und ganz auf meine Kosten.

Als das Gewitter langsam immer leiser wird, schlafen wir erschöpft auf der Couch ein.

KAPITEL 24

Um halb neun strahlt die Sonne hell ins Zimmer und kitzelt mich an den Füßen. Habe ich das Rollo nicht zugezogen? So ein Mist. O Mann, ist mir übel.

Weil ich das Gefühl habe, mich gleich übergeben zu müssen, will ich schnell ins Bad laufen. Doch etwas Schweres liegt auf meinem Arm. Ich drehe meinen Kopf, um nachzusehen, denn Jürgen ist doch nicht so schwer. Jürgen ist jedoch grau-getigert, das Tier neben mir ist dunkelbraun und auch irgendwie gar kein Tier, sondern ein Mensch. Ein sehr nackter Mensch.

Hilfe!

Ich drücke mir die freie Hand auf den Mund, um nicht entsetzt aufzuschreien oder loszubrechen. Das Dachflächenfensterrollo hätte ich gar nicht zuziehen können, da ich gar nicht zu Hause bin, sondern im Büro. Splitterfasernackt neben einem genauso unbekleideten Mann. Genauer gesagt neben meinem neuen Chef.

Die Tür steht sperrangelweit offen. Wenn uns so jemand sieht! Oder gesehen hat! Ich kneife die Augen zusammen, meine Hand wandert zur Stirn und ich bete, dass wir alleine in diesem großen Gebäude sind und nicht die Putzfrau gleich in der Tür steht.

Mit einer vorsichtigen Bewegung befreie ich meinen Arm, rutsche leise von der Couch und greife zu der Fleecedecke am Fußende, in die ich mich einwickle.

Auf der Damentoilette dauert es nicht lange und mein Mageninhalt legt den Rückwärtsgang ein.

Als ich endlich wieder gut Luft bekomme, notiere ich mir innerlich: nie wieder durcheinandertrinken und vorher unbedingt essen!

Und in besonders dicker Schrift: Schlafe niemals mit deinem Chef!

O Gott, habe ich das wirklich schon wieder getan? Nachtrag: Keinen Alkohol in Simons Nähe trinken! Der zerstört alle Vorsätze.

Zwischen meinen Beinen klebt es merkwürdig. Hatten wir etwa nicht mal verhütet? Er hatte doch aber das Kondom.

O, nein!

War es kaputt gegangen oder hatte er es beim zweiten Mal gar nicht mehr drauf gehabt?

Mir wird erneut übel.

Was fährt nur immer wieder in mich? Wie schafft Simon es, mich jedes Mal so um den Verstand zu bringen?

Ich fluche lautstark und nicht jugendfrei über meine Unbedachtheit.

Langsam erhebe ich mich und laufe wie auf einem großen Trampolin. Mein Kreislauf ist wohl mit der Klospülung auf und davon.

Auch das kalte Wasser aus dem Wasserhahn bringt nicht den gewünschten Erfolg. Ich spüle kräftig meinen Mund aus.

Immer noch wackelig auf den Beinen torkele ich leise an dem Zimmer vorbei, in dem Simon schläft.

Ich muss schmunzeln, er liegt auf dem Rücken, Arme und Beine weit von sich gestreckt. Sein bestes Stück offen präsentiert.

Im Büro sammle ich meine Klamotten zusammen und ziehe sie mir über. Dann schnappe ich mir meinen Mantel und meine Tasche und komme auf dem Flur an einer Tür mit einem Notausgangzeichen vorbei, hinter der sich eine Treppe befindet. Ich entscheide mich kurzerhand dafür, diesen Weg zu nehmen, damit Simon nicht von dem Geräusch des Fahrstuhls geweckt wird.

Draußen schlägt mir kalter Wind wie eine Wand vor den Kopf. Ich setze die Kapuze auf, stecke die Hände in die Jackentaschen und eile schnellen Schrittes zum Bäcker, wo ich mir ein belegtes Baguette und einen Schokocappuccino hole. Ich hoffe, die Übelkeit und Kopfschmerzen werden davon besser.

Als ich etwas später im Bus sitze, schreibe ich Mila endlich eine Antwort.

Ich – 08:47

Ja, alles ok, bin auf dem Weg nach Hause. Zu viel Alkohol und zu viel Simon. Wieso werde ich bei ihm immer wieder schwach?

Beim Zurücklegen des Handys in meine Tasche entdecke ich mein Notizbuch und vermerke mir dort eine Erinnerung:

Termin beim Frauenarzt (HIV-Test)

Immer wieder schüttle ich den Kopf. Wie konnte ich nur so blöd sein?

Wie früher in meinen Taschenkalendern zeichne ich ein Herz, das eine bestimmte Tätigkeit zu zweit symbolisiert und schreibe das Datum und Simon dahinter.

Zehn Minuten später komme ich in der Wohnung an, putze mir die Zähne und verschwinde im Bett. Mila, die noch zu schlafen scheint, schicke ich eine Nachricht, dass sie mich nicht wecken soll.

Mit einem unguten Gefühl im Bauch erwache ich ein zweites Mal an diesem Tag.

Mila – 10:23
Hanna? Was hast du jetzt schon wieder angestellt? Piet und ich sind beim Brunch. Melde dich, wenn du ausgeschlafen hast!

Ja, was habe ich bloß wieder angestellt? Ich schäme mich so.

Ich – 11:57
Wieso war ich so dumm? Wieso habe ich das gemacht? Er ist jetzt mein Chef. War es nicht vorher schon kompliziert genug? Ich kann ihm nie wieder in die Augen sehen.

Mila – 12:00
Was genau hast du gemacht? Warte, wir sind gleich zu Hause.

»Hanna?« Mila guckt vom Flur um die Ecke ins Wohnzimmer, wo ich noch immer in meinem Bett auf der Schlafcouch vor mich hingammele und überlege, wie ich diesen ganzen Schlamassel wieder geradebiegen kann.

»Hallo«, antworte ich und meine Stimme klingt düsterer als beabsichtigt.

»Hey, was ist denn passiert? Hast du was falsch gemacht?«

»Kann man so sagen!«

»Los, jetzt lass dir doch nicht alles aus der Nase ziehen!«

»Die Kurzfassung?«, frage ich und Mila nickt. Piet hat sich dankbarerweise ins Schlafzimmer verzogen.

»Zu wenig gegessen, zu viel Alkohol, Simon und ich sind im Bett oder eher auf dem Büroschreibtisch gelandet.«

Milas Augen weiten sich. Einen Moment wirkt sie sprachlos, doch dann sprudelt es nur so aus ihr heraus. »Mensch, Hanna! Du wolltest das doch gar nicht. Wieso, verdammt noch mal, hast du so viel getrunken? Du bist doch sonst nicht so.«

Ich zucke traurig die Schultern und berichte ihr vom Vortag.

Als ich ende, schüttelt Mila verwirrt den Kopf. »Meine Güte. Was hat der nur mit dir vor?«

»Keine Ahnung. Was soll ich denn jetzt nur machen?«

»Hm, ich würde sagen, du hast zwei Möglichkeiten: Entweder du kündigst sofort oder du ignorierst es und tust so, als wenn nie etwas zwischen euch passiert wäre. Meinst du, du bekommst das hin?«

»Ich will nicht kündigen. Aber einfach so weiterzumachen, als wäre nichts gewesen? Ich hoffe, ich schaffe das.«

»Versuch es einfach. Kündigen kannst du ja immer noch.«

Das stimmt, aber will ich das überhaupt?

»Wie sehen denn deine Gefühle für deinen Chef aus? Wenn du jetzt schon zwei Mal mit ihm geschlafen hast ...« Sie verstummt und sieht mich durchdringend an, als würde sie versuchen, meine Gedanken zu lesen.

»Wenn man´s genau nimmt: drei Mal.«

Mila japst nach Luft. »Wann denn noch ...?«

»Gestern Nacht waren es – so gesehen – zwei Mal.«

Mila kichert los und haut sich mit der Hand auf den Oberschenkel. »Ich glaub´s ja nicht.«

Betreten schaue ich auf den Boden. Ich schäme mich so. Ich habe erst vor einem halben Jahr Tiago verloren und nun habe ich nichts Besseres zu tun, als mich erneut auf Simon einzulassen?

Vielleicht passierte das auch gerade deswegen. Um die ganze Tragödie zu verdrängen, endlich zu vergessen. Mit ihm gelingt es mir, dieses grausame Gefühl wegzuschieben, das mich jeden Morgen nach dem Aufwachen überfällt. Es fühlt sich an wie ein Albtraum, aus dem man nicht aufwachen kann. Doch momentan fühle ich mich auch nicht besser, eher, als würde noch ein neuer schlechter Traum dazukommen.

Am Montag schleppe ich mich mit schweren Gliedern und Kopfschmerzen zur Arbeit.

»Hey, du siehst ja so aus, wie ich mich fühle«, begrüßt mich Jessi. Sie wirft sich gerade eine Tablette ein, die sie mit Wasser hinunterschluckt. »Willst du auch eine?«

Ich nicke stumm. »Hattest du denn noch eine schöne Nacht mit, ähm, wie heißt er noch gleich?«

»Jannis?« Jessis Stimme klingt einen Tick zu schrill. »Bäh, hättest du mich vor dem nicht retten können?«

»Tut mir leid, sah so aus, als wärt ihr sehr vertraut und beide mit dem einverstanden gewesen.«

»Nüchtern hätte ich den nie angerührt. Der hat solchen Mundgeruch und ist viel zu anhänglich.« Sie hält sich angewidert die Nase zu.

Ich muss lächeln. »Und wie seid ihr auseinandergegangen?«

»Am nächsten Morgen wollte er unbedingt noch mit mir frühstücken. Aber ich habe die Flucht ergriffen, den hätte ich nicht noch eine Sekunde länger ertragen. An die Nacht mit ihm kann ich mich kaum noch erinnern. Ich bekam regelrecht einen Schock, als ich neben ihm aufwachte, und habe ihm gesagt, dass es nur bei dieser einen Nacht bleiben wird.«

Ich überlege, wie das bei mir ist? Ich bin auch jedes Mal vor Simon geflüchtet. Aber nicht, weil er so schrecklich ist. Eher weil es mir total unangenehm ist, wie ich mich in seiner Gegenwart gehen lasse und dass er diese Wirkung auf mich hat.

Er zieht mich mit seiner positiven Ausstrahlung und seinem blendenden Lächeln einfach in eine andere Welt. Eine Welt, die ich so nicht kenne, in der ich noch nie war. Es ist eine Welt, in der ich mich sehr wohl fühle, von der ich gerne mehr entdecken möchte, doch sie macht mir auch irgendwie Angst.

»Oje, der Ärmste. Wie hat er reagiert?«, frage ich und versuche mich wieder auf Jessis Erzählungen zu konzentrieren.

»Keine Ahnung, ich bin einfach gegangen«, sagt sie und zuckt die Schultern. »Und wie war dein Abend noch?«

»Mein Abend? Äh, wir haben noch schnell aufgeräumt und dann bin ich nach Hause gefahren, nichts weiter ...«, flunkere ich.

»Hat Simon dich einfach so gehen lassen?«

Wieso fragt sie das? Sieht man mir etwas an? Hatte sie uns etwa gesehen?

»Äh, ja, wieso?« Meine Stimme klingt nicht so sicher, wie ich sie klingen lassen wollte.

»Ach, nur so. Simon lässt nichts anbrennen. Er hat es hier quasi schon mit jeder getrieben, die es zugelassen hat.«

Ich bringe nur ein »O« zustande, während eisiger Nebel mein Herz umhüllt. War ich nur eine von vielen? Von sehr vielen? Ist das seine Masche?

»Naja, umso besser, wenn er nicht auf dich fliegt. Er lässt seine Schäfchen gerne schnell fallen.« Ihre Augen werden trüb und ihr Blick wandert in weite Ferne.

Hatte sie auch mit ihm geschlafen? Und hatte er sie ebenso schnell wieder in die Kühltruhe gelegt? Ist sie in ihn verliebt?

Durch meinen Kopf jagen hundert Gedanken gleichzeitig und in meinem Bauch fühlt es sich an, als würde eine heiße Kartoffel mit einem Stein zu Brei gedrückt werden. Der Schmerz brennt sich tief ein.

»So einer ist er also? Gut zu wissen! Danke für die Vorwarnung.« Meine Stimme klingt nun gefasster. Die Vorstellung von mir und Simon, sollte ich eine gehabt haben, ist soeben mit einer imaginären Wolke davongeflogen. Ich weiß nun, ich werde mich nicht weiter auf ihn einlassen. Er ist mein Chef und nicht mehr. Punkt. Aus. Ende.

»Hm, komisch, meine Tastatur funktioniert nicht«, stellt Jessi irritiert fest. Sie zieht das USB-Kabel ab und steckt es wieder ein. »Wieso geht das nicht?«

Ich drehe meinen Kopf zur Seite, in der Hoffnung, dass sie meine glühenden Wangen nicht entdeckt.

Die Bilder von Simon und mir auf diesem Tisch ziehen wie ein Daumenkino in meinem Kopf vorbei. Das Knistern zwischen uns, diese Anziehungskraft, der ich mich nicht entziehen konnte. Das Glas, das auf dem Tisch umgekippt war.

»Ruf in der IT-Abteilung an und lass sie austauschen!« Plötzlich steht Simon in der Tür. »Guten Morgen, Ladys.«

»Guten Morgen, mein Lieber. Ja, das werde ich wohl machen müssen«, antwortet Jessi, seufzt und greift zum Telefonhörer.

Kommt es mir nur so vor oder wirft Jessi ihm anschmachtende Blicke zu?

»Morgen«, nuschele ich in meine Hand hinein und tue dann so, als würde auch ich überprüfen, ob meine Tastatur noch funktioniert. Ich spüre Simons Blick auf mir, doch ich weiche ihm aus.

»Ich soll sie abholen kommen. Hanna, begleite mich doch, dann weißt du auch gleich, wo die Kollegen sitzen.«

Simon geht in sein Büro und ich atme leise auf. Ich bin froh, dass ich erst einmal dieser Situation entkommen kann und nicht mit Simon allein zurückbleibe. Jessis Erzählungen haben mein Bild von ihm wie ein Blatt Papier gewendet. Sollte ich ganz tief in mir irgendwie die Hoffnung auf eine Chance gehabt haben, so hat sich nun ein Tarnumhang darübergelegt und sie unsichtbar gemacht.

»Hanna, kannst du bitte mal kurz in mein Büro kommen?«, ertönt es aus dem Nebenzimmer, gerade als Jessi in die Mittagspause verschwunden ist. Meine Augen fliegen über den Bildschirm und checken Simons Terminkalender ab. Panisches Kribbeln durchfährt meinen ganzen Körper. Mein Telefon klingelt. »Telefon, einen Moment noch«, rufe ich übertrieben fröhlich und danke heimlich dem Anrufer für den Aufschub.

Danach gehe ich zu ihm ins Büro und erkläre: »Tut mir leid, ich muss zum Empfang runter, eine Bestellung entgegennehmen und prüfen. Dein Termin um vierzehn Uhr müsste auch gleich da sein.«

Simons Blick verfinstert sich und heftet sich an meinen Rücken, während ich das Büro verlasse, doch er schweigt.

Hinter der Tür bleibe ich kurz stehen und atme aus. Da habe ich mich gerade noch einmal aus der Affäre gezogen. Doch wie lange werde ich ihm noch aus dem Weg gehen können?

An diesem Tag schaffe ich es jedoch, da Simon einen Termin nach dem anderen hat.

Die nächsten zwei Wochen gleichen einem Slalomlauf, bei dem Simon mein Hindernis darstellt. Es ist sehr anstrengend und ich versuche, jedes Meeting und jeden Termin für ihn eng zu takten. Derzeit stehen die Mitarbeitergespräche an, die sehr zeitintensiv sind. So ist gar keine Zeit für einen persönlichen Plausch mit Simon, was mich sehr erleichtert.

Trotzdem falle ich abends erschöpft auf meine Schlafcouch. Immerhin hat die straffe Einarbeitung von Jessi die Wirkung, mich abzulenken und meine Gedanken weit weg von dieser verheerenden Nacht zu leiten.

Doch irgendwann hat dieses Katz-und-Maus-Spiel ein Ende.

Am Freitagmorgen betrete ich das Büro und mir fällt sofort auf, dass Jessi, die sonst immer vor mir da ist, nicht auf ihrem Stuhl sitzt.

»Hanna? Bist du es?« Simon ist heute dagegen schon früh im Büro.

»Ja.«

»Jessi hat sich krankgemeldet.«

»O.« Gestern wirkte sie noch kerngesund. Sie kann mich doch hier nicht allein lassen. Noch bevor ich mein Handy aus der Tasche holen kann, um zu sehen, ob sie mir eine Nachricht geschickt hat, ruft Simon: »Kommst du bitte mal her? Wir müssen reden!« Sein Ton lässt keine Widerrede zu.

Mir wird ganz flau im Magen und mit Beinen aus Gelatine gehe ich in Simons Büro. Er deutet auf den gegenüber liegenden Stuhl.

Ich nehme Platz und sehe ihn fragend an. »Ja?«

Seine Miene verrät keinerlei Gefühle und das verunsichert mich noch mehr.

Mein rechtes Bein schaukelt nervös.

»Du bist heute spät dran!«

»Ich hatte noch einen Arzttermin. Jessi wusste Bescheid und meinte, sie sei ja da.« Ein Termin beim Frauenarzt, um genau zu sein. Wegen dir!

»Ach so. Verstehe. Aber darum geht es nicht. Du bist ja inzwischen schon ein paar Wochen bei uns. Wie geht es dir hier?«

Wird das nur so ein harmloses Zwischengespräch zwischen Chef und Angestellter? »Gut«, sage ich zögerlich und es klingt mehr wie eine Frage.

»Ich muss sagen, ich bin nicht ganz so glücklich.«
Wums.

Er macht eine Pause, die sich wie Säure in meinen Magen brennt.

»Habe ich etwas falsch gemacht?«, frage ich und lasse die letzten Tage Revue passieren. Nein, ich bin mir keines Fauxpas bewusst. Ich habe immer alles fristgerecht erledigt und keine Aufgabe abgewiesen. Warum ist er mit meiner Arbeit nicht zufrieden?

»Ich habe sehr stark das Gefühl, du gehst mir aus dem Weg.«

Äh, ja. Da liegst du richtig. Was soll ich darauf antworten? »Ich verstehe die Frage nicht.«

Simon räuspert sich. »Hör zu, ich ... ich wollte ... Jessi soll in drei Wochen zu einem anderen Standort wechseln und du solltest ihre Stelle übernehmen.«

Ich schlucke hart. Und jetzt? »Feuerst du mich?«, frage ich und meine Stimme zittert verdächtig.

»Nein, natürlich nicht.«

Uff, noch eine Kündigung würde ich gerade echt nicht verkraften.

Aber das bedeutet, Jessi und ich werden bald nicht mehr zusammenarbeiten. Ich habe mir zwar schon gedacht, dass wir uns nicht ewig ein Büro teilen werden, zumal auch nicht genug Arbeit für zwei Assistentinnen vorhanden ist. Aber ich verstehe mich gut mit ihr und die Arbeit macht Spaß. Es gibt immer etwas zu lachen. Nicht so wie bei meinem ersten Arbeitgeber. Momentan haben wir noch eine kleine Zusatzaufgabe, weil die Internetseite überarbeitet werden muss, aber wenn das erledigt ist ...

»Warum gehst du mir aus dem Weg?«

Weil du mit mir geschlafen hast? Auf dem Schreibtisch meiner Kollegin nebenan? Weil ich mich in deiner Gegenwart einfach merkwürdig verhalte. Weil ich nicht die Finger von dir lassen kann, wenn du so dicht vor mir stehst? Doch das denke ich nur und behalte es für mich. Stattdessen sage ich: »Du weißt, warum.«

»Wenn dich das so belastet, ich schwöre, ich fasse dich nie wieder an.«

Schweigen.

»Auch, wenn es mir schwerfällt.«

»Simon, was erwartest du von mir?«, frage ich nun direkt.

Er dreht sich weg und sieht still aus dem Fenster. »Ich weiß nicht ...« Er sagt es mehr zu sich selbst als zu mir. »Ich weiß nicht, was das ist. So etwas ...«

»Was faselst du da?« So langsam werde ich sauer. Will er mich verarschen? Will er mir jetzt etwas vorsäuseln, von wegen »Du bist etwas Besonderes und das zwischen uns ist einmalig«?

»Ich habe dich einfach gerne um mich.«

»Ja, wie so viele andere Frauen auch, die hier arbeiten«, nuschele ich vor mich hin und rolle mit den Augen.

»Was sagst du?«

»Nichts, schon gut. Lass uns diese Ausrutscher einfach vergessen. Ich gehe dir nicht mehr aus dem Weg und wir versuchen, normal miteinander umzugehen. Hast du sonst noch etwas? Bist du sonst mit meiner Arbeit zufrieden?«

Simon mustert mich, doch dann wird sein Blick glasig, als würde er durch mich hindurchsehen.

»Hörst du mir überhaupt zu?«, frage ich.

»Ja, klar. Was du sagst, klingt sehr vernünftig.«

Ich schenke ihm ein falsches Lächeln und reiche ihm die Hand, die er zögerlich ergreift.

Als ich sein Büro durch die Verbindungstür verlasse, nehme ich noch im Augenwinkel wahr, wie Simon seinen Kopf fallen lässt und sich die Haare rauft.

KAPITEL 25

»O, Hanna, es geht mir gar nicht gut. Das Klo ist seit Stunden mein bester Freund. Ich kotze mir das Hirn aus dem Leib.« Jessi stöhnt in den Hörer.

»Die Seele.«

»Was?«

»Ich kotze mir die Seele aus dem Leib«, sage ich und rolle mit den Augen.

»Du auch? O Mann. Warte mal, du bist im Büro. Kannst du deswegen nicht nach Hause fahren? Wie furchtbar, du Ärmste!«

»Nein, mir geht es gut.«

»Hä, jetzt verstehe ich gar nichts mehr.«

Anscheinend kotzt sie sich wirklich das Hirn raus.

»Ach, egal, meinst du, du fällst länger aus?«, frage ich.

»Ja, so hundeelend habe ich mich schon lange nicht gefühlt. Nicht mal Wasser bleibt drin und dann diese Krämpfe.«

Ok, Einzelheiten ihres Magen-Darm-Virus möchte ich nicht hören, weil bei mir dann sofort das Kopfkino losgeht.

»Warte, ich gucke mal in deinen Kalender. Hier steht Montag früh ein Termin in Rom.« Ich mache eine fragende Pause.

»Mist, daran habe ich ja gar nicht mehr gedacht. Die Dienstreise. Ich kann da nicht mit. Sagst du Simon Bescheid? Ich muss schon wied...« Der Satz wird von einem

Würgegeräusch unterbrochen, gefolgt von dem Piepton, der anzeigt, dass das Gespräch beendet ist. Weil mir auch von dem Geräusch und der bildlichen Vorstellung schlecht wird, schüttele ich mich angeekelt.

Ich schiebe die Gedanken beiseite und gehe hinüber in Simons Büro. »Wir haben ein Problem!«

Simon sieht von seinem Bildschirm auf, den er vorher intensiv angestarrt hat. »Hm? Was hast du gesagt?«

Mein Blick fällt auf zwei Bilder, die an der Wand hängen. Hingen die schon immer dort oder sind die neu? Einmal zeigt es einen Mann, der mit einem Rucksack durch die Luft fliegt, auf dem anderen Foto hängt einer kopfüber an einem Bungeeseil. Ist das Simon?

»Jessi fällt länger aus. Sie sagt, sie kann nicht bei eurer Dienstreise mitfahren.«

»Das ist gar nicht gut. Verdammt! So ein Mist!« Wütend zerknüllt er ein Blatt Papier und wirft es zielsicher in seinen Mülleimer.

Ich kräusle fragend meine Stirn. Wieso ist er so sauer? Kann er nicht auch alleine fahren?

Doch sein nächster Satz irritiert mich. »Dann brauche ich dich. Ich hoffe, du hast nichts vor dieses Wochenende?«

»Hä? Äh?« Irgendwie will mir nicht ein verständliches Wort über die Lippen kommen.

»Du hast doch einen Führerschein, oder?«

»Ja, klar. Du doch aber auch.«

»Theoretisch schon.«

»Musstest du etwa deinen Führerschein abgeben?«

»Naja, es gab da dieses Autorennen.« Er kratzt sich hinter dem Ohr. »Und sagen wir mal so, es war nicht so ganz legal.«

Ungläubig starre ich ihn an. Wieso macht er so einen Schwachsinn?

»Ich habe aber kein Auto«, sage ich in der Hoffnung, mich doch noch aus der Sache herauszuboxen.

»Das ist nicht das Problem. Wir nehmen das Firmenauto.«

Diesen Nobelschlitten? Nee, nee, nee.

»Keine Sorge, der fährt sich super easy und du bist über die Firma versichert.«

»Bis zum Flughafen kannst du doch aber auch ein Taxi auf Firmenkosten nehmen, oder?«

»Wieso Flughafen? Wir fliegen nicht, wir fahren mit dem Auto.«

Ich soll ihn bis nach Rom kutschieren? Spinnt er? Und wie lange fährt man überhaupt dahin? Fünfzehn Stunden? Ich setze mich doch nicht so lange neben Simon in ein Auto.

Als würde er meine Gedanken erahnen, fügt er hinzu: »Ach so, Rom liegt in Mecklenburg-Vorpommern, man fährt ungefähr zwei Stunden dorthin.«

»Ah«, sage ich nur. Aber auch zwei Stunden klingen in meinen Ohren wie ein Gefängnis mit einem unangenehmen Mithäftling.

Bevor ich widersprechen kann, fährt er fort: »Gut, dann sei bitte am Sonntag um sechzehn Uhr bei mir.«

»Sonntag? Der Termin ist doch am Montag.«

»Ja, Jessi hat uns eine Pension dort gemietet. Der Termin ist frühmorgens, daher sollten wir einen Tag vorher anreisen, um pünktlich beim Kunden zu sein. Ich muss da eine Präsentation halten und brauche dich für die Vorbereitung. Technik checken, Unterlagen austeilen und so weiter.«

Habe ich eine andere Wahl?

Wenn ich den Job behalten möchte, wohl eher nicht.

»Ok, hab´s mir notiert. Kann ich sonst noch etwas für dich tun?«

»Ja, bitte kontrolliere, ob Jessi alle Unterlagen fertig vorbereitet hat, danach kannst du Feierabend machen. Hier ist die Checkliste.« Er reicht mir ein Blatt Papier.

Ich kehre zu meinem Platz zurück und gehe die einzelnen Punkte durch. Zum Glück hatte Jessi sehr sorgfältig gearbeitet und schon alles im Vorfeld ausgedruckt, sortiert und abgeheftet. Simon muss nur noch alles mitnehmen und schon einmal im Auto deponieren.

Für mich ist jetzt Feierabend.

»Du fährst mit dem Auto nach Rom? Mit Simon?« Mila sieht mich an wie ein Eichhörnchen, wenn es blitzt. Vermutlich muss ich so ähnlich ausgesehen haben, als Simon mir von meinem Glück mitteilte, Jessi zu vertreten.

»Es gibt in Mc Pomm auch ein Rom, wusste ich bis dato auch nicht.«

»Ach so, echt? Ist ja cool. Da würde ich ja auch gerne wohnen. ›Wo kommen Sie denn her?‹ – ›Ich lebe in Rom.‹ Wer kann das schon so sagen? Na, dann wird die Fahrt ja nicht ganz so lange dauern. Ach, das wird schon. Mach das Radio an, dann müsst ihr euch nicht so viel unterhalten. Ansonsten frag ihn aus, was genau du zu tun hast. Beschränke dich auf berufliche Themen. Und zieh dich ja nicht zu sexy an.«

»Wir haben Temperaturen unter null Grad ...«, sage ich.

»Ja, ich mein ja nur. Nicht aufbrezeln. Schon gar nicht zur Fahrt. Wenn du nichts hast, ich leihe dir etwas Hässliches. Meine Mutter schleppt immer noch Klamotten für mich an, sie denkt, sie muss das machen. Leider hat sie einen miesen Geschmack.«

»Danke, wenn ich Bedarf habe, sage ich dir Bescheid.« Ich muss lachen, als ich mir vorstelle, ich würde morgen wie Steve Urkel gekleidet mit der Hose unter der Brust bei Simon ankommen.

Vor meinem Kleiderschrank vergeht mir jedoch mein Lachen wieder.

Mila steht neben mir und schiebt die Bügel an der Kleiderstange hin und her. »Also, eine enge Jeans auf keinen Fall. Hm, das nicht, das nicht, wieso hast du eigentlich so viele Kleider?«

»Ich mag Kleider. Und die meisten habe ich mir letztes Jahr in Portugal geholt, bei der Hitze konnte man gar nichts anderes tragen.«

Mit gemischten Gefühlen denke ich an den letzten Sommer zurück. Einerseits vermisse ich dieses warme Klima dort sehr, gerade jetzt zur Winterzeit. Andererseits habe ich Betonklötze an den Füßen, die mich davon abhalten, jemals wieder in dieses Land zurückzukehren.

Ich versuche, die Zeit positiv in Erinnerung zu behalten. Doch was Tiago dort passiert ist ... Es ist wie ein schwarzes Tuch, das dunkle Schatten wirft.

Eine Sekunde krampfen sich all meine Muskeln zusammen und ich durchlebe dieses Gefühl von damals noch einmal. Immerhin scheint es mit der Zeit ein kleines Bisschen leichter geworden zu sein.

»Ich glaube, das ist es.« Mila hält mir eine graue Jogginghose und ein hellblaues T-Shirt vor die Nase. »Bequem, leger und auf keinen Fall sexy!«

»Wirklich? In Jogginghose? Meinst du, das kann ich bringen?«

»Du musst schließlich deinen Sonntagabend opfern und Auto fahren, da sollte es immerhin bequem sein. Und du willst nicht, dass du-weißt-schon-was wieder passiert. Piet macht heute übrigens seine legendäre Knoblauch-Pizza.«

»Nein! Das könnt ihr mir nicht antun. Wir sitzen zusammen auf engsten Raum. Ich will nicht stinken!«

»Keine Widerrede. Ich werde alle Vorsichtsmaßnahmen aktivieren, damit Mr Casanova ja die Hose zu lässt.«

Ich versuche, mich noch vehement gegen die Knoblauch-Attacke zu wehren, muss mich dann jedoch der geballten Kraft von Piet und Mila ergeben. »Die Pizza ist aber auch einfach zu lecker. Wie bekommst du den Teig so gut hin?«, frage ich mit vollem Mund.

»Geheimrezept von meiner Oma.« Piet tut äußerst geheimnisvoll.

»Na, gut, ich muss noch meine Tasche fertig packen und dann los. Piet, bleibt es dabei, dass du mich zu Simon bringst?«

»Klar, habe ich doch versprochen.«

»Danke, du bist ein Schatz. Psst, der Wetterbericht, seid mal leise!« Ich drehe den Lautstärkeregler vom Radio hoch. »... Menge Sonnenschein heute in Berlin. Morgen ist jedoch leichter Schneefall möglich.«

»Sonnenschein, gutes Reisewetter!«, ruft Mila erfreut und räumt den Tisch ab.

Eine Stunde später habe ich mir fünf Mal die Zähne geputzt und sitze endlich in Piets Auto. Ich schicke Simon eine Nachricht, dass ich gleich bei ihm sein werde.

Als wir in die Straße einbiegen, erkenne ich ihn schon von Weitem, denn er steht wartend neben dem Auto. Weiße Wölkchen steigen aus dem Auspuff in die Luft.

Piet hält in der zweiten Reihe, weil nirgends ein freier Parkplatz zu entdecken ist.

Beim Aussteigen ziehe ich meinen Wintermantel enger, auch mein Atem macht kleine weiße Wolken, die hoffentlich nicht zu sehr nach Knoblauch stinken. Heimlich hatte ich jedes Krümelchen, das irgendwie nach Knoblauch aussah, von meiner Pizza gekratzt, aber ich merke, ich habe bei Weitem nicht alles erwischt.

Piet holt meinen Koffer aus dem Kofferraum und zum Abschied drücke ich Piet an mich und bedanke mich dafür, dass er mich gefahren hat.

Den kleinen Rollkoffer, den mir Mila geliehen hat, damit ich nicht mit meinem riesigen Reisekoffer so aussehe, als würde ich mit Simon auswandern wollen, ziehe ich das kurze Stück auf der Straße hinter mir her, während Piet hupend davonfährt.

Simon steht mir in seiner dicken schwarzen Winterjacke gegenüber und wir lächeln uns unsicher an.

Ich schaue nach unten, weil ich es nicht aushalten kann, ihm länger in die Augen zu sehen, und entdecke ... eine Jogginghose. Auch Simon hat sich offenbar für die bequeme, unseriös wirkende Variante entschieden.

Ich muss schmunzeln und fühle mich gleich nicht mehr ganz so underdressed.

Er nimmt mir den kleinen Koffer ab und stellt ihn in den Kofferraum. Gewohnheitsgemäß möchte ich auf der Beifahrerseite einsteigen, doch gerade noch rechtzeitig fällt mir ein, warum ich heute hier bin. Ich muss ja fahren!

Seufzend setze ich mich an meinen Platz.

»Ich habe schon mal vorgeheizt, damit dir nicht kalt ist«, sagt Simon.

O, wie aufmerksam. »Danke.«

Dann folgt noch eine kurze Einweisung in die Bedienung dieses Raumschiffes und ich stelle Sitz und Spiegel auf meine Größe ein.

Nach der Theorie fordert Simon mich auf, den Motor zu starten und loszufahren.

Trotz anfänglicher Nervosität gewöhne ich mich langsam an das Fahrgefühl, es ist wirklich unbeschreiblich, denn das Fahrzeug beschleunigt erschreckend schnell. Die Hochhäuser, Autos und Lastwagen fliegen nur so an uns vorbei.

Später wandelt sich das Bild draußen zu Bäumen, weißen Feldern und Wiesen.

Zwei Mal gelingt es mir, Simon, der die Stille zwischen uns offenbar nicht mehr erträgt und unbeholfen ein Gespräch beginnt, mit den Worten »Scht, ich muss mich noch an Raumschiff Enterprise gewöhnen, Ruhe bitte« abzuweisen. Doch später wird auch mir das Schweigen zu unangenehm und ich frage ihn zu dem Termin morgen ein wenig aus.

Langsam geht die Sonne unter und schwere dicke Wolken brauen sich über uns zusammen. Wo ist bitte der versprochene Sonnenschein? Ein wolkenfreier Himmel würde mir schon reichen.

Einige Schneeflocken tanzen bereits durch die Luft und der Wind wird immer stärker, was ich daran merke, dass das Auto wackelt, wenn ich aus dem Windschatten eines LKWs herausfahre. Wenige Minuten später rauschen die

Scheibenwischer über die Frontscheibe, als wären sie auf Speed. Trotzdem erschweren mir die vielen dicken Flocken die Sicht.

Das Radio gibt mit einem Mal nur noch ein Rauschen von sich, was mich zusammenzucken lässt. Simon drückt einige Knöpfe und stellt einen Sender für Mecklenburg-Vorpommern ein.

Als das Navi sagt, ich solle bei der nächsten Ausfahrt die Autobahn verlassen, atme ich erleichtert auf. Meine Hände und der Nacken schmerzen schon, weil ich das Lenkrad so verkrampft festhalte. Blinkend biege ich auf die Landstraße.

Doch ich habe mich zu früh gefreut. Die Straße hier ist wenig befahren und der Schneesturm nimmt noch einmal an Kraft zu. Einige hundert Meter weiter lenke ich das Auto mit rasendem Herzen rechts auf einen Feldweg und mache den Motor aus. Ich kann unter diesen schlechten Sichtbedingungen nicht mehr weiterfahren.

KAPITEL 26

»Wieso hältst du an?«, fragt Simon und sieht überrascht von seinem Handy auf.

»Siehst du nicht, was da draußen los ist? Ich erkenne die Straße nicht mehr. So fahre ich nicht weiter. Nicht mit diesem sauteuren Auto und nicht, weil mir mein Leben lieb ist.«

»Wir kommen zu spät zur Pension«, stellt Simon nüchtern fest.

»Dann rufe ich eben dort an und sage Bescheid, dass wir uns wetterbedingt verspäten werden.« Ich angle mir meine Handtasche vom Rücksitz hervor und wähle die Nummer, die auf der Buchungsbestätigung vermerkt ist. Zum Glück geht die Frau sofort ran und ich erläutere ihr die Situation. Da sie sich so etwas beim Blick aus dem Fenster schon gedacht hat, hat sie den Schlüssel vorsorglich deponiert.

»... vielen Dank für Ihre Mühe, warten Sie nicht auf uns, wir werden den Schlüssel schon finden.« Während die Dame sich von mir verabschiedet, piepst mein Handy und geht aus. Akku leer, auch das noch. Ich werfe das Handy in meine Tasche zurück und berichte Simon, was die Vermieterin gesagt hat. »Sie legt uns die Schlüssel unter die Fußmatte und bereitet uns ein kleines Abendessen zu. Beruhigt dich das?«

»Naja, ich wäre ja lieber noch richtig essen gegangen«, grummelt er. »Wieso hattest du Empfang? Ich sitze hier in einem Funkloch.« Er hält sein Handy in verschiedene Richtungen, scheint jedoch keinen Erfolg zu haben. »Ich kann nicht mal gucken, wie groß dieses Schneegebiet ist.«

»Dann lass es, wir können es ja doch nicht verkürzen. Wir warten einfach ab, bis die Sicht besser wird. Dann fahre ich weiter.« Ich schließe die Lider und rolle versteckt mit den Augen. Auf diese Zwangspause mit Simon habe ich sicher noch weniger Lust als er.

Milas Tipp, das Radio lauter zu drehen, fällt mir ein. Doch Simon regelt die Lautstärke sofort wieder runter. Mit schmerzerfülltem Gesicht sagt er: »Bitte nicht, ich habe Kopfschmerzen.«

»Zu viel gefeiert gestern?«, frage ich provokant.

»So etwas in der Art. War das vorhin dein Freund?«

»Piet? Nein, er ist mein Mitbewohner.«

Simon zieht eine Augenbraue in die Höhe und mustert mich.

»Er ist der Freund meiner Mitbewohnerin.« Wieso fühle ich mich genötigt, das zu erklären? Das geht ihn doch überhaupt nichts an.

Seine Schultern senken sich leicht.

»Wieso fragst du?«, will ich wissen.

»Nur so.« Seine Stimme klingt unglaubwürdig unbeteiligt.

»Hast du auch Mitbewohner?«, frage ich.

»Nein, ich lebe allein.«

»Aha.«

Eine Weile sitzen wir schweigend da und schauen auf die Frontscheibe, die immer undurchsichtiger wird.

Eine halbe Stunde später frage ich besorgt in die Stille hinein: »Was machen wir, wenn es die ganze Nacht schneit?«

»Wird es nicht.«

»Hoffentlich wird es nicht so wie in Amerika. Dass man die Türen nicht mehr aufbekommt.«

»Wird es nicht.

»Wenn wir hier drinnen erfrieren.« Ich ziehe meine Jacke enger und puste in meine Hände.

»Werden wir nicht.«

»Kannst du auch etwas anderes sagen?«

»Dann ziehen wir uns nackt aus und wärmen uns gegenseitig mit unserer Körperwärme. Besser?«

Ich sehe durch das Fenster und tue so, als würde ich durch die weiße Wand neben mir etwas erkennen. »Hör zu, ich bin nicht so wie deine Jessis, Melissas und wie sie nicht alle heißen.«

Simon dreht seinen Kopf ruckartig in meine Richtung und sieht mich mit lauter Fragezeichen an.

»Ich bin nicht so eine, die mit dir schläft, um sich einen besseren Job zu erhoffen, oder warum auch immer. Ich bin nicht eine, die eine weitere Kerbe auf deinem Bettgestell erhält und die du dann wegschmeißt.«

Simons Augen werden dunkler, fast schwarz. Nun dreht er auch seinen Oberkörper in meine Richtung und fragt mit Fassungslosigkeit in der Stimme: »Was faselst du da?«

»Jetzt tu doch nicht so! Ich weiß Bescheid.«

»Was weißt du?«

»Na, dass du nichts anbrennen lässt. Schon gar nicht mit deinen Angestellten.«

»Wer erzählt denn so einen Mist?«

»Mist? Du meinst, das stimmt gar nicht?«, frage ich höhnisch.

Der Ausdruck der Erkenntnis lässt sich in seinem Gesicht ablesen. »Jessi, nicht wahr?«

Zögerlich nicke ich. »Glaub nicht diesen Schwachsinn. Jessi ... Wie soll ich das sagen, ohne überheblich zu wirken. Sie hat sich ziemlich an mich rangeschmissen. Einen kurzen Moment habe ich auch wirklich darüber nachgedacht, mich darauf einzulassen. Doch dann ...« Er spricht nicht weiter und wirkt mit seinen Gedanken weit weg.

Geduldig warte ich darauf, dass er fortfährt, doch als er das nicht macht, frage ich: »Was dann?«

»Ach, nichts, schon gut. Ich habe mich jedenfalls entschieden, sie versetzen zu lassen.«

Hm, so war das also? Das klang aber aus Jessis Mund ganz anders.

»Und warum erzählt sie dann so etwas?«

»Was weiß ich, vielleicht will sie mich schlecht vor dir dastehen lassen.«

»Weil sie denkt, dass ich auf dich stehe?«

»Keine Ahnung. Tust du es denn?«

So leicht werde ich es dir nicht machen. Pah. Ich versuche, ein Ablenkungsmanöver zu starten. »Also, wenn das alles wirklich nicht stimmt, so, wie du sagst ... Wenn mein Bild von dir wirklich falsch ist ... Wie genau bist du dann?«

Simon kratzt sich mit dem Daumen an der Stirn und lacht. Das erste Mal, seit wir in diesem Auto sitzen. »Was genau willst du wissen?«

»Na, zum Beispiel: Wie bist du aufgewachsen? Wie war dein Leben bisher?«

»Neugierig bist du nicht, was?« Wieder lacht er auf. »Ich bin bei meinen Eltern aufgewachsen. Sie sind verheiratet. Das ist ja heute schon eine Besonderheit.« Er lächelt, doch dann huscht ein dunkler Schatten über sein Gesicht. »Bist du Einzelkind?«, frage ich.

»Nein, ja, nein ... Also, ich hatte früher einen Bruder. Einen älteren Bruder.« Er verstummt.

Oje, das war wohl die falsche Frage. »Was ist passiert? Magst du drüber reden? Wenn nicht, dann ...«

»Ich habe schon ewig nicht mehr über ihn gesprochen. Er heißt Stefan, er ist nur neunzehn Jahre alt geworden. Es war ein Autounfall. Er ist gefahren. Alkoholisiert. Alle vier Kumpels, die mitgefahren waren, waren tot.«

Gänsehaut zieht sich über meine Arme und schweigend lausche ich seinen unerwarteten Worten.

»Sie sind von einer Brücke ins eiskalte Wasser gestürzt und nicht mehr aus dem Auto rausgekommen.« Seine Stimme bricht und seine Augen sehen verdächtig feucht aus.

Auch mir rennt ein weiterer eisiger Schauer über den Rücken und ich blinzle die sich anbahnenden Tränen weg. »Das ist ja schrecklich! Wie alt warst du da?«

»Sechzehn. Meine Eltern sind dann von Brandenburg nach Berlin gezogen. Die Eltern von Stefans Kumpel haben ihre Wut und Verzweiflung an uns ausgelebt. Wir sind quasi über Nacht geflohen und haben uns ein ganz neues Leben aufgebaut.«

»Das tut mir leid, das war sicher nicht einfach.«

»War es nicht«, bestätigt er. »Meine Mutter war monatelang nicht ansprechbar, sie war depressiv, mein Vater stürzte sich in die Arbeit. Er baute sich ein neues Unternehmen auf, war Tag und Nacht arbeiten. Wir haben ihn kaum noch zu Gesicht bekommen.«

»Und du? Was hast du gemacht?«

»Ich? Meine Mutter hat mir nach Stefans Tod kaum noch Freiraum gelassen, ich hatte keine Hobbies, durfte mich abends nicht mit Kumpel treffen. Sie hatte Angst davor, mich auch noch zu verlieren. Keine Ahnung, wie man das nennt, übervorsorglich, streng, es gab eben nur noch Verbote.«

»Wie heftig. Und das hast du dir gefallen lassen? In dem Alter?«

»Gefallen hat es mir absolut nicht. Aber ich wollte auch, dass es ihr besser geht, dass sie stolz auf mich ist, nicht mehr so traurig. Ich habe mich auf die Schule und später aufs Studium gestürzt. Habe BWL studiert und dann eine Tochterfirma gegründet. Es hat viele Jahre gedauert, aber inzwischen ist sie wieder wie ein neuer Mensch. Sie lacht, unternimmt Ausflüge und hat wieder Freude am Leben gefunden. Das ist schön.«

»Und du? Machst du deswegen solche Extremsportarten? Holst du nach, was du damals verpasst hast?«

»Keine Ahnung, so genau habe ich noch nie darüber nachgedacht. Mich hatten die Schule und das Studium irgendwie leer werden lassen. Ich hatte nichts anderes. Irgendwann hatte ich das Gefühl gehabt, mich nicht mehr richtig zu spüren. Ich war jemand, der nur funktioniert hat. Als mich mein Cousin Daniel zu einem Festival mitnahm und ich dort zum ersten Mal von so einem Bungeeturm gesprungen bin, fühlte ich mich wie neugeboren. Dieses Kribbeln, das Adrenalin. Das war so überwältigend. Ich konnte gar nicht genug davon bekommen und so probierte ich mich halt aus.«

»Weiß deine Mutter das?«

Simon schüttelt den Kopf und spielt an seinem Fingernagel herum. »Nein, ich glaube, sie wäre ziemlich enttäuscht von mir.«

»Weil du dein Leben so waghalsig aufs Spiel setzt? Während das deines Bruders so sinnlos und viel zu früh geendet hat?«

»Vielleicht, ja.« Sein verträumter Blick verschwindet und er ist, als würde er aus einem Traum erwachen. In einer anderen Stimmlage fragt er: »Ist deine Neugier jetzt gestillt? Ich glaube, der Schneesturm ist fast vorbei.«

Ich betrachte ihn noch kurz wortlos, bevor ich aus dem Fenster sehe, um zu kontrollieren, ob er recht hat. Gerade lerne ich eine ganz andere Seite an Simon kennen. Und ob ich da noch Fragen habe, viele Fragen! Doch es stimmt, der Schneesturm hat an Stärke verloren.

Langsam fahre ich auf die weiß bedeckte Straße zurück und setze den Weg ganz vorsichtig von einem Ort zum nächsten fort. Statt zehn Minuten, wie das Navi es mir anzeigte, sind wir bereits eine halbe Stunde unterwegs. Ich bin inzwischen total nass geschwitzt, weil es mich viel Kraft und Nerven kostet, das Auto und vor allem uns heil ans Ziel zu bringen.

Erleichtert parke ich vor dem Ferienhaus in einem Nachbarort von Rom und lasse meine verspannten Schultern kreisen.

KAPITEL 27

»Vielen Dank, dass du uns so gut hergebracht hast. Bei Jessi hätte ich mich, glaube ich, nicht so sicher gefühlt.«

»Was für ein Kompliment«, sage ich scherzhaft, knöpfe meinen Mantel zu, bevor ich aussteige und zur Eingangstür der Ferienwohnungen gehe. Unter der Fußmatte liegt wie angekündigt der Schlüssel. Mit vor Kälte zitternden Fingern stecke ich ihn ins Schloss und drehe ihn herum. Quietschend öffnet sich die Tür und ich sehe verdutzt hinein. Ich hatte einen gefliesten Flur erwartet, wo mindestens zwei einzelne Gästezimmer abgehen. Doch hier stehen wir gleich in einem Zimmer. Wie angewachsen bleibe ich stehen und sehe mich um. Nirgends kann ich eine weitere Eingangstür entdecken.

»Was ist? Nun geh schon rein!« Simon drückt mit einer Hand gegen meinen Rücken.

Ich bewege mich jedoch keinen Zentimeter, als wäre die Ferienwohnung ein schwarzes Loch, das mich einsaugt, sobald ich es betrete. »Das ist eine Unterkunft, nicht zwei. Wo ist denn mein Zimmer?«

»Gute Frage, aber vielleicht sollten wir die drinnen klären. Der Wind ist eiskalt.«

Widerwillig betrete ich den Raum. »Aber auch hier drinnen ist es kalt«, sage ich und ziehe meinen Mantel fester um mich. Sogar mein Atem wird hier drinnen sichtbar. Die Dielen unter dem alten Teppich knarren bei jedem Schritt.

»Die Heizungen sind kalt.«, stelle ich fest und würde mich am liebsten wieder in das warme Auto setzen.

»Auch das noch. Dreh sie bitte auf.« Simon seufzt genervt und geht ins Schlafzimmer.

»Das ist ja das Merkwürdige, sie sind voll aufgedreht, aber die Heizkörper sind kühl. Warte, ich rufe mal die Frau an. Dann kann ich auch gleich nach meinem Zimmer fragen.«

Als ich auflege, sehe ich Simon ratlos an. »Frau Kaiser meint, sie vermiete nur diese eine Wohnung, mehr habe sie gar nicht. Das Problem mit der Heizung hat sie leider auch in ihrer eigenen Wohnung. Sie hat keine Ahnung, warum die ausgefallen sind. Heute Vormittag funktionierte noch alles. Sie telefoniere gerade rum, dass jemand kommt und sich anschaut, was los ist. Warmwasser sollte aber gehen, das läuft durch einen Durchlauferhitzer.«

Ich öffne die Tür zu dem modern gefliesten Bad, das wirkt, als wäre es erst kürzlich renoviert worden, lasse das Wasser laufen und halte meine Hand unter den Wasserstrahl. »Sie hat Recht, warmes Wasser funktioniert«, rufe ich Simon zu. »Sie meinte, in der Küche können wir uns Tee machen.« Ich kehre zu Simon zurück.

»Hier steht auch unser Abendessen. Stulle mit Brot. Wie lecker.« Simons Gesicht verzieht sich, als hätte er in eine Zitrone gebissen.

»Ist nicht so dein Stil, hm? Ich habe jedenfalls Hunger. Und Pfefferminztee. Ich fühle mich geschmacklich wie auf Klassenfahrt.« Mit diesen Worten stürze ich mich auf meinen Teller mit belegten Broten und verschlinge diese, ohne meinen Mantel auszuziehen.

»Was machen wir jetzt?«, fragt Simon. Er malmt mit seinem Kiefer und wirkt nicht gerade erfreut. »Fahren wir weiter und suchen uns eine andere Unterkunft?«

»Also, ich fahre nirgendwo mehr hin. Ich bin echt erschöpft!«

Mit einem genervten Blick setzt sich Simon mir gegenüber an den grauen Tisch und beißt in eine Mettwurststulle. »Brote habe ich echt schon ewig nicht mehr gegessen, die gab´s früher bei meiner Oma immer, schmeckt aber erstaunlich gut.« Frau Kaiser hatte sich wirklich große Mühe gegeben, sogar mit Gürkchen und Tomaten sind die Teller garniert.

»Gut, dann bleiben wir also hier. Wie wollen wir das mit dem Schlafen machen? Ich habe nur ein Bett gesehen.« Simon sieht mich fragend an.

An der Couch entdecke ich eine Schlaufe und deute darauf. »Die Couch lässt sich ausziehen. Problem gelöst.« Ich grinse ihn an. Wenn er jetzt darauf gehofft hat, dass ich sage: »Kein Ding, kuscheln wir in dem Ehebett miteinander«, dann hat er sich geschnitten. Nicht mit mir! Nichts von wegen »alle guten Dinge sind drei«!

Kurz darauf verschwinde ich unter der Dusche. Das warme Wasser tut so gut in dieser eisigen Wohnung, doch die Ernüchterung folgt beim Abtrocknen. Schnell schlüpfe ich in den von Mila ausgeliehenen Schlafanzug mit Donut-Aufdruck. So unsexy wie möglich. Falls man sich nachts begegnen sollte. Was sich nun leider nicht umgehen lässt.

Als ich bettfertig aus dem Badezimmer komme, muss Simon sich offenbar sehr zusammenreißen, um nicht loszulachen. Das rechne ich ihm hoch an. »Ich geh schon mal ins Bett, mir ist so kalt«, verabschiede ich mich. »Gute Nacht.«

»Gute Nacht, ich geh auch gleich duschen. Mein Bett habe ich schon gebaut.« Er deutet auf die Couch, die notdürftig mit einem Bettlaken bedeckt ist. Darauf liegt ein Kopfkissen sowie eine Decke mit Rosendruck.

Fröstelnd lege ich mich unter meine Rosendecke, die ich als viel zu dünn empfinde, und ziehe sie bis zur Nasenspitze hoch.

Als alles dunkel ist und Simon keine Geräusche mehr von sich gibt, rufe ich im Flüsterton:»Simon? Schläfst du schon?«

»Hmmmm ...«

Nach Entspannungsgrad der Stimme zu urteilen, befindet er sich kurz vor dem Einschlafen.

»Mir ist kalt. Unter dieser Decke wird mir überhaupt nicht warm. Ist dir auch kalt?«

»Nö. Mir ist eigentlich sehr warm jetzt.«

»Ich habe leider nirgendwo eine Wärmflasche entdeckt.«

»Ich auch nicht.«

Schweigen.

»Simon?«

»Hm ...«

»Simon! Mir ist kalt!«

»Ja, und? Was soll ich jetzt machen?«

Zwingt er mich jetzt wirklich zum Aussprechen dieser Worte? Winsele ich jetzt echt darum, dass Simon in mein Bett steigt?

»Du meintest doch vorhin, mit Körperwärme könnte man sich gut gegenseitig wärmen.«

»Hmmm ...«

»Also, mir ist kalt.«

»Das sagtest du bereits.«

Man, steht er wirklich so auf dem Schlauch? »Kannst du heute Nacht bei mir im Bett schlafen? Ohne Hintergedanken, ohne Fummeln oder sonst was?«

»Klar«, sagt seine Stimme plötzlich neben mir in der Dunkelheit und ich schreie erschrocken auf.

»Schleich dich nie wieder so an.« Mein Herz rast. Babumm, babumm, babumm ...

»Aber beschwere dich nicht, ich habe heute Knoblauch gegessen«, warnt er mich vor.

Vergessen ist der Schreck und ich pruste laut los. »Hat Mila dich etwa auch gecoacht? Hast du auch einen mega hässlichen Schlafanzug an?«

»Wovon redest du?«

»Schon gut.« Wieso sollte er auch mit Mila geredet haben.

»Ich habe gar keinen Schlafanzug an.«

Diese Worte schaffen es, dass ich die Luft anhalte und mich steif mache wie ein Besenstiel.

Doch dann vernehme ich ein leises Lachen und entspanne mich wieder ein wenig.

Das war nur ein Scherz. Hoffe ich.

Simon geht zurück, kommt mit seiner Decke wieder ins Schlafzimmer und legt sich mit ungefähr einem halben Meter Abstand neben mich auf das Bett.

»Also, wärmer ist mir immer noch nicht. Das ist jetzt wirklich keine plumpe Anmache, aber würde es dich stören, wenn ich meine Füße ... Du bist doch nicht nackt, oder?«

»Nein, bin ich nicht. Mach ruhig. Ich will ja nicht, dass meine Mitarbeiterin morgen krank ist.« Die Rosendecke raschelt und der Duft von frischgewaschener Wäsche steigt mir in die kalte Nase. Schüchtern schiebe ich meine Füße unter seine Decke und docke sie an seinen leicht behaarten und unglaublich warmen Beinen an.

»Wuuuah, du solltest deine *Füße* unter meine Decke machen, keine Ice Packs.« Er zieht seine Beine kurz zurück, nähert sich dann aber wieder an.

»Wie kannst du nur so warm sein?«, frage ich und ignoriere sein Entsetzen über meine Körpertemperatur.

»Weiß nicht, mir ist eigentlich immer warm.«

Es dauert eine Weile, aber langsam geht Simons Körperwärme auf mich über und ich entspanne mich immer mehr, zumal von Simon wirklich keine unangemessenen Berührungen folgen, denn von ihm ist nach kurzer Zeit bereits ein gleichmäßiges Atmen zu hören.

Und so schlafe auch ich irgendwann mit warmen Füßen ein.

Am nächsten Morgen werde ich schweißgebadet wach. Anscheinend funktionieren die Heizungen wieder, die wir auf die höchste Stufe aufgedreht hatten.

Ich dreh mich auf den Rücken und zucke zusammen. Eine Hand liegt auf meinem Dekolleté. Stumm reiße ich die Augen auf.

Die Hand fliegt in die Höhe und landet wieder auf der gleichen Stelle.

Es vergehen mehrere Sekunden, ehe ich kapiere, dass das meine Hand ist, die auf mir drauf liegt. Um genauer zu sein: meine eingeschlafene taube Hand. Langsam kribbelnd kehrt das Gefühl wieder zurück. Ich muss heute Nacht echt blöd gelegen haben?

Kurz darauf klingelt laut mein Handywecker.

Simon regt sich neben mir.

Irgendwie sieht er süß aus, so verschlafen. Er lächelt mich an und ich bemerke, dass er seine Decke aus dem Bett geworfen hat und nun nur in T-Shirt und Boxershorts neben mir liegt.

Schnell drehe ich mich weg und stehe auf.

»Gute Morgen, ich mache schon mal Kaffee und gehe duschen.« Dabei drehe ich die Heizung herunter.

»Schon wieder duschen?«

»Das Schlafzimmer hat sich über Nacht in eine Sauna verwandelt«, sage ich ohne weitere Erklärungen, verschwinde im Bad und dusche mir den nächtlichen Schweiß vom Körper.

Nach dem Meeting packe ich die restlichen Unterlagen zusammen. »Die Präsentation lief doch super. Wir haben einen neuen Auftrag in der Tasche«, sage ich freudig.

»Ich hatte ja auch eine super Unterstützung. Gute Arbeit.« Simon legt eine Hand auf meine Schulter. Als er sie wegzieht, sagt er: »Jetzt sollten wir auschecken und zurück ins Büro fahren. Ich habe noch zu tun. Du hast dann natürlich Feierabend.«

Wir fahren zurück zu unserem Quartier. Der Schnee ist zum Glück über Nacht nicht wesentlich mehr geworden und die Straßen wurden bereits geräumt.

Nachdem wir unsere Taschen fertig gepackt haben, bitte ich Simon, unsere Koffer zum Auto zu bringen. Bis zehn Uhr müssen wir das Zimmer geräumt haben, was wir pünktlich auf die Minute schaffen.

Ich gehe Frau Kaiser entgegen, um die Schlüssel zurückzubringen.

Freundlich lächelnd tritt sie auf mich zu. »War alles zu Ihrer Zufriedenheit? Ich hoffe, Sie hatten es gestern schön kalt. Ich habe mich an alles gehalten.« Sie zwinkert mir verschwörerisch zu.

»Ähm, ja, kalt war es auf alle Fälle«, sage ich.

Simon schlägt die Klappe vom Kofferraum zu.

»Aber woran haben Sie sich gehalten?«, frage ich.

»Na, an die Anweisung, die Heizung auszustellen. Das hatten sie doch so bei der Buchung angegeben, Frau Kluge.«

»Oh, ich bin nicht Frau Kluge. Ich bin Frau Sommer. Frau Kluge ist krank geworden.«

»Oh ... ooooh. Dann waren Sie gar nicht eingeweiht?«

»Hat Frau Kluge das tatsächlich gefordert?«, fragt Simon und ich zucke zusammen, weil ich nicht bemerkt habe, dass er hinter uns steht. Er funkelt wütend mit den Augen.

Frau Kaiser hält sich die Hand vor den Mund. »Oh Gott, das ist mir ja jetzt peinlich.«

»Muss es nicht, ist ja nicht Ihre Schuld. Aber vielen Dank für das Abendbrot, das war ganz lieb von Ihnen. Wir müssen jetzt los, Termine, Sie wissen schon.« Ich schiebe Simon zum Auto und bin froh, dieser peinlichen Situation entkommen zu können.

Im Auto schweigen Simon und ich uns die erste Viertelstunde an. Der Schnee liegt noch immer wie eine weiße Decke auf den Feldern und der Räumdienst hatte es offensichtlich noch nicht in jede Straße unserer Region geschafft.

Auf der Autobahn werden die Straßenverhältnisse zum Glück besser und ich muss nicht mehr ganz so angestrengt auf die Fahrbahn starren.

»Ich fasse es nicht. Diese Jessi ...« Ich bin immer noch über das Verhalten meiner Kollegin entsetzt und schüttle den Kopf.

»Ja, sie war immer sehr selbstsicher und weiß, was sie will. Aber das geht zu weit. Ich werde sie bis zu ihrem Wechsel beurlauben.«

»Heißt das, du und Jessi ... Da lief doch etwas?«

»Wie ich schon sagte, ich hatte einen Augenblick überlegt. Sie ist attraktiv, klug ... Wir hatten Silvester unser erstes Date, aber ...«

Er macht eine bedeutungsschwere Pause.

»Aber?«, hake ich nach.

»Es passt nicht.«

Aha! »Und andere Frauen …?« Ich breche die Frage ab. Ich spreche schon wieder viel zu viele Gedanken aus. Meine Wangen glühen.

»Wie ich dir schon in Portugal gesagt habe, ich bin nicht jemand, der ständig mit verschiedenen Frauen ins Bett geht. Ich hatte eine langjährige Beziehung. Anfang letzten Jahres haben wir uns getrennt. Sie ist nach München gezogen, beruflich. Ich hatte meine Firma hier und wir wollten beide keine Fernbeziehung. Danach war ich genau mit einer Frau im Bett.«

»Und das soll ich dir glauben?« Ich stutze. Meinte er etwa, ich wäre die einzige gewesen, mit der er geschlafen hatte?

»Schließe nicht von dir auf andere!«

»Von mir? Ich habe nicht ...« Ich stocke und fange seinen forschenden Blick auf.

Ich muss grinsen. »Das wolltest du nur hören! Das geht dich gar nichts an.«

»Siehst du. Dich auch nicht.«

Den Rest der Fahrt reden wir über belanglosere Themen und die Arbeit. Wir werden auch von weiteren unvorhersehbaren Extremwetterlagen verschont. In Berlin fallen zwar ein paar wenige Schneeflocken, doch die sind kaum erwähnenswert.

Ich setze Simon im Büro ab und fahre mit dem Dienstwagen nach Hause, um meinen Koffer nicht durch die halbe Stadt befördern zu müssen. Den Wagen werde ich am nächsten Morgen wieder vor dem Büro abstellen. Nun brauche ich erst einmal Zeit, mich von dieser Reise zu erholen.

KAPITEL 28

Seit der Dienstreise vor drei Wochen ist das Verhältnis zwischen Simon und mir viel besser geworden. Freundschaftlicher, lustiger und ich verkrampfe mich in seiner Gegenwart nicht mehr so. Simon hat sein Versprechen gehalten, es gab keinerlei Annäherungsversuch mehr. Unsere Zusammenarbeit verläuft tadellos. Musste sie ja auch, Jessi war fort und ich muss alle Aufgaben allein übernehmen. Hatten wir zu zweit recht entspannte Arbeitstage gehabt, so habe ich nun alle Hände voll zu tun, was vielleicht auch daran liegt, dass ich noch nicht mit allen Abläufen richtig vertraut bin. Aber die Arbeit macht Spaß, das Arbeitsklima ist angenehm und es bleibt nicht viel Zeit, über das Leben nachzugrübeln, was mir nach der langen Zeit zu Hause bei meinen Eltern eine willkommene Abwechslung ist.

Aufgrund der vielen neuen Kunden und Aufträge steht das Telefon kaum still. Probleme müssen gelöst, noch mehr Mitarbeiter eingestellt und unser Service weiter beworben werden. Ein Großteil dieser Anrufe läuft erst mal bei mir auf. Entweder muss ich sie gleich auffangen und beantworten, Lösungen finden oder ich muss sie weiter zu Simon leiten, was wegen der Kürze meiner Einarbeitung leider noch recht häufig vorkommt.

Umso verwirrter bin ich, als ich plötzlich meine Frauenarztpraxis an der Strippe habe, die auch explizit mich sprechen möchte.

»Schönen guten Tag, Frau Sommer. Wir haben jetzt ihre Laborergebnisse. Bitte kommen Sie doch diese Woche zu einem Termin in die Praxis. Wie passt Ihnen Donnerstag um siebzehn Uhr?«

»Können Sie mir nicht einfach sagen, ob alles in Ordnung ist?« Meine Augen ruhen auf dem Stapel Papiere auf meinem Schreibtisch und mein Bein wippt ungeduldig auf und ab.

»Tut mir leid, am Telefon dürfen wir keinerlei Auskunft geben«, sagt die freundliche Sprechstundenhilfe.

Irgendwie wird mir bei dieser Aussage mulmig zumute. Stimmt etwas nicht? Ist es der AIDS-Test? Wieso sagt sie es nicht gleich? Wenn alles gut wäre, müsste ich doch nicht hinkommen.

»Kann ich nicht gleich heute …«, setze ich zur Frage an.

Doch ich werde bereits unterbrochen. »Es tut mir leid, die Praxis ist heute sehr voll.«

Die zwei Tage werde ich schon irgendwie überstehen. »Ja, Donnerstag, siebzehn Uhr lässt sich einrichten«, antworte ich schnell, da schon eine Kollegin in der Tür steht und eine Frage an mich hat.

Aber irgendwie hinterlässt das Telefonat ein flaues Gefühl, dass sich den restlichen Tag nicht so leicht verdrängen lässt, was selbst Simon etwas später auffällt.

»Alles okay bei dir?«, will er wissen.

»Ja, klar. Mir qualmt nur der Kopf«, sage ich und deute auf meinen Stapel Arbeit. »Donnerstag müsste ich etwas früher gehen, Arzttermin.« Ich versuche, den Satz beiläufig klingen zu lassen.

»Ist wirklich alles in Ordnung bei dir?«

»Ja, nur Routineuntersuchung.« Dass ich einen AIDS-Test gemacht habe, muss ich ihm ja nun nicht gleich auf die

Nase binden. Nur falls er positiv sein sollte, ach, aber da denke ich jetzt nicht drüber nach. Aber wenn, hätte ich mich doch sicher bei ihm angesteckt. Oder hatte Tiago … Das Telefonklingeln reißt mich glücklicherweise aus meinem Gedankenkarussell.

Zwei Tage später hetze ich – ich bin natürlich nicht pünktlich aus dem Büro gekommen – zu der Arztpraxis. Hinter der Tür stapeln sich schon die Patienten. Irritiert sehe ich die Schwester an und als ich an der Reihe bin und meinen Namen nenne, reicht sie mir einen Becher und schickt mich zur Toilette.

Wozu? Ich habe doch nichts mit der Blase. Oder findet man den HI-Virus auch im Urin? Suchen sie noch nach weiteren Geschlechtskrankheiten?

Aber da die junge Dame allein zu sein scheint und sehr gestresst wirkt, befolge ich treuherzig ihre Anweisung. Den vollen Becher stelle ich ins Labor, wo eine weitere Arzthelferin beschäftigt ist. »Sie können gleich hierbleiben zur Blutabnahme«, sagt sie und deutet auf den Stuhl neben ihr. »Den Mutterpass erhalten Sie dann später bei der Ärztin.«

Ich will mich gerade auf den Stuhl setzen, da sickert der zweite Teil ihrer so lapidar dahingeworfenen Wörter langsam in mein Bewusstsein hinein. »Äh, Mutterpass? Ich bin nicht schwanger. Ich habe einen HIV-Test machen lassen. Sie müssen mich verwechseln.«

»O, Moment, ich schaue noch mal in Ihre Unterlagen. Hier geht es momentan drunter und drüber. Die Grippewelle hat uns voll erwischt, selbst Frau Doktor war die letzten zwei Wochen nicht hier. Die Praxis hat erst seit vorgestern wieder geöffnet.« Sie klappt die Akte auf und sucht mit dem Finger nach der entsprechenden Zeile. »Also, hier steht eindeutig, dass Sie schwanger sind. Wurde Ihnen das noch nicht mitgeteilt?«

Als hätte jemand die Zeitlupen-Taste gedrückt, sitze ich da und die Gedanken in meinem Kopf rollen ganz langsam von einer Gehirnwindung zur nächsten. Irgendwann ploppt eine Erinnerung auf und ich öffne meinen Mund, schließe ihn wieder, um ihn daraufhin gleich wieder zu öffnen. Nein, nein, nein.

»Nein, das kann nicht sein«, sage ich freundlich lächelnd. »Ich fühle mich ganz normal. Schwanger bin ich sicher nicht.«

»Setzen Sie sich bitte und sprechen Sie gleich mal mit der Ärztin. Ich habe hier leider zu viel zu tun.« Sie piekt mir die Nadel in den Arm und ich merke vor lauter Bestürzung gar nicht den Schmerz des Einstichs.

Während das zweite Blutröhrchen vollläuft, tauen meine Gedanken langsam aus dem Winterschlaf auf und fahren nun Kettenkarussell.

Simon, die Nacht im Büro. Das klebrige Gefühl zwischen meinen Beinen. Nein, nein, nein. Mit einem Schlag wird mir übel. Na super, da erfährt man, dass man angeblich schwanger sein soll, und schon wird einem auf Knopfdruck schlecht? Soll das ein mieser Scherz sein? Habe ich denn nicht in den letzten zwei Monaten meine Tage gehabt? Da mein Körper seit dem letzten Sommer eh nur noch verrückt gespielt hat und machte, was er wollte, habe ich da ehrlich gesagt den Überblick verloren.

Ich erhebe mich und finde mich kurz darauf auf einem Stuhl im Wartezimmer wieder, ohne mich daran erinnern zu können, dort Platz genommen zu haben. Eine Viertelstunde schießen sich meine Gedanken gegenseitig ab. Von ›Ich habe mir so lange schon ein Kind gewünscht!‹ über ›Ich kann doch von Simon nicht schwanger sein und von meinem Chef ein Kind bekommen‹ bis zu ›Angst, große Angst! Wie soll es mit mir jetzt weitergehen? Ich verliere meinen Job!‹.

Weitere zehn Minuten später komme ich mit Tränen in den Augen aus dem Behandlungszimmer und lasse mich erneut im Wartezimmer nieder. Ich kann es nicht glauben, aber ich habe tatsächlich so ein kleines Gummibärchen auf dem Ultraschallbildschirm gesehen. Mit einem hüpfenden Fleck in der Mitte. Die Ärztin hatte sogar den Ton angestellt und es klang, als würde ein Pferd durch die Praxis galoppieren. Sie gratulierte mir ganz herzlich, weil es endlich geklappt hatte.

Sie kann ja nicht wissen, dass ich nicht mehr mit Alex zusammen bin und mir diese Schwangerschaft überhaupt nicht ... ja, was eigentlich? Nicht gelegen kommt? Nicht passt? Nicht sein darf!

Doch mir kommen keine Worte über die Lippen. Diese neue Erfahrung, dieses unerwartete Glück, dieses kleine Wesen in mir drin macht mich komplett sprachlos. Ich befinde mich in einem Schockzustand, an dem auch die gute Nachricht, dass mein HIV-Test negativ sei, gerade nichts ändern kann.

Irgendwie bin ich nach Hause zu Mila und Piet gekommen. Sie haben Besuch von einem anderen Pärchen und essen lachend am Küchentisch. Die Luft ist erfüllt von dem Duft von knusprig gebackenem Käse. Mir ist vor Hunger ganz flau im Magen. Mein Frauenarztbesuch hatte sich über zwei Stunden hingezogen.

»Hallo Hanna, komm setz dich, wir haben dir noch Lasagne übrig gelassen. Wieso kommst du denn so spät? Ich hoffe, du musstest nicht so lange arbeiten? Ist alles ok? Das sind übrigens Zoe und Hermann, Freunde von Piet.«

»Hm, das riecht aber gut. Ich, äh, ich hatte noch einen Termin beim Arzt und musste ewig warten.«

Während ich den beiden Gästen die Hand reiche, legt Piet mir ein Stück der Lasagne auf einen Teller und Mila hebt die Rotweinflasche an, um mir einzugießen.

»Für mich heute nicht. Ich habe solche Kopfschmerzen und gerade eine Tablette genommen.«

»Na hoffentlich hast du dich nicht mit dieser Grippe angesteckt. Das geht ja rum zur Zeit. Im Büro sind alle Kollegen krank. Ich muss da gerade allein die Stellung halten. Ich bin ja so fertig, sag ich euch! Wenn die Anderen wieder da sind, brauche ich erst mal Urlaub!« Mila füllt sich stattdessen ihr eigenes Glas auf und ich hole mir Leitungswasser.

»Wir wollen gleich noch etwas spielen. Hast du Lust, mitzumachen?« Mila plappert wieder ohne Pause.

Zum Glück entgeht ihr so, wie ich mich fühle. Ich schüttle den Kopf: »Nee, danke. Ein anderes Mal gerne. Heute will ich noch in die Wanne.«

»O, darf ich noch schnell auf die Toilette?« Zoe erhebt sich und erst jetzt fällt mir der Medizinball unter ihrem T-Shirt auf. Sie ist auch schwanger.

Ich verabschiede mich schnell von allen und gehe ins Wohnzimmer, wo ich mich seufzend auf die Couch fallen lasse. Mila folgt mir und flüstert mir zu: »Hast du gesehen? Zoe ist schwanger. O mein Gott, ich war ja so geschockt, als ich ihren dicken Bauch gesehen habe. Sie ist aufgegangen wie ein Hefekloß! Schrecklich! Es wird wohl ein Junge. Kinder ... ich verstehe nicht, warum alle Welt Kinder haben möchte. Das Leben ohne sie ist doch viel einfacher, viel schöner. Man kann das Geld für sich ausgeben, man kann reisen und man kann schlafen. Schlaf ist mir ja heilig. Wenn ich mir vorstelle, dass mich so ein kreischendes Kind Nacht für Nacht wach hält ... das wäre mein Untergang.« Mit jedem Satz sinken meine Augenlider weiter nach unten. All das wird mir nun bevorstehen. Und ohne einen Herrmann oder Simon.

Simon! Dem muss ich das ja auch noch erzählen. Wie soll ich ihm nur beibringen, dass ich ein Kind bekomme, sein Kind? Ich bin noch nicht mal mit der Probezeit fertig, er kann mich jeden Moment rausschmeißen.

Ich weiß noch nicht mal, wie Simon über Kinder denkt. Hat er eine ähnliche Meinung wie Mila? Ihr kann ich nach der Hetztirade jedenfalls nicht sagen, dass ich in einigen Monaten auch ein Hefekloß sein werde. Still läuft mir eine Träne aus dem Augenwinkel und versinkt heimlich im Stoff meiner Zudecke.

Später lasse ich mir ein Lavendelölbad in die Wanne ein. Während das Wasser sich mit seinen warmen Armen seidig um mich schmiegt, überlege ich kurz, dass ich auch noch einen anderen Weg gehen könnte. Doch schnell schiebe ich die Vorstellung von einer Abtreibung beiseite. Meine Hand wandert ganz automatisch auf meinen noch flachen Bauch. Ich habe dieses Gummibärchen gesehen, es lebt, sein Herzchen schlägt. Und dieser Herzschlag ist wie eine Welle aus meinem Bauch direkt in mein Herz hineingewandert. Ein merkwürdiger Gedanke, dass nun in meinem Körper zwei Herzen schlagen.

»Hey Simon, Glückwunsch, du hast volle Arbeit geleistet. Du wirst Papa!« Ich schüttle den Kopf. Nein, so nicht. »Simon, ich muss mit dir reden. Du und ich, du weißt doch noch ... die Nacht nach dem Betriebsausflug ... Tja, die blieb nicht einfach so ohne Folgen.« Nein, das ist auch blöd.

Ich übe schon seit dem Wachwerden mit kratziger Stimme unter meiner Zudecke, wie ich Simon von dieser Neuigkeit berichten soll. Ich war mit Halsschmerzen wach geworden. Hoffentlich habe ich mich in der Praxis nicht mit der Grippe infiziert.

Vielleicht sollte ich es ihm lieber in einer E-Mail mitteilen? Oder ich scanne das Ultraschallbild ein und stelle das als Bildschirmschoner auf seinem Arbeits-PC ein.

Lieber nicht, das könnten andere Kollegen sehen.

»Simon, jetzt, wo wir Eltern werden, sollten wir vielleicht noch einmal über das reden, was das zwischen uns ist ...« Ich gebe es auf, ziehe die Decke noch weiter über mein Gesicht und stoße einen erstickten Schrei aus. Ich glaube, es wäre besser, wenn ich erst einmal noch nichts sage. In den ersten drei Monaten soll es doch eh immer noch zu Komplikationen kommen können. Ich habe also noch jede Menge Zeit. Sofern man es mir nicht schon vorher ansieht.

KAPITEL 29

Meine Entscheidung, wie ich Simon informiere, vertagt sich, da mich das Virus leider doch erwischt hat. Ich habe mit Fieber, Husten, Schnupfen und Halsschmerzen aus der Hölle zu kämpfen. Seit Tagen hüte ich das Bett und fühle mich hundeelend.

Weil Mila und Piet Urlaub bei Piets Familie in Chemnitz machen, muss ich mich aber leider selbst um das Essen kümmern, dafür habe ich sehr viel Ruhe.

Umso mehr erschreckt mich das laute Geräusch der Türklingel mitten am Tag. Hatte ich mir etwas zu essen bestellt? Oder war das nicht bloß ein Traum?

Beim Aufrichten wird mir schwindelig und mein Kopf schmerzt, als würde ein Blitz auf ihn treffen.

Langsam schlürfe ich durch den Flur, mit der Hand an die Wand gestützt. Gerade als ich auf die Taste des Türsummers drücke, wird mir schwarz vor Augen und meine Beine geben nach.

Ich versuche, mich an der Türklinke festzuhalten, bekomme sie zu greifen, doch dann wird es komplett dunkel um mich herum. Unsanft lande ich auf dem Boden.

Als ich erwache, liege ich wieder in meinem Bett. Irritiert blicke ich mich um. Simon sitzt neben mir und hält meine Beine in die Höhe.

»Geht's wieder?«, fragt er besorgt.

Langsam nicke ich, obwohl ich mich noch immer hunde-elend fühle.

»Du glühst ja. Mensch, dich hat es ja richtig erwischt.«

Mit kratziger Stimme sage ich: »Komm mir lieber nicht zu nah, nicht dass du dich auch noch ansteckst. Was machst du überhaupt hier?«

»Ich wollte sehen, wie es dir geht. Ich habe dir Suppe mitgebracht.«

»Was für ein Service. Machst du das bei allen deinen Mitarbeitern, wenn sie krank sind?«, krächze ich.

»Nicht bei allen. Nur bei der Besten.« Er zwinkert mir zu.

»Danke, aber ich habe keinen Hunger. Mir ist übel.« Ich stöhne auf, als ich mich zur Seite drehe.

»Nichts da! Wann hast du das letzte Mal etwas gegessen?«

Ich zucke die Schultern. »Welcher Tag ist heute?«

»Sonntag.«

»Oh.« Wie viele Tage liege ich hier schon und vegetiere vor mich hin?

Simon geht kurz in die Küche und kommt mit einem dampfenden tiefen Teller zurück. Wie ein Baby füttert er mich und ich bin zu kraftlos, um mich dagegen zu wehren.

Seufzend sagt er: »So kannst du nächste Woche aber nicht arbeiten kommen. Ich rufe morgen bei deinem Arzt an und lasse deine Krankschreibung verlängern. Ruh dich gut aus.« Danach hilft er mir noch ins Bad, weil ich auf die Toilette muss, und begleitet mich wieder zurück zum Bett.

»Sind deine Mitbewohner gar nicht da?«

»Urlaub«, bringe ich nur hervor, bevor mich ein schmerzhafter Husten durchschüttelt.

»So geht das nicht. Ich bin gleich wieder da.« Damit verlässt er wieder die Wohnung.

Als ich das nächste Mal wach werde, ist es draußen schon dunkel. Weil mir kalt ist, ziehe ich die Decke wieder über mich, die ich im Schlaf von mir getreten haben muss. Doch was da neben mir zum Vorschein kommt, lässt mich erschrocken nach Luft japsen. Die Umrisse einer Person, einer großen, kräftigen Person. Neben mir liegt jemand. Alex, schießt es mir durch den Kopf. Doch langsam gewöhnen sich meine Augen an die Dunkelheit und ich erkenne Simon. Mein galoppierendes Herz geht in Trab über.

Er ist wiedergekommen. Er hat mich nicht allein gelassen. Ich bin sicher. Ja, neben Simon fühle ich mich tatsächlich sehr behütet. Ein schönes Gefühl. Er sieht so unschuldig aus, wie er da so selig schläft. Sanft hebt und senkt sich sein Brustkorb. Vorsichtig streiche ich ihm eine verirrte Haarsträhne aus dem Gesicht.

Simon bewegt sich und murmelt etwas, das ich nicht verstehe.

Schnell ziehe ich meine Hand zurück.

Er schläft weiter, ich habe ihn nicht geweckt. Einen Moment betrachte ich ihn noch, dann lasse ich mich beruhigt auf mein Kissen sinken und falle wieder in einen unruhigen Schlaf.

Am nächsten Morgen ist Simon verschwunden.

Habe ich mir seine Übernachtung nur eingebildet? Habe ich im Fieber fantasiert?

Doch beim Umdrehen stoße ich gegen eine harte Kante und Geschirr klappert. Hinter mir steht ein Tablett mit Frühstück. Neben dem Brötchen mit Marmelade steht sogar frisch gepresster Orangensaft und ein Ei. Unter dem Glas finde ich einen Zettel: »Hoffe, es geht dir besser. Konnte dich letzte Nacht nicht mit ruhigem Gewissen allein lassen. Heute früh hast du dich nicht mehr so heiß angefühlt. Es ist noch Suppe da. Bin im Büro. Wenn etwas ist, ruf an. Komme heute nach der Arbeit wieder. Simon.«

Tatsächlich fühle ich mich heute schon etwas besser und es rührt mich sehr, wie sich Simon um mich gekümmert hat. Ein warmes Summen breitet sich von meiner Mitte aus und strahlt wie Sonnenstrahlen bis in meine Arme und Beine. Ich ertappe mich dabei, wie ich breit grinse und meine Hand auf meinen nach innen gewölbten Bauch wandert.

Das schöne Gefühl verwandelt sich ziemlich schnell in ein Magenknurren und mir wird augenblicklich übel. Ich greife zu dem Brötchen und beiße hastig einige Male ab.

Das tut gut. Nach dem halben Brötchen ist die Übelkeit schon viel besser. Dank Ei und Saft verschwindet sie komplett.

Das ist also diese komische Morgenübelkeit?

Mein Handy piept und zeigt neue Nachrichten von Mila an. Sie macht sich Sorgen, weil ich ihr gestern so komisch geantwortet habe, tatsächlich sind meine Antworten sehr kryptisch. Um sie zu beruhigen, schreibe ich ihr:

Ich – 09:37

Nein, du musst nicht zurückkommen. Mir geht es heute schon etwas besser. Simon kam gestern vorbei und hat sich um mich gekümmert.

Mila – 09:39

Mensch, ich hab mir echt Sorgen gemacht! Habe schon meine Tasche gepackt! Beruhigt mich ja, dass dein Chef so fürsorglich ist. Meiner würde das nicht machen! Aber da lief nichts zwischen euch, oder?

Ich – 09:40

Nein! Ich bin krank und hatte Fieber!

Mila – 09:40

Soll ich nicht doch zurückkommen?

Ich – 09:43

Nein, wie gesagt, es geht mir besser. Außerdem will Simon heute Abend noch mal nach mir schauen. Aber danke für das Angebot. Du bist echt lieb! Macht euch ein paar schöne Tage!

Sollte ich mich auch bei Simon melden? Nur was soll ich schreiben? Es wird kurz, ohne viele Worte:

Ich – 09:45

Vielen Dank!

Heute fühle ich mich zum ersten Mal wieder so, dass ich die Stille um mich herum nicht so gut ertragen kann. In den letzten Tagen war es genau andersherum gewesen. Den Fernseher hätte ich gar nicht anmachen können. Heute läuft er von früh bis spät.

Nur um mir Suppe zu holen oder Toilettengänge zu erledigen, stehe ich mal von meinem Bett auf. Simon meldet sich nicht. Ich bin schon völlig genervt, weil ich immer wieder nachschaue, ob eine WhatsApp-Nachricht eingegangen ist.

Als die Dämmerung hereinbricht, stehe ich auf und gehe noch immer mit wackeligen Beinen in die Küche. Mit Erstaunen stelle ich fest, dass der Kühlschrank gut gefüllt ist. War Simon gestern extra für mich einkaufen gewesen?

Nein, gestern war Sonntag. Er muss seinen Kühlschrank geplündert haben.

Um nicht ganz so lange am Herd stehen zu müssen, koche ich Nudeln mit Tomatensoße und Würstchen. Ich mache gleich ein wenig mehr, falls Simon nachher auch noch etwas essen möchte.

Der Radiowecker in der Küche verrät mir, dass Simon, sollte er heute länger gearbeitet haben, trotzdem schon längst Feierabend haben müsste.

Mein Handy bleibt jedoch stumm, die Türklingel ebenso. Ich esse alleine.

Am nächsten Morgen steht Simons Portion immer noch mit Frischhaltefolie abgedeckt im Kühlschrank. Keine Nachricht, kein Zettel, kein Simon. Er ist nicht vorbeigekommen.

Hat er mich vergessen? Hoffentlich hat er sich nicht bei mir angesteckt! Oder hatte er einen Unfall?

Ohne weiter zu überlegen, greife ich zu meinem Handy und wähle seine Büronummer.

Eine weibliche, mir bekannte Frauenstimme meldet sich und rattert den obligatorischen Begrüßungstext herunter.

Doch mein Gehirn schafft es nicht so schnell, eine Verknüpfung zwischen Stimme und Gesicht herzustellen. Erst, als sie ihren Nachnamen nennt, macht es Klick.

»Jessi?«, frage ich ungläubig.

»Äh, ja ...? Wer spricht denn da?«

»Ich bin´s, Hanna.«

»Ach, Hanna! Mensch, wie schön, dich zu hören! Wie geht's dir denn?«

Wieso geht Jessi ans Telefon? Ist Simon wegen ihr nicht zu mir gekommen? Ist er mit Jessi in der Kiste gelandet?

»Was machst du wieder bei uns im Büro?«

»Ach, Simon hat mich angerufen. Du bist ja noch krank und er hat jetzt Urlaub. Das Büro muss besetzt sein und ich kenne mich hier ja aus. Daher bin ich heute früh hierhergefahren. Er als Big Boss kann mich ja überall einsetzen.«

Den selbstgefälligen Unterton ignoriere ich jetzt mal. Viel mehr beschäftigt mich eine andere Frage. »Simon hat Urlaub?«

»Wusstest du das nicht? Ja, er ist heute nach Mallorca geflogen für eine Woche.«

Das ist ja sehr merkwürdig. Erst besucht er mich, kümmert sich rührend um mich, schreibt mir, er komme wieder und dann? Er haut einfach nach Mallorca ab? Ausgerechnet jetzt! Wieso? Mallorca – diese Insel wird wahrscheinlich immer einen bitteren Beigeschmack bei mir hervorrufen.

»Nein, das muss spontan gewesen sein«, sage ich zweifelnd.

»Ja, so ist er. Er ist ja auch der Chef, der kann das auch so einfach machen. Wirklich beneidenswert. Wie läuft es denn bei euch beiden? Ich meine, kommt ihr gut klar?«

Im ersten Moment denke ich, sie meint die Affäre zwischen mir und Simon, doch davon kann sie ja eigentlich nichts wissen. »Gut, wieso fragst du?«

»Naja, er verreist und du weißt nichts davon?«

»Ich bin ja auch krank, vielleicht hat er es mir auch gesagt und ich habe es nur wieder vergessen.«

Von dem Zettel kann ich ihr natürlich nichts erzählen, auch nicht, dass er eine Nacht bei mir verbracht hat. »Wie war das denn bei euch so?«, frage ich.

»Also, ich war immer und jederzeit darüber informiert, wo sich Simon aufgehalten hat.«

»Das meine ich nicht. Hat er sich auch privat mit dir getroffen?«

»Mit mir?« Sie kichert hysterisch. »Er hat mich nur zu Silvester ausgeführt, ich dachte, da ... Nein, sonst war da nichts. Ich hätte das auch gar nicht zugelassen. Macht er sich etwa an dich ran? Du weißt doch, was ich dir über ihn gesagt habe! Lass bloß die Finger von ihm!«

Hm, einer von den beiden lügt, nur wer? Irgendwie klingt Jessi so überzeugend ehrlich, aber Simon gibt sich in meiner Gegenwart die größte Mühe, mir nicht zu nahe zu kommen. Außerdem wirken auch seine Worte nicht gelogen.

Nach ein wenig Smalltalk lege ich auf und starre ungläubig mein Handy an.

Wieso in aller Welt ist Simon einfach weggeflogen, wenn er mir doch schreibt, dass er abends wieder zu mir komme?

Ich sollte vorsichtshalber bei meinem Arzt anrufen, vielleicht hat er den Anruf dort bei seiner überstürzten Abreise vergessen.

Tatsächlich sagt mir die Sprechstundenhilfe, dass Simon sich nicht gemeldet habe. Sie versichert mir, dass Frau Doktor die Krankschreibung verlängern wird und auch gleich zu meinem Arbeitgeber schickt. So muss ich nicht noch einmal in die Praxis. Ich bin immer noch mit Wackelpuddingbeinen unterwegs und glaube auch, das Fieber kehrt langsam zurück.

Langsam lasse ich mich in mein Kissen fallen und grüble weiter darüber nach, was Jessi gesagt hat und was mit Simon los ist.

KAPITEL 30

»Hey, Süße! Wie geht es dir?« Mila lässt ihre Reisetasche fallen und kommt zu mir. Der Kurzurlaub von Piet und ihr ist vorbei. Sie nimmt mich in den Arm.

»Besser. Wirklich.«

»Wie lange bist du denn noch krankgeschrieben?«, will sie wissen.

»Morgen muss ich wieder.«

»Bist du sicher? Du siehst aber noch ganz blass um die Nase aus.«

»Naja, ich habe noch etwas Husten, aber ich kann nicht so lange fehlen, ich bin noch in der Probezeit.«

»Hm, verstehe. Piet kocht uns gleich erst mal etwas Leckeres, er ist noch schnell einkaufen gegangen. Wie war es denn mit Simon die Woche?«

»Mit Simon? Der hat sich hier nicht mehr blicken lassen«, sage ich mit Verbitterung in der Stimme.

»Hä? Du hast doch gesagt, dass er vorbeikommt.«

»Das hat er auch geschrieben, getan hat er etwas anderes: Er ist nach Mallorca geflogen.«

»Waaas? Wieso hast du nicht Bescheid gesagt? Ich wäre doch zu dir gekommen!« Mila sieht mich vorwurfsvoll an.

»Ach Quatsch, du brauchtest doch deinen Urlaub!«

»Glaub mir, ich wäre lieber bei dir gewesen.«

Nanu, das klingt ja gar nicht gut. »Wieso? Was ist passiert? Du hast dich doch immer gut mit Piets Eltern verstanden.«

Mila seufzt. »Wir haben uns nur gestritten.«

»Du und Piet?«

»Ich und Piet, Piet und seine Eltern, seine Eltern und ich. Ach, es ist immer das Gleiche. Sie wollen, dass wir zu ihnen nach Chemnitz ziehen. Sie wollen Enkelkinder. Pah, und sie haben so sehr auf Piet eingeredet, dass er schon gar nicht mehr wusste, was er wollte und sagte. Ach, keine Ahnung. Er stand jedenfalls plötzlich vor mir und erzählte mir, er wolle ein Kind. Dabei waren wir uns immer einig gewesen, dass wir keinen Nachwuchs haben wollen. Selbst nach Chemnitz würde er ziehen. Ich bin nur froh, dass wir wieder hier sind und er nicht mehr so unter dem Einfluss seiner Mutter steht. Hier wird er sicher wieder vernünftig denken können und das Thema Baby ist endlich vom Tisch.«

»Nicht so ganz«, deute ich kleinlaut an.

»Wieso? Hat er was zu dir gesagt? Hat er dich angerufen? Los, sag schon, Hanna! Du weißt doch was! Will er wirklich Kinder? Oh Gott, hat er mir immer etwas vorgemacht? Wir waren doch glücklich zu zweit und wollten, dass es so bleibt, wie es ist. Wir lieben uns doch. Kinder stehen da einfach nicht auf dem Plan, die machen alles so kompliziert, man hat kaum noch Zeit für einander, man schläft nicht mehr, Kinder sind so teuer, man arbeitet nur noch für die kleinen Biester, Urlaub im Süden? Nee, nur noch an der Ostsee ...«

Mir sausen die Ohren. Mila redet sich mal wieder völlig in Rage. Daher unterbreche ich ihren Redeschwall und werfe ihr die Neuigkeiten einfach vor die Füße. »Ich bin schwanger!«

Doch Mila scheint mich gar nicht wahrzunehmen und plappert einfach weiter darauf los. »Kein Alkohol, kein

Kaffee, keine Medikamente ... und dann noch dieses Stillen! Dem Kind eine Brust in den Mund stecken? Bäh!«

»Ich bin schwanger!«, wiederhole ich etwas lauter.

»Hm, was? Ach, und weißt du, was das Allerschlimmste ist: vollgekackte Windeln. Da bekomme ich sofort Herpes.«

»ICH BIN SCHWANGER!« Mit Tränen in den Augen schreie ich meine Freundin an.

Sie hält mitten in der Bewegung inne und sinkt langsam auf die Couch. »Du bist schwanger? O mein Gott, du bist schwanger? Sicher? Du? Wieso?«

»Du weißt, wie man schwanger wird!«

»Nein, ja, ich meine, ja, ich weiß das. Was ich aber nicht weiß: von wem?«

Sie sieht mich mit großen Augen erwartungsvoll an. »Neeein! Nicht! Sag nicht, dass es Simon ist ... Und du hast es ihm gesagt und er hat seine Koffer gepackt und ist abgehauen?«

Ich schüttle den Kopf. »Nein, ich hab es ihm nicht gesagt. Ich weiß nicht, wieso er einfach auf und davon ist.«

»Dann finde es raus! Schreib ihm, frag ihn. Wieso sitzt du hier so untätig rum? Du musst was unternehmen!«

»Er antwortet mir nicht. Außerdem weiß ich nicht, wie ich ihm das sagen soll. Was, wenn er gar keine Kinder will – oder keine Kinder mit mir? Wenn er so ist wie du?«

Pikiert fragt mich Mila: »Wie bin ich denn?«

»Na, du willst doch auch keine Kinder.«

»Ja, und? Bin ich deswegen ein schlechter Mensch?«

»Das habe ich nicht gesagt«, versuche ich sie zu beruhigen.

»Aber gedacht! Habe ich recht? Eine richtige Frau bekommt Kinder, gibt ihr Leben auf, um sich um die Kleinen zu kümmern, macht Haushalt, wäscht die Wäsche, ist nur für Mann und Kinder da. Darf keine eigenen Wünsche mehr haben, keine Karriere machen.«

»Mila, jetzt lass uns nicht streiten, ich hab das doch gar nicht gesagt und auch nicht gedacht.«

»Das brauchst du auch nicht, ich weiß es auch so. Meine Schwiegermutter ist ja der gleichen Meinung.«

»Ich bin aber nicht deine Schwiegermutter. Ich akzeptiere es, wenn du keine Kinder möchtest. Jeder soll sein Leben so führen, wie er es will. Und wenn Piet und du ...«

Plötzlich steht Mila auf und rennt heulend davon. Sie schmeißt die Schlafzimmertür hinter sich mit einem lauten Knall zu.

Was war das denn jetzt? Wieso um alles in der Welt haben wir so aneinander vorbeigeredet? Steckt da vielleicht doch mehr dahinter? Oder hat sie das Wochenende bei Piets Eltern einfach so sehr mitgenommen?

Ich gehe zu der Tür, hinter der sie verschwunden ist, und klopfe an. Doch sie reagiert nicht. Ich drücke die Klinke herunter und versuche, das Zimmer zu betreten. Die Tür ist verschlossen. »Mila, es tut mir leid, wir haben uns irgendwie falsch verstanden. Wenn du reden magst, kannst du jederzeit zu mir kommen.«

Doch Mila schweigt weiter.

KAPITEL 31

»Hallo?« Ich schaue um die Ecke in Simons Büro, doch da ist niemand. Ist er etwa immer noch im Ausland?

Jessi ist jedenfalls nicht hier. Die wäre definitiv schon lange im Büro. Ich setze mich an meinen Schreibtisch und stelle meinen Stuhl auf meine Größe ein.

Während ich warte, dass der PC hochfährt, mache ich mir einen Schoko-Cappuccino und sehe mein Posteingangsfach durch, als hinter mir eine Tür ins Schloss fällt. Erschrocken drehe ich mich um und schmeiße dabei fast die Zeitschriften auf dem Regal herunter, im letzten Moment fange ich den Stapel noch auf.

Simon bleibt in der Tür stehen und sieht mich aus traurigen, dunklen Augen an. Kein Anzug, keine perfekt gestylten Haare, nicht mal rasiert hat er sich. Er trägt eine schwarze Lederjacke und sieht aus, als hätte er drei Tage nicht geschlafen.

»Was ist passiert?«, frage ich.

»Du ...«

»Ich?«, frage ich quietschend hoch. Ich gehe drei Schritte auf ihn zu.

»Wann wolltest du es mir sagen?«

Abrupt bleibe ich stehen. »Was sollte ich dir sagen?«

»Jetzt tu nicht so!«

Tausend Gedanken huschen mir durch den Kopf, aber ich habe keine Ahnung, was ich darauf erwidern soll.

»Sagt man so etwas nicht gleich? Du hast mich wirklich enttäuscht.«

»Wovon redest du?« Ich beginne zu stottern.

»Von deinem kleinen Geheimnis!«

Wums.

Ich fasse mir mit der linken Hand an die Wange, als hätte ich dort einen rot aufflammenden Handabdruck.

»Woher ...?«

»Woher ich es weiß? So ein Mist, hm? Hast gedacht, du kannst mich an der Nase herumführen? Aber mich kannst du nicht verarschen!«

Ich ziehe meine Stirn kraus. Wovon redet er überhaupt? Reden wir über das gleiche Thema?

»Guck nicht so wie die Unschuld vom Lande! Sag´s mir!«

Was? Was soll ich sagen? Was will er von mir?

Doch dann platzt es einfach aus mir heraus. »Ich bin schwanger.« Ich flüstere die Worte nur. Für mehr fehlt mir die Kraft.

»Das weiß ich. Ich will wissen, von wem du schwanger bist. Mit wem vögelst du noch alles so rum?«

Mein Mund bleibt offen und es fühlt sich an, als würde mein Kiefer aushaken. Knackend schiebe ich die Kiefer-knochen hin und her.

»Spinnst du jetzt total? Was denkst du, wer du bist? Wie redest du mit mir?« Jetzt sprudeln die Worte förmlich aus mir heraus. »Es geht dich zwar nichts an, mit wem ich rumvögele«, sage ich und mache mit den Fingern zwei Gänsefüßchen, »aber der Vater ist ein riesengroßes Arsch-loch!«

»Na dann passt ihr ja sehr gut zusammen!«, sagt er gehässig und dreht sich um, um mein Büro zu verlassen.

»Du ... du ... Der einzige, der als Vater in Frage kommt, bist du!«

Er bleibt stehen, schaut über die Schulter zu mir. »Was sagst du da? Ich?« Das I zieht er ungläubig in die Länge.

Kurzes Schweigen.

Ich kann sehen, wie es in ihm zu arbeiten beginnt. Wie er sich vorstellt ...

»Haben wir nicht ...?«, fragt er, doch beendet den Satz nicht.

»Verhütet? Nein, offenbar nicht.«

Er will keine Kinder, das sehe ich an seinen Augen. Er sieht so hilflos und überrumpelt aus.

Nun bin ich es, die den Blick senkt und das schmerzhafte Brennen im Innern verhindern möchte, doch ich schaffe es nicht. Ich habe es geahnt! Ein Fehler, ein verdammter Fehler und alles ist ruiniert ...

Ohne nachzudenken, renne ich aus dem Büro. Um auf den Fahrstuhl zu warten, fehlt mir die Geduld, und so laufe ich durch das Treppenhaus hinunter. Als ich hinten am Liefereingang hinaustrete, weht mir ein frostiger Wind um die Nase. Augenblicklich fange ich an zu zittern und bereue, meinen Mantel nicht mitgenommen zu haben. Die Tür schlägt zu.

Einen Moment drücke ich mich an die Hauswand und überlege, was ich nun machen soll, doch da höre ich das *Klock* der Klinke und mit einem lauten Ächzen öffnet sich die dicke Stahltür.

»Was machst du hier? Komm bitte wieder rein, du holst dir hier noch den Tod!«

»Lass mich!«, keife ich Simon an.

»Es tut mir leid!«

»Was tut dir leid? Dass du mich geschwängert hast? Dass du mich für eine Schlampe hältst? Dass du einfach abgehauen bist, ohne ein Wort zu sagen?«

»Ich bin ein Arschloch. Komm bitte rein!«

Kleine Schneeflocken peitschen durch die Luft und ich reibe mit den Händen über meine Arme. Wieder hineinzugehen, scheint nicht die schlechteste Idee zu sein. Ich schlüpfe unter Simons Arm hindurch, der noch immer die Tür weit aufhält.

Er folgt mir und die Tür fällt mit einem lauten Geräusch hinter uns wieder in Schloss. Als der Hall in dem grauen Flur verklungen ist, kommt Simon auf mich zu und nimmt mich in den Arm.

Erst widerstrebt es mir, doch überrascht stelle ich fest, dass diese Umarmung unendlich gut tut. Er fühlt sich warm an und sein Duft steigt mir in die Nase.

»Als ich morgens aus deiner Wohnung zur Arbeit gegangen bin, habe ich auf der Kommode einen Mutterpass liegen sehen. Da stand dein Name drauf. Irgendwie sind mir da alle Sicherungen durchgebrannt. Ich dachte, du hast einen Anderen und bekommst mit ihm ein Kind. Ich war so enttäuscht und wütend, ich musste einfach nur weg. Ich bin gar nicht auf die Idee gekommen, dass ich ..., dass das ...«

»Dass das Kind von dir sein könnte?«

Er nickt. »Ich kann es immer noch nicht glauben. Jessi hat auch so komische Andeutungen gemacht.«

»Was für Andeutungen?«

»Naja, dass du wohl erzählt hast, du hättest dich in letzter Zeit mit vielen Kerlen getroffen.«

Ich trete einen Schritt zurück und stemme meine Hände in die Hüften. »Das kann ja wohl nicht wahr sein! Das stimmt nicht, ich hatte gar keine Zeit, mich mit jemandem zu treffen. Ich war jeden Abend so müde und geschafft von der Arbeit. Was ist Jessi nur für ein hinterhältiges Biest?«

»Ich weiß, ich hätte ihr nicht glauben sollen. Es tut mir leid. Komm, wir gehen zurück ins Büro, da ist es wärmer. Du zitterst ja.« Mit einer Hand auf meinem Rücken geht Simon neben mir zum Fahrstuhl und drückt auf die Taste. Seine Berührung brennt sich förmlich in meinen Rücken hinein. Selbst als er sie wieder wegnimmt, merke ich den Abdruck noch.

Kurz darauf öffnet sich der Fahrstuhl wir treten ein und ich warte auf das Kribbeln im Bauch, das immer einsetzt, sobald der Fahrstuhl in die Höhe steigt.

»Weißt du, mich hat das alles nur so sehr getroffen, weil ich ...«, setzt Simon zur Erklärung an.

Die Fahrstuhltür geht auf und eine schrille Stimme unterbricht Simon.

»Huch, Herr Winter, wo kommen Sie denn her? Aus dem Keller?« Als sie mich hinter Simon entdeckt, zieht sie die Augen merkwürdig zusammen und nickt mir wortlos zu.

»Hallo, Frau Kronwitz. Wie geht es Ihnen?«

»Sehr gut, aber ich bin im Stress. Schönen Tag noch.« Mit diesen Worten springt sie in der nächsten Etage wieder raus und lässt uns allein.

Wir schweigen.

Zurück im Büro greife ich zuerst nach meiner Tasse, die noch immer warm ist. Langsam tauen meine Finger wieder auf und kribbeln dabei.

»Was ich sagen wollte ...«, setzt Simon wieder an, doch erneut wird er unterbrochen, weil es an der Tür klopft. Eine

Kollegin kündigt einen Besucher an, der jetzt mit Simon einen Termin hat. Simons Schultern sinken herab und er sieht mich entschuldigend an. Dies ist kein guter Zeitpunkt zum Reden.

Enttäuscht lasse ich mich auf meinen Stuhl fallen und schaue in Simons Terminkalender. Den ganzen Tag über hat er Termine und Meetings, sodass heute wohl doch kein weiteres klärendes Gespräch zustande kommen wird.

KAPITEL 32

Nach der Arbeit fahre ich nach Hause. Die Tür ist nicht abgeschlossen, Mila ist also schon da – oder ist es Piet? Der Duft von Kaffee steigt mir in die Nase. Langsam betrete ich den Flur und gucke vorsichtig um die Ecke.

Seit unserem Streit haben Mila und ich noch kein Wort miteinander geredet, denn heute früh war sie noch nicht aufgestanden, als ich das Haus verließ.

Nach dem Gespräch mit Simon heute habe ich eigentlich keine Lust, mich mit Mila auseinanderzusetzen oder weiter zu streiten, und hoffe insgeheim, dass es sich um Piet handelt, der schon zu Hause ist.

Doch in der Küche sitzt Mila – in einem pinken Plüsch-overall und Einhorn-Puschen an den Füßen. Vor ihr steht eine dampfende Tasse. Ihre Haare hat sie zu einem unordentlichen Knoten hochgebunden.

»Hallo«, sage ich und will mich gerade schon an der Küchentür vorbeischleichen, um ins Wohnzimmer zu verschwinden.

»Hanna?«

Ich halte mitten in der Bewegung inne und drehe meinen Kopf langsam zurück in ihre Richtung. »Warst du heute gar nicht arbeiten?«, frage ich.

Mila schüttelt den Kopf. Zwei schwarz umrandete und verschmierte Waschbärenaugen sehen mich an. Hat sie geweint?

»Möchtest du reden?«, frage ich vorsichtig.

Sie nickt, starrt aber weiterhin auf die Tischplatte.

Ich ziehe einen Stuhl zurück, der auf den Küchenfliesen laut aufjault wie ein Hund, dem man auf dem Schwanz getreten ist.

Mila verzieht das Gesicht, als würde ihr dieses Geräusch körperliche Schmerzen bereiten.

»Es tut mir leid«, fängt sie an. »Ich habe überreagiert. Mir war alles irgendwie zu viel. Der Besuch bei Piets Eltern war wirklich furchtbar. Dabei hatten wir uns immer gut verstanden. Ich weiß nicht, was auf einmal los ist.« Sie schnieft, während ihr die Tränen über das Gesicht kullern.

Ich stehe auf, gehe um den Tisch herum und setze mich neben sie auf den blau gepolsterten Stuhl. Dann lege ich ihr einen Arm über die Schultern und ziehe sie an mich heran.

Sie wehrt sich nicht dagegen und als würde diese Berührung die Schleusen richtig öffnen, schluchzt sie unkontrolliert los.

Ratlos blicke ich sie an, eng an mich gedrückt. »Was genau ist los, Mila? So kenne ich dich gar nicht.«

Mila braucht einen Moment, bis sie wieder in der Lage ist, ein verständliches Wort hervorzubringen, und ihr nächster Satz trifft mich wie eine Ohrfeige.

»Ich kann keine Kinder bekommen!«

Rums. Damit hatte ich nun nicht gerechnet.

Ich ringe nach Worten, doch mir fallen keine ein, die auf diese Eröffnung irgendwie vernünftig klingen. Schließlich versuche ich es mit: »Heißt das, du erzählst immer nur herum, dass du keine Kinder möchtest, weil du nicht schwanger werden kannst?«

Mila nickt.

Oje, wie schrecklich! Und dann kommen noch ihre Schwiegereltern an und setzen sie so unter Druck.

»Ich hätte so gerne Kinder, glaub mir. Aber als der Arzt damals meinte, ich werde nie Kinder haben können, war ich noch sehr jung und habe mir eingeredet, dass ich ein Kind an der Backe eh nicht gebrauchen könne. Irgendwie habe ich das auch wirklich geglaubt. Ich habe das Thema immer ganz weit von mir weggeschoben.

»Das tut mir wirklich sehr leid! Und dann komme ich noch daher und sage: Überraschung, ich bin schwanger ...«

»Ach, das verkrafte ich schon.« Sie winkt ab. »Ich freue mich für dich. Aber was soll ich nun machen? Piets Eltern erwarten ein Enkelkind von mir und auch er faselte ja plötzlich davon, dass er Kinder möchte. Diesen Wunsch werde ich ihm aber nie erfüllen können. Ich glaube, ich muss mich von ihm trennen. Ich kann ihn nicht glücklich machen.« Sie wimmert erneut los, direkt in mein Ohr.

Entsetzt sehe ich sie an. »Das machst du nicht! Habt ihr denn noch gar nicht darüber geredet, du und Piet?«

Mila schüttelt erneut ihren Kopf und sieht mich aus roten Augen an.

»Dann wäre das doch der nächste Schritt, bevor du irgendwelche Entscheidungen über Piets Kopf hinweg triffst.

»Ich kann es nicht, ich will es nicht ... Ich, ich ... weiß nicht, wie ich ihm das sagen soll.«

»Mach es nicht so kompliziert, sag es ihm so, wie du es mir gesagt hast«, rate ich ihr.

»Wem sollst du was sagen?« Piets Kopf guckt um die Ecke.

Mila und ich zucken gleichzeitig zusammen. Ich habe gar nicht gehört, dass er die Wohnungstür aufgeschlossen hat.

»Ich lasse euch beide mal alleine«, sage ich und gehe aus dem Raum. Im Vorbeigehen tätschle ich Piets Schulter und weiche seinem fragenden Blick aus.

Durch die geschlossene Tür kann ich Stimmengemurmel hören, was genau die beiden reden, kann ich jedoch nicht verstehen. Ich schalte den Fernseher ein, damit sie nicht denken, ich würde sie belauschen.

Ein Handygeräusch ertönt und erst denke ich, dass das aus dem Fernseher kommt, doch dann sehe ich, dass mein Display leuchtet. Für einen kurzen Moment hatte ich meine Probleme ganz vergessen. Doch als ich sehe, von wem die Nachricht ist, taucht dieses unangenehme Gefühl im Bauch wieder auf.

Simon – 18:26

Es tut mir leid! Ich hoffe, wir können noch mal in Ruhe reden. Ich muss diese Neuigkeit erst mal sacken lassen. Egal, wie du dich entscheidest, ich bin für dich da.

Wie ich mich entscheide? Wie ich mich ...???

Ganz ruhig! Nicht aufregen!

Denkt er etwa, ich könnte dieses kleine Wesen, das in mir heranwächst einfach wegmachen lassen? Ich atme mehrmals tief ein und tippe schnell eine Antwort.

Ich – 18:27

Ich habe morgen einen Termin beim Frauenarzt. Komm doch mit?!

Simon – 18:37

Ich komme gerne mit!

KAPITEL 33

»Bist du sicher, dass du auch mit reinkommen möchtest?«, frage ich unsicher.

»Natürlich, wieso bin ich sonst hier?« Simon sieht mich an, als hätte ich ihm eine ganz abwegige Frage gestellt.

»Ich muss mich untenrum freimachen und sie wird mir ein Ultraschallstab ... unten reinstecken.«

»Ok, das ist strange. In Filmen machen die das doch immer über den Bauch.«

Ich schmunzle über Simons irritierten Blick. »Ich glaube, das geht erst später, wenn der Embryo größer ist«, erkläre ich.

»Aha, ja, also, wie gesagt, nun bin ich hier, ich komme auch mit rein. Das heißt, wenn du nichts dagegen hast.«

Lächelnd schüttele ich den Kopf. Wenig später werde ich aufgerufen.

»Hallo, Frau Sommer, kommen Sie rein. Wie geht es Ihnen?« Als Frau Dr. Held Simon entdeckt, stockt sie. »Sie kenne ich noch nicht.«

Seit ich sechzehn bin, gehe ich zu dieser Ärztin und das eine oder andere Mal hatte ich Alex dabei, den sie offenbar nicht vergessen hat.

»Winter«, sagt Simon etwas unbeholfen und reicht Frau Dr. Held seine Hand entgegen.

»Ja, es ist wirklich kalt heute.«

»Nein, mein Name ist Winter.«

»Oh, Winter. Verstehe … Sommer, Winter … Wie heißt dann das Kind: Herbst? Ha haha ha… « Sie lacht, als hätte sie einen mega lustigen Witz erzählt.

Nachdem ich mich untenrum freigemacht, mir einen Rock übergezogen und mich auf der Liege hingelegt habe, kommt Simon dazu. Frau Dr. Held nimmt einen länglichen Stab, stülpt ein Kondom darüber und schmiert Gleitgel darauf, bevor sie das kalte Teil in mich hineinschiebt.

»Sehen Sie, hier.« Sie deutet auf den Monitor und erklärt uns, was dort zu sehen ist.

Simon hat Tränen in den Augen, als er das erste Mal dieses kleine Gummibärchen in mir auf dem Bildschirm entdeckt. Er lässt sich alles ganz genau zeigen.

»Kann man denn schon sehen, ob es ein Junge oder ein Mädchen wird?«, will er wissen.

»Nein, dafür ist es noch zu früh. Außerdem darf ich Ihnen das erst nach der zwölften Schwangerschaftswoche mitteilen. Aber alles ist wunderbar entwickelt, so, wie es sein sollte«, schließt Frau Dr. Held die Untersuchung ab.

»Dann hat das Fieber letzte Woche dem kleinen Zwerg nicht geschadet?«

»Sie hatten Fieber? Wie lange und wie hoch denn?« Frau Dr. Held zieht ihre geschwungene Augenbraue in die Höhe, die nun wie ein Dreieck wirkt. Mir wird augenblicklich mulmig.

»Ja, ungefähr eine Woche lang, immer wieder über neununddreißig Grad.«

»Haben Sie etwas zum Fiebersenken eingenommen?«

Unsicher schüttele ich den Kopf.

Frau Dr. Held atmet lautstark ein und erklärt mir: »Wenn Sie noch einmal Fieber haben sollten, nehmen Sie bitte Paracetamol ein. So lange und so hoch fiebern ist in der Schwangerschaft nicht gut. Ich schicke Sie auf jeden Fall zur Feindiagnostik. Aber soweit sieht alles in Ordnung aus, machen Sie sich nicht so viele Gedanken.« Sie überreicht Simon zusammen mit dem Überweisungsschein drei Ausdrucke der Ultraschallbilder. Dann verabschiedet sie sich freundlich und geht in den zweiten Behandlungsraum, sodass ich mich in Ruhe wieder anziehen kann.

Als ich hinter dem Paravent hervorkomme, sitzt Simon noch immer auf seinem Stuhl und starrt mit glasigen Augen auf die Ultraschallbilder in seiner Hand.

»Ist alles in Ordnung?«, frage ich.

»Ja, es ist unglaublich, ich bin einfach so geflasht. Das da ist mein Kind.« Er deutet auf die Bilder in seiner Hand.

»Naja, zur Hälfte ist es auch meins«, sage ich und zwinkere.

»Ich kann es nicht glauben.«

»Vertraust du mir immer noch nicht? Dass das Kind von dir ist?«

»Doch, das meine ich nicht. Es ist einfach so ein ... Wunder.«

»Und wenn du es dann mal glaubst, wie fühlst du dich dabei?«

Er überlegt kurz. »Es fühlt sich gut an – damit hätte ich gar nicht gerechnet. Ich habe mir eigentlich nie wirklich Gedanken um ein Kind oder eine eigene Familie gemacht. Das war immer so weit weg. Aber irgendwie bin ich stolz, aufgeregt und glücklich gleichzeitig.« Er nimmt mich an den Händen und wirbelt mich im Kreis herum, lachend bremse ich ihn. »Ich würde es am liebsten laut in die Welt hinausschreien, dass ich Vater werde.«

Bei diesen Worten vergeht mir jedoch das Lachen und ich sehe ihn ernst an.

»Was ist?«, fragt Simon besorgt.

»Ich … Keine Ahnung, ich will nicht, dass das alle wissen.«

Auch sein glücklicher Gesichtsausdruck verschwindet. »Wieso nicht?«

»Weil … weil … weil es noch viel zu früh ist, es kann noch so viel passieren, gerade in den ersten Wochen. Außerdem … sind wir kein Paar. Ich hatte mir mein Leben irgendwie anders vorgestellt. Eine glückliche Beziehung, heiraten, ein Kind. Und nicht geschwängert vom Chef und alleinerziehend.« Ich betrachte den hässlichen Kalender an der Wand, denn ich schaffe es nicht, ihm in die Augen zu sehen.

»Hör zu, lass uns doch in Ruhe noch einmal reden. Ich kann nicht mehr aufhören …«

»Huch, Sie sind ja noch hier.« Frau Dr. Held kommt zurück in das Behandlungszimmer.

»Ja, tut uns leid, wir mussten kurz reden, wir gehen sofort«, antwortet Simon, als eine weitere Frau das Zimmer betritt.

Wir verlassen den Untersuchungsraum. Vor der Eingangstür zur Praxis bleiben Simon und ich stehen. Ein kalter Wind pfeift um die Ecken und es ist schon dunkel geworden. Ich ziehe die Kapuze meines Wintermantels über den Kopf und puste warme Luft in meine Hände.

»Wollen wir noch essen gehen? Hier in der Nähe ist ein netter Italiener. Ich lade dich ein.«

Da mein Magen sich schon bemerkbar macht und seit einigen Minuten eine latente Übelkeit in mir aufsteigt, schlage ich das Angebot nicht aus.

Ich bin auch dem Restaurant unendlich dankbar über das leckere Brot vorab, das meinen flauen Magen beruhigt. Nachdem wir uns für ein Gericht entschieden und dem Kellner unsere Bestellung mitgeteilt haben, hätten wir uns theoretisch weiter unterhalten können. Über das Baby, was das zwischen uns ist und so weiter.

Theoretisch.

Praktisch kommt eine große Gruppe von verkleideten Frauen in das Restaurant, die einen Junggesellinnenabschied zu feiern scheinen. Irgendjemand hat die Musik lauter aufgedreht. Die Lautstärke ist ohrenbetäubend. Das ältere Pärchen vom Nachbartisch nimmt nach fünf Minuten Reißaus. Da uns aber das lecker duftende Essen vor die Nase gestellt wird und mein Hunger wirklich riesig ist, bleiben wir und unterhalten uns nicht weiter. Schweigend und die Frauen beobachtend essen wir unsere Teller leer.

»Möchtest du noch etwas?«, schreit Simon mich über den Tisch an.

Ich schüttle den Kopf. Erschöpfung macht sich in mir breit. Der Tag war anstrengend gewesen und seit ich schwanger bin, fühle ich mich oft sehr müde. Ich unterdrücke ein Gähnen.

Simon steht auf und geht zum Tresen, um zu bezahlen. Ich gehe noch einmal kurz zur Toilette. Auch die muss ich, seit ich schwanger bin und obwohl man noch nichts erahnen kann, viel häufiger aufsuchen.

Als ich zurückkomme, steht Simon draußen vor der Tür und wartet auf mich. Ich ziehe mir meinen Mantel an und kuschle mich in meinen riesigen Schal, bevor ich zu ihm in den dunklen Abend trete. Winzige Flöckchen durchstöbern die Luft.

»Vielen Dank für das Essen. Ich werde mich dann mal auf den Heimweg machen.«

»Moment, ich bringe dich noch«, sagt Simon und hält meinen Arm fest.

»Du musst doch in eine ganz andere Richtung.«

Simon zuckt mit den Schultern und legt mir eine Hand auf den Rücken. Mit dieser Geste schiebt er mich in die Richtung meines Heimweges und ich beschließe, mich nicht dagegen zu wehren. Schließlich ist es dunkel, kalt und es rennen jede Menge komischer Gestalten durch Berlin. Neben Simon fühle ich mich sicher.

Die erste Strecke des Weges schweigen wir. Erst empfinde ich es noch als ganz angenehm, doch je mehr Zeit vergeht, umso unbehaglicher fühle ich mich, weil keiner das erste Wort ergreift.

»Wie lange dauert noch dein Fahrverbot?«, frage ich daher.

»Insgesamt drei Monate. Die Zeit ist also bald rum. Zum Glück.«

Wieder schweigen wir. Dabei gäbe es so viel zu bereden, so viel zu klären, so viele Fragen. Aber sie kommen nicht über meine Lippen.

Vor der Haustür bleiben wir stehen. Ich sehe Simon das erste Mal, seit wir losgelaufen sind, an und bemerke, dass auch er so wirkt, als hätte er etwas auf dem Herzen.

»Vielen Dank fürs Bringen. Gute Nacht«, sage ich in die erneute Stille hinein.

Simon schaut auf den Boden und nickt.

Da er nichts sagt, drehe ich mich herum, stütze mich an der Tür ab und krame in meiner Tasche nach dem Schlüssel.

»Hanna, ich ...« Simon verstummt.

Ich drehe mich zu ihm und sehe ihn fragend an.

»Ich weiß nicht, wie ich es sagen soll.« Unsicher tritt er von einem auf den anderen Fuß.

»Was willst du sagen?« Ein ungutes Gefühl beschleicht mich. Hat er mir etwas Negatives mitzuteilen? Ist er deshalb so schweigsam, weil er nicht weiß, wie ich darauf reagieren werde?

Worte wie Kündigung oder Schlimmeres schießen mir durch den Kopf. Kann ich nun, weil ich von ihm schwanger bin, nicht mehr bei ihm arbeiten?

Ich kann Simons schmerzlichen Ausdruck in den Augen nicht einordnen. Eigentlich möchte ich gar nicht hören, was er zu sagen hat. Schlechte Nachrichten würden mich einfach nur runterziehen. Am liebsten würde ich einfach nur die Tür aufschließen und hinaufgehen.

»Spann mich nicht so auf die Folter!«, blaffe ich ihn daher an.

Simon sieht überrascht auf und blickt mir in die Augen. »Ich kann nicht mehr aufhören, an dich zu denken. Du bist mein letzter Gedanke vor dem Einschlafen und der erste nach dem Wachwerden. Ich möchte dich in meiner Nähe haben. Du kannst dir nicht vorstellen, wie viel Beherrschung es mich kostet, dich nicht zu berühren. In der Nacht in Rom bin ich fast durchgedreht.« Er fährt sich mit den Händen durch die Haare und rauft sie sich einen kurzen Moment. Als würde er seinen Gefühlen nicht mit den richtigen Worten gerecht werden.

Langsam kommt er auf mich zu. Sein Blick ist weich, fast zärtlich, ein schüchternes Lächeln huscht über sein Gesicht.

Damit hatte ich jetzt definitiv nicht gerechnet. »Ich ... mir ... Simon, ich ...«

»Hanna, ich liebe dich!« Zärtlich streichelt er über meinen flachen Bauch, der sein Geheimnis noch nicht preisgibt. »Euch.«

Bevor ich weiß, was ich darauf erwidern soll, antworte ich: »Ich liebe dich auch!« Die Worte sprudeln aus mir heraus, bevor ich mir dieser überhaupt bewusst werde. Bevor mir klar wird, dass es tatsächlich so ist.

Simons Gesichtszüge entspannen sich und sein Lächeln wird breiter. Er atmet hörbar aus, als hätte er Angst davor gehabt, einen Korb zu bekommen. Langsam beugt er sich zu mir und seine warmen Lippen treffen auf meine.

Dieses Mal sträube ich mich nicht gegen seine Nähe. Ich schließe meine Augen und lasse den Kuss auf mich wirken, koste jede Sekunde aus, atme seinen unverwechselbaren Duft ein, eine Mischung mit einer Note Zimt und Sandelholz. Simons innerliches Strahlen geht auf mich über. Hatte ich gerade noch gefroren, so kribbelt mein Blut nun warm durch meine Adern. Ich kann es kaum fassen, was da gerade passiert.

»Möchtest du noch mit nach oben kommen?«, frage ich nach einer Weile. »Ich kann dir vor dem Heimweg noch einen Tee kochen zum Aufwärmen.«

»Ja, das wäre gut«, sagt Simon und folgt mir hinauf in die Wohnung.

KAPITEL 34

Mila und Piet sind zu Hause. Sie sitzen auf meiner Schlafcouch und schauen einen Film im Fernsehen. Milas Hand
wandert gerade zu der Schüssel Popcorn auf Piets Schoß.
Als sie mich mit Simon im Schlepptau sieht, lässt sie das
Popcorn zurück in die Schüssel fallen und starrt uns mit
offenem Mund an.

»Hallo«, sage ich und meine Stimme klingt ungewohnt
schüchtern.

»Äh, hallo. Hi, Simon.«

Simon nickt grüßend zurück und auch Piet sieht endlich
vom Film auf.

»Oh, hi, wollt ihr mitgucken? Wir sehen uns gerade den
letzten Teil von Harry Potter an.«

Irgendwie ratlos sieht Simon mich an, doch ich schüttle
den Kopf.

Mila stößt ihren Freund an der Schulter an. »Los, wir
gehen in unser Zimmer und lassen die beiden allein.«
Widerwillig erhebt sich Piet, zieht die Kabel vom DVD-
Player ab und nimmt ihn mit.

Ein schlechtes Gewissen macht sich in mir breit. Ich
möchte meine Mitbewohner nicht vertreiben, aber ich
möchte auch gerne mit Simon allein sein. Entschuldigend
lächle ich, als die Zwei an mir vorbeigehen.

Ich verschwinde kurz in der Küche und setze das
Teewasser auf.

»Ganz schön eng bei euch hier«, sagt Simon, als ich mit zwei dampfenden Tassen zurück zu ihm komme.

»Ja, aber bisher funktionierte das.« Wenn ich keinen Freund habe, den ich mit nach Hause mitbringe.

»Hast du dir schon überlegt, wie du das machst, wenn das Baby da ist? Hier ist doch gar kein Platz für ein Kind.«

Ich stelle die Tassen auf den Couchtisch und verplempere meinen Tee, der mir heiß über meine Finger läuft. Ehrlich gesagt, habe ich mir darüber noch gar keine Gedanken gemacht. Der Schock über die Schwangerschaft hat gar keine weiteren Gedanken zugelassen.

»Ja, klar. Wahrscheinlich werde ich zu meinen Eltern ziehen. Wenn ich ihnen denn davon erzählt habe.« Den letzten Satz murmele ich nur vor mich hin.

»Hm, klingt vernünftig«, sagt Simon, er sieht aber nicht so aus, als würde er das auch so meinen.

Ich setze mich neben ihn auf die Couch. »Was ist? Was denkst du?«

»Ach, nichts.«

»Los, sag schon!«, fordere ich ihn auf.

»Ich dachte nur daran ... Meine ... Ich habe eine sehr große Wohnung.«

Verblüfft starre ich ihn an. Fragt er mich gerade, ob ich bei ihm einziehe? »Hm, ich glaube, das ist noch zu früh.«

»Ja, klar, sehe ich auch so. Deswegen wollte ich es nicht sagen. Aber es wäre eine Option, mein Angebot steht.«

Innerlich blase ich in Partytröten und werfe Konfetti. Äußerlich versuche ich, ganz ruhig und entspannt zu wirken. »Danke, ich denke darüber nach.«

Da ich nicht weiß, was ich weiter sagen soll, nehme ich die Fernbedienung in die Hand und schalte den Fernseher ein. Beim Zurücklehnen streift meine rechte Hand Simons Bein. Erst jetzt werde ich mir bewusst, wie dicht ich neben ihm sitze, unsere Oberschenkel berühren sich. Mir wird heiß und kalt gleichzeitig und ich denke an unseren Kuss vor wenigen Minuten unten vor dem Haus. Doch irgendwie fühle ich mich jetzt gehemmt und kann nicht einfach da weitermachen, wo wir aufgehört haben. Schließlich können Piet oder Mila gleich in der Tür stehen.

»Alles ok? Du wirkst so verkrampft«, sagt Simon und sieht mich von der Seite an.

»Mir tut tatsächlich mein Nacken weh«, sage ich und meine Hand wandert an die schmerzende Stelle.

»Soll ich dich ein wenig massieren?« Ohne eine Antwort abzuwarten, rutscht Simon nach hinten und knetet vorsichtig meine Schultern.

Er macht das echt gut, nicht zu lasch und nicht zu fest. Genießerisch schließe ich die Augen und dabei überkommt mich ein merkwürdiges Déjà-vu-Gefühl. Dann fällt mir mein Traum von damals ein, wo er mich auch massiert hat, draußen am Kanal. In meinem Bauch kribbeln tausende kleine Luftbläschen. Seine Berührungen verstärken dieses Gefühl immer mehr. So sehr ich mich gern diesem schönen Kribbeln hingeben würde, plötzlich taucht diese Stimme in meinem Hinterkopf auf, die mich deutlich darauf hinweist, dass hinter mir der Vater meines Kindes sitzt, der aber auch gleichzeitig mein Chef ist.

Simon legt seine Hände nach einer Weile auf meine Schultern und lässt sie dort ruhen. Ich drehe meinen Kopf leicht schräg nach hinten, weil ich erst denke, er sei eingeschlafen.

Aber er sieht in den Flur, wo Mila gerade aufgetaucht ist.

Sie bleibt wie ertappt stehen und winkt uns zu, bevor sie: »Klo« ruft und ins Bad huscht.

Simon räuspert sich und steht auf. »Es ist schon spät. Ich werde dann mal gehen.«

»Ja, stimmt.« Ich hoffe, man hört meine Enttäuschung darüber nicht allzu sehr heraus. Seine Berührungen haben mir gefallen und in mir den Wunsch nach mehr Nähe geweckt. Mit einem Mal ist die Stelle auf meiner Schulter, die gerade noch von Simons Händen gewärmt wurde, kalt und ich fröstele. Ich begleite Simon in den Flur, wo er seine dicke Jacke anzieht.

Mila huscht hinter mir wieder in ihr Zimmer zurück und ruft leise: »Ciao, Simon.« Ohne eine Antwort abzuwarten, zieht sie die Tür hinter sich zu.

»Wir sehen uns morgen früh im Büro«, sagt Simon leise und beugt sich zu mir hinunter. Der Kuss ist nur kurz, doch er reicht aus, um mein Innerstes wieder zum Beben zu bringen.

Sehnsüchtig seufzend schließe ich die Tür hinter ihm und lehne mich von innen dagegen. Seelig lächelnd bleibe ich noch einige Minuten so stehen, bis auch ich ins Bad gehe.

Am nächsten Morgen stehe ich pünktlich im Büro und mache mir wie immer als erstes einen Schoko-Cappuccino, als auch Simon ungewöhnlich früh im Büro auftaucht. Er steht in der Durchgangstür und wir sehen uns unsicher an. Ich weiß nicht, wie wir uns hier im Büro begrüßen oder verhalten sollen.

Auch Simon scheint sich nicht sicher zu sein, doch dann kommt er auf mich zu und drückt mir einen kurzen Kuss auf den Mund. »Guten Morgen. Hast du gut geschlafen?«

»Dir auch einen schönen guten Morgen. Meine Nacht ging so. Ich muss irgendwie ständig aufs Klo. Auch nachts. Das nervt.«

Simons Blick wirkt besorgt. Daher füge ich schnell hinzu: »Aber sonst ist alles in Ordnung.«

»Dann ist ja gut. Darf ich dich heute nach der Arbeit ins Kino einladen?«

Ich überlege einen Moment und unterdrücke ein Gähnen, doch dann sage ich zu. Ein richtiges Date mit Simon kann ich mir nicht entgehen lassen.

Ein Lächeln taucht in seinem Gesicht auf, er gibt mir noch einen schnellen Kuss und dreht sich dann um und geht in sein Büro. »Hast du mir die Unterlagen fürs Meeting schon hingelegt?«, will er wissen.

Was? Ich muss kurz umschalten von dem privaten Modus in den dienstlichen. »Ja, ähm, liegt im Posteingang.« Dann setze ich mich an meinen Platz und konzentriere mich auf meine Aufgaben.

Pünktlich um siebzehn Uhr knippst Simon das Licht im Büro aus und führt mich hinaus. Auf dem Weg zum Kino kommen wir an einem Baguette-Laden vorbei, den ich noch nicht kenne. Da wir beide etwas zu essen vertragen können, lädt Simon mich auf ein leckeres Baguette ein.

Im Kino überrascht er mich mit Karten für den einzigen Liebesfilm, der derzeit läuft. Nicht Thriller, nicht Actionfilm, nein, er hat den Liebesfilm gewählt, wofür ich ihm sehr dankbar bin. Mit einer Tüte Popcorn und einer Packung Nachos – nicht dass plötzlich die in letzter Zeit häufig auftauchende Übelkeit über mich kommt – machen wir uns auf den Weg in den Kinosaal. Ich bin zwar noch satt von dem Baguette, doch allein der Anblick der Nachos lässt mir bereits wieder das Wasser im Mund zusammenlaufen.

Unsere Plätze befinden sich mittig in der Loge. Perfekter Blick, auch dank der kleinen Frauen vor mir, die mir nicht die Sicht versperren. Nachdem wir uns die dicken Jacken ausgezogen und es uns auf den roten Polstersitzen bequem gemacht haben, legt Simon wie selbstverständlich seinen Arm auf meine Lehne.

In diesem Moment entdecke ich sie. O nein! Nicht jetzt! Nicht ihr! Ich rutsche immer tiefer in meinen Sitz und halte mir einen alten Flyer, der auf dem Fußboden lag, schützend vors Gesicht. Als ich kurz zu Simon schaue, sieht dieser mich mit zusammengekniffenen Augen fragend an.

Ich flüstere: »Sieh nicht hin, aber da sind Mitarbeiter von dir. Diese Melisa oder wie die noch mal hieß.«

»Melissa?« Natürlich wandert sein Blick doch in die Richtung, in die ich unauffällig gezeigt habe. Als auch er sie mit einer anderen Kollegin zusammen sieht, dreht er abrupt seinen Kopf zurück und schaut demonstrativ auf den Boden. Er brabbelt etwas vor sich hin, was ich nicht verstehe, denn das Licht geht aus und ein Werbefilm schallt lautstark durch den Saal. Ich rutsche etwas höher und schaue über meine Schulter nach hinten, wobei ich meinen Schal schützend vor mein Gesicht halte. Melissa und die andere Frau nehmen zwei Reihen schräg hinter uns Platz. Sie achten zum Glück nicht weiter auf das Publikum, sondern starren auf die Leinwand.

So tief, wie wir in die Sitze gesunken sind, bleiben wir den ganzen Film über sitzen. Das hat den Vorteil, dass wir ziemlich eng aneinander gekuschelt sind und es sich auch so besser küssen lässt.

Als beim Abspann das Licht wieder angeht, verharren wir weiterhin auf unseren Sitzen. Die Nachoschale und das Popcorn haben wir tatsächlich geleert und mein Magen meldet schon wieder ein leichtes Hungergefühl an.

Melissa und ihre Begleitung haben es offenbar sehr eilig, denn sie sind unter den Ersten, die das Kino verlassen.

Wir bleiben noch bis zum Ende der Musik sitzen und schauen dem Angestellten beim Säubern des Kinosaals zu. Erst dann erheben wir uns und gehen auch hinaus.

Da ich mich schon seit der Hälfte des Films mit einer vollen Blase herumgequält habe, verschwinde ich zuerst auf der Toilette. Seufzend stelle ich mich an das lange Ende der Schlange an. Ich krame mein Smartphone aus der Tasche und überprüfe, ob mir jemand geschrieben hat, doch es zeigt keine neuen Nachrichten an.

Als eine Hand mich an der Schulter berührt, zucke ich zusammen.

»Hanna, was machst du denn hier? Blöde Frage – du guckst sicher ein Film oder? Mit wem bist du denn hier?«, fragt Melissa.

Innerlich rolle ich die Augen. Natürlich musste Melissa auch auf die Toilette und ist deswegen noch hier.

»Ich ... äääh ... bin alleine hier«, sage ich, weil mir einfach nichts Besseres auf die Schnelle einfällt. »O«, sagt Melissa und schaut mich mitleidig an. »Nächstes Mal sag einfach Bescheid, dann kannst du mit uns kommen. Ich muss leider los. Man sieht sich im Büro. Tschüss.«

Meine Wangen glühen und ich hoffe, Melissa hat meine Lüge nicht enttarnt, denn mein nächster Gedanke lässt mich erstarren. Hoffentlich stößt sie nicht auch noch auf Simon beim Rausgehen.

Als ich nach einer gefühlten Ewigkeit endlich meine Blase erleichtert habe, gehe ich schnell zu Simon zurück und frage ihn: »Hat Melissa dich noch gesehen?«

»Nein, ich habe sie entdeckt und mich hinter einem Pappaufsteller versteckt.« Erleichtert atme ich auf. Mit Simon etwas in der Öffentlichkeit zu unternehmen, ist gar nicht so einfach, ohne gesehen zu werden.

»Möchtest du noch mit mir nach Hause kommen?«, fragt er.

Ich sehe auf meine Handyuhr, und da es noch nicht ganz so spät ist, sage ich zu.

Simons Wohnung ist traumhaft, groß, hell und gemütlich eingerichtet. Sie ist erstaunlich sauber und aufgeräumt für eine Junggesellenwohnung.

Als Erstes gehe ich wieder auf die Toilette. Auch das Badezimmer ist modern, jede Fliese blitzt und ein angenehmer Duft, deren Quelle ich nicht ausfindig machen kann, versüßt den Raum.

Zurück im Wohnzimmer erwartet mich Simon auf seiner Couch, auf dem Tisch davor leuchtet eine kleine Kerze und er hat mir etwas zu trinken hingestellt. Er selbst nippt an einem Bier.

»Deine Wohnung gefällt mir, wie viele Zimmer sind das denn?«

»Fünf.«

Meine Augen werden groß. »Wofür brauchst du denn so viele Räume?«

Simon lächelt. »Ich brauch sie gar nicht, aber sie waren halt da. Ich wollte die Wohnung trotzdem haben. Ich habe mir ein kleines Fitnesszimmer eingerichtet. Dann ein

Schlafzimmer, ein Wohnzimmer und ein Arbeitszimmer. Ein Raum steht leer.«

Jede Menge Platz also. Platz für ein Kinderzimmer?

Simon grinst mich an, als würde er meine Überlegungen erahnen.

Wieder werden meine Wangen heiß. Ich drehe meinen Kopf zur Seite, um ihm meine Gedanken nicht wie ein offenes Buch zu präsentieren. Gerade als ich denke, dass ich nach Hause gehen sollte, fällt mein Blick aus dem Fenster. Der dunkle Nachthimmel wirkt mit einem Mal viel heller und als meine Augen endlich richtig fokussieren, erkenne ich das Schneegestöber. O nein, das hat mir gerade noch gefehlt.

»Es wird Zeit, dass du deinen Führerschein wiederbekommst. Da draußen ist es ganz schön ungemütlich. Aber ich werde mich lieber mal auf den Weg machen, bevor wir hier komplett einschneien.«

»So ein Mist! Ja, mein Führerschein fehlt mir echt. Nächste Woche bekomme ich ihn zurück. Dann kann ich dich auch wieder fahren. Aber da raus möchte ich auch gerade nicht. Willst du nicht hier schlafen? Ich habe genug Platz.« Er zwinkert mir frech entgegen.

»Kommt drauf an«, antworte ich.

»Worauf denn?«

»Ob ich morgen Frühstück bekomme.«

Simon tut so, als würde er kurz überlegen. »Ich kann morgen früh Croissants vom Bäcker holen, der ist gleich um die Ecke. Schoko-Cappuccino habe ich sogar da.«

Nun schaue ich Simon verblüfft an. Er trinkt keinen Schoko-Cappuccino. Wieso hat er sowas im Haus? Hat er etwa geplant, dass ich hier schlafe? Hat er meine Vorliebe für dieses Getränk im Büro beobachtet? »Wenn das so ist, brauche ich nur noch einen Schlafanzug und ich sehe kein Hindernis für eine Übernachtung. Abgesehen davon, dass ich keine neue Kleidung für morgen habe.«

Simon rückt näher an mich heran und schnüffelt an mir. »Du riechst unglaublich gut. Die Sachen kannst du morgen noch einmal anziehen. Um sie vor Flecken zu schonen, solltest du sie allerdings jetzt lieber ausziehen!«

»Na hör mal, das ist aber eine plumpe Anmache!«, rufe ich empört.

»Ich war noch nicht fertig ... Ich gehe und hole dir Sachen zum Schlafen.«

Ok, wenn ich vorhin schon rot war, bin ich jetzt vermutlich eine Tomate. Wie peinlich!

»Das heißt nicht, dass ich dich nicht gerne nackt neben mir liegen haben würde ...« Mit diesen Worten verschwindet er in ein Zimmer, das vermutlich sein Schlafzimmer ist, und ich bin froh, nicht darauf reagieren zu müssen.

Simon kommt zurück und legt mir die Sachen auf die Couch. »Ich muss allerdings jetzt kurz duschen«, erklärt er. »Fühl dich wie zu Hause.« Daraufhin verschwindet er im Bad und ich höre das Wasser plätschern.

Ich schreibe Mila, dass ich bei Simon schlafe – wegen des Schneegestöbers.

Meine Ohren glühen noch immer. Dafür sind meine Füße unverändert Eisblöcke. Auch durch Rubbeln werden sie nicht wärmer. Ich überlege, wie ich sie schnellstmöglich auftauen kann. Simon hat es sicher schön warm unter der Dusche.

Und dann kommt mir eine Idee. Ich ziehe mich aus und lasse meine Klamotten auf die Couch fallen. Mit nackten

Füßen tapse ich über die Fliesen in das Badezimmer, öffne die Milchglastür und sehe Simons überraschten Ausdruck im Gesicht, als ich zu ihm in die Dusche steige.

KAPITEL 35

»Darf ich um Ihre Aufmerksamkeit bitten?« Simon steht im Anzug, geschniegelt und gestriegelt, oben auf der Bühne und spricht in ein Mikrofon.

Ich muss schmunzeln, denn vor zwei Stunden lag er noch mit verstrubbelten Haaren und nur mit einer Boxershorts bekleidet neben mir im Bett. Seit vier Wochen wohnen wir nun schon zusammen. Piet und Mila haben mir beim Umzug geholfen, wobei es da nicht viel zu tragen gab. Simons Wohnung ist komplett eingerichtet und ich habe meine Möbel bei Mila und Piet gelassen.

Morgens gehe ich vor Simon aus dem Haus, damit die Kollegen nichts von der Beziehung mitbekommen. Auch wenn ich am liebsten jede freie Sekunde mit Simon verbringen möchte, wenn wir morgens gemeinsam das Haus betreten würden, wäre das zu auffällig.

»Ich begrüße Sie ganz herzlich zum diesjährigen Frühlingsfest«, fährt er fort.

Ich liebe seine verschiedenen Rollen, in die er schlüpft. Gerade steht er als erfolgreicher Geschäftsmann vor mir, zu Hause ist er ein wunderbarer Freund, Liebhaber, Zuhörer, im Urlaub habe ich ihn als sexy Surfer kennengelernt. Er ist einfach der perfekte Mann für mich. Während ich ihn so anschmachte, höre ich gar nicht richtig zu, was er erzählt. Ich muss mich regelrecht zwingen, mich auf seine Worte zu konzentrieren.

»Das Wetter macht uns zwar einen Strich durch die Rechnung, aber die Hauptsache ist, wir sind hier und feiern gemeinsam: uns, das Unternehmen, den Erfolg. Jeder Einzelne von Ihnen ist daran schuld, dass es so gut läuft und wir selten pünktlich Feierabend haben.« Er zwinkert einzelnen Mitarbeitern zu und auch ich erhalte einen entschuldigenden Blick.

Es prickelt in meinem Nacken. Er soll mir nicht so offensichtliche Zeichen geben, immerhin haben wir es bisher geschafft, unsere Beziehung geheim zu halten. Einzig die Personalabteilung weiß vermutlich Bescheid, schließlich musste ich meine neuen Adressdaten dort angeben, und die sind inzwischen zufällig die gleichen, die auch Simon angegeben hat.

»Ich freue mich besonders, Ihnen mitzuteilen, dass dieses Jahr jeder Mitarbeiter eine saftige Bonuszahlung erhalten wird.« Jubel, Klatschen, fröhliche Rufe gehen durch die Menge.

Von der rechten Seite des Raumes strömt ein ver-führerischer Duft nach Essen herüber. Mein Magen knurrt und ich merke seit einigen Minuten wieder diese elende Übelkeit, die ich leider noch immer bekomme, wenn ich nicht regelmäßig esse. Und mit regelmäßig meine ich oft. Nicht viel, aber häufig. Unauffällig versuche ich, mich schon Richtung Buffet zu schleichen, um es beim Startschuss als eine der Ersten zu erreichen.

»Ich habe Ihnen aber noch eine weitere Mitteilung zu machen. Der eine oder andere wird es schon vermutet haben, was ich dem Getuschel hinter vorgehaltener Hand in der letzten Zeit entnehmen konnte ...« Er macht eine Pause und ich blicke verwirrt in die Gesichter meiner

Kollegen um mich herum. Dann fixieren mich seine Augen und ich sehe vermutlich noch irritierter aus als die Leute um mich herum.

Welche Neuigkeit meint er? Er hat mir vorher gar nichts verraten. Und ich sitze ja quasi an der Quelle.

Meine Finger spielen mit einem kleinen Stück Nagelhaut, so lange, bis die Haut tief einreißt, blutet und ziemlich schmerzt. Ich stecke den Finger in den Mund, um das Blut nicht an mein Kleid zu schmieren. Es war gar nicht so leicht, ein elegantes Abendkleid in meiner momentanen Größe zu finden. Mein Bauch ist schon leicht zu erahnen und lässt sich kaum noch verstecken.

Bisher konnte ich mich noch mit weit geschnittenen Kleidern oder Pullovern tarnen, doch inzwischen sind die Temperaturen deutlich milder geworden und ich schwitze in den dicken Klamotten.

»Ich werde Vater.«

Ich verschlucke mich an dem Orangensaft, mit dem ich den metallischen Geschmack des Blutes wegspülen wollte, und huste.

Ein Raunen geht durch die Menge, doch als Simon weiterspricht, wird es mucksmäuschenstill im Saal. Alle Augen der Angestellten hängen an seinen Lippen, sie brennen förmlich darauf, zu erfahren, wer die Glückliche an seiner Seite ist.

»Ich möchte heute auch dieser wunderbaren Frau danken, die seit einigen Monaten an meiner Seite ist, nicht nur beruflich, auch privat. Ich bin unendlich glücklich, dass wir uns begegnet sind und endlich zueinandergefunden haben. Du bist nicht nur die beste Sekretärin, die ich je hatte, du bist eine bezaubernde, einfühlsame und wunderhübsche

Frau, die mein Leben jeden Tag ein wenig bunter macht.«
Seine Stimme klingt nicht mehr so fest wie zu Beginn der
Rede. »Hanna Sommer, ich möchte dir heute hier eine Frage
stellen.«

Ich versteife mich innerlich. Was macht er da? Er verrät
doch wohl jetzt nicht unser wohlbehütetes Geheimnis.

»Willst du meine Frau werden?«

Durch die zuvor entstandene Stille wandern nun Beifall-
rufe und lautes Johlen. Die Blicke der Kollegen wandern zu
mir. Mein Mund wird ganz trocken und fassungslos starre
ich Simon da oben auf der Bühne an.

Ich fühle mich, als würde ein heißer Scheinwerfer nur
auf mich leuchten und irgendwie dauert es, bis ich so ganz
kapiere, was da gerade passiert. Ich habe mir solche Mühe
gegeben, dass niemand Verdacht schöpft und nun steht er
dort und posaunt alles in die Welt hinaus?

Immer noch schweigend stehe ich zwischen meinen
Kollegen, die mich erwartungsvoll anstarren, und verspüre
den starken Drang, mein Kleid anzuheben, um aus dem
Saal zu rennen.

Melissa kommt auf mich zu und stuppst an meine
Schulter. »Na los, lass ihn nicht so zappeln. Ich würde keine
Sekunde überlegen, wenn ich so einen herzerweichenden
Antrag bekommen würde.«

In meinem Kopf jagen aber so viele Gedanken hin und
her, dass mein Sprachzentrum lahmgelegt ist. Hitze steigt
in mir auf, meine Finger zittern und in meinem Kopf
kribbelt es so, wie ich es kenne, wenn ich gleich ohnmächtig
werde. Ich atme drei Mal tief ein und wieder aus, dann setze
ich ein Lächeln auf und gehe auf die Bühne zu. Simon reicht
mir seine Hand und zieht mich zu sich hinauf. Er greift in

seine Tasche und holt ein kleines schwarzes Kästchen hervor, öffnet es und mir strahlt ein silberner Ring mit einem kleinen glitzernden Stein entgegen. »Hanna, willst du mich heiraten?«

Sprachlos starre ich ihn an.

»Was sagst du?«, fragt er und ich entdecke Schweißperlen auf seiner Stirn. Sein Blick durchbohrt mich.

Es ist mucksmäuschenstill und mein Sprachzentrum ist noch immer nicht wieder funktionsfähig, daher nicke ich nur.

Simons Anspannung fällt von ihm ab – wie ein Ritter ein Kettenhemd nach einem anstrengenden Kampf abwirft.

Der Jubel, der uns jetzt entgegenstürmt, ist ohrenbetäubend. Simon schiebt mir den Ring auf den Finger, nimmt mich in den Arm und wirbelt mich herum, bevor er mir freudestrahlend vor versammelter Mannschaft einen Kuss auf den Mund drückt.

Vorsichtig schaue ich in die Menschenmenge vor uns, doch alle scheinen sich für uns zu freuen, keiner sieht entsetzt aus, zumindest die Gesichter nicht, die ich erkennen kann.

Auch mich durchströmt nun Erleichterung, denn ich hatte mich vor der Reaktion der Kollegen gefürchtet. Ein schiefes Lächeln entsteht in meinem Gesicht und ich wende mich wieder Simon zu.

»Was für eine Überraschung. Wieso hast du nichts vorher gesagt?«

»Wie du schon sagst, es sollte eine Überraschung werden. Ich habe doch gesehen, wie sehr dich diese ganze Heimlichtuerei belastet hat. Mir ging es ebenso. So können wir nun alles richtig genießen.«

Es stimmte. Jeden Tag auf der Arbeit kam ich mir vor wie eine Verbrecherin, die etwas Verbotenes tat, wenn ich Simon geküsst habe oder er mir liebevoll über den kleinen Bauch gestreichelt hat.

Ich lächle ihn an und erwidere: »Es musste ja eh irgendwann gesagt werden. Nun hast du die Bombe platzen lassen und wir sind keinem großen Tratsch zum Opfer gefallen.«

Simon gibt mir einen Kuss.

Doch dann rutscht mir mein Lächeln aus dem Gesicht. Mir wird übel und ich keuche: »Ich muss was essen, sonst übergebe ich mich hier gleich auf der Bühne.«

Zum Glück schaltet Simon sofort und ruft: »Ach ja, das Büffet ist eröffnet.« Er begleitet mich von der Bühne, bringt mich zu dem langen Tisch, auf dem die leckersten Naschereien aufgebaut sind, nimmt einen Teller und stapelt mir mehrere Häppchen darauf. Er hat schon öfter mitbekommen, wie schnell meine Übelkeitsattacken auftauchen können, die leider auch nach dem dritten Monat noch auf der Tagesordnung stehen.

Noch rechtzeitig beiße ich von den gefüllten Blätterteigtaschen ab und schließe mit einem lauten Stöhnen die Augen. »Daff if so gut!«, bringe ich mit vollem Mund hervor und Simon lacht mich an.

»Du machst mich zum glücklichsten Mann der Welt!« Er klingt atemlos, als wäre er mit jemandem um die Wette gerannt, doch dann küsst er zärtlich meine Hand.

Mein Lächeln wird breiter und so langsam scheint mein Hirn zu kapieren, was hier gerade passiert ist. Ich habe mich verlobt. Vor hunderten von Zeugen hat mir Simon seine Liebe bekundet und ich habe »Ja« gesagt. Ja zu Simon, zu einem Leben mit ihm und unserem Kind. Meine Hand wandert zu meinem Bauch und streichelt sanft darüber. Kleine Flügelschläge antworten mir und ich reiße erstaunt die Augen auf.

»Was ist? Geht es dir nicht gut?« Simon kommt besorgt näher.

»Ich glaube, ich habe Bewegungen gespürt.«

»Wirklich?«

Ich nicke, nehme seine Hand und lege sie auf meinen Bauch. Doch natürlich kann er noch nichts durch die Bauchdecke spüren.

»Es wird auch Zeit, dass wir unsere Eltern kennenlernen«, sagt Simon.

Ich verschlucke mich an dem Wrap, den ich mir gerade in den Mund stecke.

»Findest du nicht?« Er klopft mir auf den Rücken.

Ich bin erstaunt, dass dieser Wunsch von ihm kommt. Ich hatte mich immer zurückgehalten, wenn wir auf unsere Eltern zu sprechen kamen. Daher habe ich ihn auch nie dazu gedrängt, mich zu begleiten, wenn ich meine Eltern besucht habe. Und nun möchte er meine und ich soll seine Eltern kennenlernen? Tja, wenn wir wirklich heiraten, wäre das tatsächlich der nächste Schritt.

KAPITEL 36

Am Samstagvormittag wische ich meine schweißnassen Hände an meiner Schwangerschaftshose ab.

»Bist du nervös?«, fragt Simon. Er sieht mich belustigt an.

»Ich hasse diese Kennlernessen. Man fühlt sich wie ein Äffchen in einem Käfig, das alle begaffen. Und dann diese ganzen Fragen.« Ich schüttle mich, als hätte ich in eine madige Kirsche gebissen. »Und du hast ihr gesagt, dass wir ein Kind bekommen? Und dass wir zusammengezogen sind?«

Simon blickt auf den Boden und schiebt mit der Fußspitze Kies hin und her, der den Weg zu dem großen Haus der Winters ziert.

Simon räuspert sich. »Naja, ich habe angekündigt, dass ich meine Freundin mitbringe«, sagt er und wirkt schuldbewusst. Er versucht es mit einem Grinsen.

Ich bleibe stehen. Das meint er nicht ernst. Ich lerne heute meine neue Schwiegermutter kennen und was präsentiere ich ihr als Erstes? Einen Babybauch, der vermutlich viele Fragen aufwirft.

Die Tür fliegt auf und eine Stimme ruft: »Was steht ihr denn da draußen im Regen?«

Tatsächlich hat es zu tröpfeln begonnen, ich habe es gar nicht mitbekommen, so sehr hat mich Simons Eröffnung geschockt. Ich bin felsenfest davon ausgegangen, dass er seiner Familie bereits von dem Familienzuwachs erzählt hat.

Unbewusst trete ich hinter Simon, der sich langsam in Bewegung setzt und seine Mutter begrüßt.

Sie schenkt mir ein freundliches Lächeln und zieht mich zur Begrüßung an sich heran, um mir einen Kuss auf die Wange zu drücken. »Ich freue mich ja so, dich kennenzulernen, kommt doch rein, draußen ist es so ungemütlich.«

»Hallo, Frau Winter«, sage ich. Ich habe mir ein Grinsen ins Gesicht gezaubert, das wie eingefroren auf meinem Gesicht klebt. Ungefähr so muss sich ein Mensch fühlen, der eine Botox-Behandlung hinter sich hat. Sicherlich hat Simons Mutter auch schon Bekanntschaft damit gemacht, denn nicht eine Falte ziert ihr hübsches Gesicht. Aber bei ihr wirkt es nicht so künstlich, wie man es von manch anderen aus dem Fernsehen kennt.

»Du kannst ruhig Christine zu mir sagen«, sagt sie freundlich.

Ich schüttele ihre Hand. »Ich bin Hanna.«

Langsam ziehe ich meinen Mantel aus und reiche ihn Simon, der ihn an einem Haken aufhängt.

Das große Haus ist geschmackvoll und edel eingerichtet und der Duft von Vanille liegt in der Luft.

»Folgt mir! Ich gebe Bescheid, dass das Menü serviert werden kann.« Sie dreht uns den Rücken zu und tritt durch eine Tür. Ihre blonden, glatten Haare wehen nicht mal ein winziges Bisschen. Vermutlich hält eine Tonne Haarspray jedes einzelne, perfekt gelegte Haar in seiner Position.

Sie deutet auf das Esszimmer und Simon und ich treten ein, doch Christine geht weiter und betritt einen anderen Raum.

Ich seufze, nehme neben Simon an der langen Tafel Platz, auf der drei Gedecke mit blitzenden Gläsern und edlem

Silberbesteck bereitliegen. Wenn ich Simons Mutter gegen-
übersitze, verdeckt der Tisch hoffentlich mein kleines Bäuch-
lein.

Als Christine wieder zu uns zurückkehrt, fragt sie
fröhlich in die Runde: »Rotwein oder Weißwein?«

»Rotwein«, sagt Simon.

Als sie mich fragend ansieht und die Flasche zu meinem
Glas führt, schüttle ich den Kopf und lege meine Hand auf
den Rand des Glases.

»Danke, nein«, sage ich und handele mir einen irritierten
Blick ein.

»Möchtest du lieber Weißwein, Schätzchen?«

»Nein, danke, keinen Alkohol«, antworte ich kurz und
knapp. Ihre linke Augenbraue wandert in die Höhe. Ich
hasse es, wenn man mich Schätzchen nennt, und krempele
meine Ärmel hoch. »Nur stilles Wasser bitte«, sage ich und
werfe Simon einen wütenden Blick zu.

Er wirkt irgendwie so, als wüsste er nicht, wie er es
seiner Mutter sagen soll. Aber ich werde das nicht für ihn
übernehmen, den Gefallen tue ich ihm nicht.

»Wo ist Papa denn?«, fragt Simon.

»Dein Vater musste in die Firma. Es tut ihm sehr leid,
heute nicht dabei sein zu können.«

Ich kann erkennen, wie traurig Simon das macht und
dann sagt er: »Es hätte mich auch fast gewundert, wenn er
heute hier gewesen wäre.«

Ein kurzer Anflug von Mitleid zieht in mir auf und
irgendwie fühle ich mich unwohl mit den ganzen Emotion-
en, die den Raum erfüllen. Fast bin ich froh, dass meine
Blase sich bemerkbar macht. »Wo finde ich die Toilette?«,
frage ich Christine.

»Die Toilette ist den Gang hinunter und dann links.«

Als ich mich erhebe, bleibt mein Oberteil am Tischtuch hängen und legt für einen kurzen Augenblick meine Schwangerschaftshose frei. Schnell ziehe ich den Stoff der Bluse wieder runter, doch ich höre bereits, wie Christine laut die Luft einzieht. Ich möchte ihren überraschten Gesichtsausdruck nicht sehen, ihr nichts erklären und so beeile ich mich, den Raum zu verlassen.

Hinter der Tür lehne ich mich gegen die Wand, schließe die Augen und atme tief ein. Leise Stimmen dringen zu mir durch, doch ich kann kein Wort verstehen. Ich hoffe, Simon wird nun seiner Mutter von den Neuigkeiten berichten. Langsam öffne ich die Augen wieder und betrachte den prachtvollen Flur. Dieses Haus ist so schön, ich komme mir vor wie in einem Schloss. An der Wand hängen Gemälde und weiter hinten Fotos – Familienfotos. Ich gehe dorthin und betrachte sie.

Eine glückliche vierköpfige Familie strahlt in die Kamera. Christine sieht noch deutlich jünger aus, glücklich und nicht so versteinert. Auf einem Bild ist sie allein mit einem ihrer Söhne, der Simon sehr ähnlich sieht, aber es scheint sein älterer Bruder zu sein. Er überragt sie einen ganzen Kopf. Wie stolz sie ihn anblickt. Es ist das letzte Foto, danach wurden keine neuen Aufnahmen aufgehängt.

Ich gehe weiter zur Toilette. Dass ich so häufig diesen Ort aufsuchen muss, hat sich mit der Zeit nicht gebessert, im Gegenteil, ich habe das Gefühl, die Hälfte des Tages auf dem Klo zu verbringen.

Als ich zurückkomme, steht Christine noch immer regungslos neben dem Tisch. Sie verdeckt Simon und mir ist im ersten Moment nicht klar, welche Stimmung zwischen ihnen herrscht. Meine Nackenhaare stellen sich auf. Ich vermute, sie ist eher angespannt, daher versuche ich, für etwas Auflockerung zu sorgen. »Dieses Haus ist ganz schön groß, ich habe mich fast verlaufen.«

Christine dreht sich langsam zu mir um, ein breites Lächeln auf den Lippen. »Hanna, das sind ja wunderbare Neuigkeiten, ich muss zugeben, ich bin überrascht, aber ich freue mich riesig über ein Enkelkind.« Sie kommt auf mich zu und nimmt mich in den Arm.

Über ihre Schulter hinweg blicke ich zu Simon, auch er lächelt erleichtert und hält einen Daumen in die Höhe.

»Herzlich willkommen in der Familie Winter. Was wird es denn? Ein Junge oder ein Mädchen?«

Zuerst bin ich mir nicht sicher, ob sie das Gesagte auch wirklich so meint. Doch als ich in ihr Gesicht blicke, erkenne ich, dass sie sich ehrlich freut, und ich lasse mich von ihrer überschwänglichen Freude anstecken.

Meine Eltern haben meine Beichte über meine Schwangerschaft leider nicht so freudig aufgenommen. Mein Vater hat sich sehr aufgeregt, getobt, geschrien und ist dann türknallend aus dem Haus gelaufen. Meine Mutter war verständnisvoller, doch sie sah mich aus tieftraurigen Augen an.

Ich bin mir nicht sicher, warum sie so enttäuscht ist. Vielleicht wollte sie, dass ich zuvor verheiratet bin, sie den Vater auch kennen. Und damals habe ich noch bei Mila gewohnt. Sie hatte wohl auch die Befürchtung, dass ich eine alleinerziehende Mutter werde. Die Reaktion meiner Eltern hat mir jedoch das Herz gebrochen und ist auch der Grund, warum ich ihnen Simon noch nicht vorgestellt habe. Ich möchte nicht, dass meine Eltern Simon so entgegentreten.

Irgendwie hatte ich bei Simons Familie mit einer ähnlichen Reaktion gerechnet und bin umso glücklicher, mich getäuscht zu haben.

»Wir wissen es noch nicht. Wir wollen uns überraschen lassen«, sage ich und muss auch immer mehr grinsen. Christines Reaktion lässt tausend schwere Steine von meinem Herzen purzeln.

»Ach, wie schön. Ich habe damals auch erst bei der Geburt der Jungs erfahren, dass es zwei Stammhalter sind.« Ein trauriger Schatten huscht kurz über ihr Gesicht, doch dann öffnet sich die Tür und eine korpulente Frau schiebt einen Servierwagen in den Raum.

»Es gibt etwas zu feiern, stellen Sie sich vor, ich werde Großmutter«, platzt Christine sofort heraus. Das Gesicht der sympathisch wirkenden Haushälterin wird weich und ihr Blick wandert zu mir und zu meinem Bauch. »Herzlichen Glückwunsch, das sind ja wirklich wunderbare Neuigkeiten.«

Das Essen wird aufgetischt und während wir die Suppe und danach den Hauptgang zu uns nehmen, will Christine wissen: »Aber nun erzählt doch noch einmal genau, wie ihr euch kennengelernt habt! Auf der Arbeit?«

Ich räuspere mich. »Das war im Portugalurlaub. Wir wohnten im selben Hotel. Und vorher gab es diese peinliche Kofferverwechselung, ich wäre beinahe mit Simons Koffer losgelaufen, doch er hat es bemerkt und hat mich aufgehalten.«

Christine schlägt sich in die Hände und lacht laut auf. »Nein, wie herrlich. Das ist doch mal eine witzige Geschichte zum Kennenlernen. Dein Vater und ich haben uns auch durch eine Verwechslung kennengelernt. Wir waren in einem super noblen Restaurant essen. Er war in seiner Mittagspause alleine dort, ich geschäftlich. Und der Kellner hat tatsächlich unsere Teller vertauscht. Da unsere Tische aber genau gegenüberstanden, bemerkten wir das Malheur und haben unsere Speisen zurückgetauscht. Als dann mein Chef auf der Toilette war, hat dein Vater mich noch einmal angesprochen und mich gefragt, ob er mich ausführen dürfe.« Sie seufzt und sieht sehr glücklich aus, als sie uns von ihrer Erinnerung an diese Zeit berichtet. »Er sah so gut aus und wirkte so vornehm in diesem schwarzen Anzug. Gut erzogen war er auch noch, da war es bereits um mich geschehen.«

»Hanna hat mich auch von der ersten Sekunde verzaubert. Ich bin sehr froh, dass unsere Koffer so ähnlich aussahen«, sagt Simon.

Ich sehe ihn überrascht an. Darüber wie wir uns kennengelernt haben, haben wir im Nachhinein noch gar nicht gesprochen. Es erstaunt mich, dass er die Situation so empfunden hat und es tut mir irgendwie leid, dass ich das damals nicht so erkannt habe. Mir war das Ganze einfach nur peinlich und ich wollte so schnell wie möglich von Simon weg. Doch er tauchte überall auf, wo ich hinkam.

Meine Probleme mit Alex und die Suche nach Tiago hatten mich davon abgelenkt, darauf zu achten, was Simon in mir für Gefühle weckte. Ich war so fixiert darauf, meine Jugendliebe zu finden, dass ich gar nicht richtig wahrgenommen habe, was für ein toller Mann mir da begegnet war.

Nach dem Dessert hat Christine noch eine Bitte an Simon: »Mein Computer zeigt immer wieder eine Fehlermeldung an, ich hatte gehofft, dein Vater ...«

»Kein Problem, ich sehe es mir an«, sagt Simon und blickt mich an. »Kann ich euch alleine lassen?«

»Natürlich!«, sage ich und nippe an meinem Wasserglas.

»Wollen wir ein wenig im Garten spazieren gehen?«, fragt Christine und ich nicke, doch als sie die Tür öffnet, sehen wir, dass es gerade wieder zu regnen begonnen hat.

»Dann führe ich dich halt ein wenig durch das Haus.« Christine hakt sich bei mir unter und wir flanieren den langen Gang entlang. Bei den Fotos bleibt sie stehen.

»Kinder sind so eine Bereicherung. Ich habe die Zeit mit meinen beiden Jungs so genossen und sie über alles geliebt. Als Stefan starb, brach meine Welt zusammen. Ich habe es bis heute noch nicht überwunden.« Ihre Stimme wird immer leiser.

»Kinder sollten nicht vor ihren Eltern sterben«, sage ich, weil mir nichts Besseres einfällt und ich sehe, wie Christines Augen feucht werden. Man kann ihren Schmerz förmlich spüren.

Augenblicklich muss auch ich gegen meine Tränen kämpfen. »Ich habe letztes Jahr auch einen geliebten Menschen verloren.« Meine Stimme wird immer dünner.

Christine sieht mich mitfühlend an und tätschelt meine Schulter.

»Ich habe Simon noch nicht viel davon erzählt«, sage ich. »Es fällt mir schwer, darüber zu reden.«

»Das kann ich verstehen, mich hat der Tod meines Sohnes in ein tiefes Loch gezogen, aus dem ich lange nicht rausgekommen bin. Ich konnte für Simon nicht mehr die Mutter sein, die ich vorher war und die ich sein wollte. Das tut mir so leid, aber inzwischen habe ich gemerkt, dass reden hilft. Wenn du also reden magst, kannst du jederzeit zu mir kommen.«

»Vielen Dank«, sage ich und schweige einen Augenblick. Soll ich ihr von Tiago erzählen? In diesem Moment fühlt sich das Bedürfnis, über all das noch einmal zu sprechen, so stark an, dass ich nicht anders kann. Sie kann vielleicht gut nachvollziehen, wie ich mich fühle.

»Es war letztes Jahr, ich war nach Portugal gezogen. Dort hatte ich meine Jugendliebe wiedergetroffen und wir haben uns sofort wieder ineinander verliebt.«

Christine sieht mich belustigt an und fordert mich mit ihren Blicken auf fortzufahren. »Es war nicht alles einfach, aber wir waren glücklich. Er war DJ und Manager einer Bar und ich wusste nicht, dass er und sein Chef von Kriminellen bedroht wurden. Er wurde ... umgebracht.«

Ich stoppe und Christine zieht hörbar die Luft ein. Sie dreht mich zu sich herum und nimmt mich fest in die Arme. »Wie furchtbar, was du da durchmachen musstest.«

Ich lasse den Tränen ihren Lauf, doch diese heftige Reaktion überrascht mich, denn ich habe gedacht, dieses Erlebnis schon einigermaßen gut verarbeitet zu haben. Aber als ich die Worte laut ausspreche, durchlebe ich die ganzen Gefühle des letzten Jahres noch einmal wie in einem szenenhaften Film.

»Tut mir leid, das sind die Hormone«, versuche ich mich zu entschuldigen.

Christine schüttelt den Kopf. »Nein, du hast etwas sehr Traumatisches erlebt. Trauer ist ein komplexes Thema, mit einmal weinen ist es da nicht getan. Rede ruhig mit Simon darüber. Ihr habt beide einen Menschen verloren, der euch sehr wichtig war. Diese Menschen leben in euch weiter, sie sind in euren Herzen.«

Als Simon um die Ecke kommt, verstummen wir.

Weil er mich wortlos fest in den Arm nimmt, vermute ich, dass er schon eine Weile dort stand und zugehört hat.

Christine entschuldigt sich und lässt uns alleine.

»Warum hast du mir das nicht schon eher erzählt?«, fragt Simon. Ich zögere und überlege. »Ich konnte irgendwie noch nicht darüber reden. Wer will auch schon etwas über den Ex der Freundin hören?«, sage ich. »Und die Geschichte mit Alex war schon heftig genug.« Davon kennt Simon auch noch nicht jedes Detail. Ein schlechtes Gewissen macht sich in mir breit. Ich nage an meiner Unterlippe, doch davon werde ich Simon unter vier Augen in Ruhe berichten.

Kurze Zeit später verabschieden wir uns von Christine und fahren nach Hause.

KAPITEL 37

»Und wie geht's dir heute?«, frage ich Simon, als ich einen Tag später mit seinem Dienstwagen auf die Auffahrt meiner Eltern rolle.

»Gut, wieso?«

Tatsächlich wirkt Simon kein bisschen aufgeregt. Ich war gestern alles andere als entspannt.

»Na, immerhin lernst du heute meine Eltern kennen.«

Eine Antwort bleibt er mir schuldig, weil meine Mutter in Kochschürze und mit einem gelben Sack den Hof betritt und den Müll in die Tonne wirft, bevor sie uns begrüßt. Sie gibt mir einen Kuss auf die Wange. Simon hält sie den Arm hin. »Hallo, du bist also Simon. Ich würde dir ja die Hand geben, aber die muss ich erst waschen.« Sie kichert, so wie sie es sonst tut, wenn sie nervös ist.

Simon schenkt ihr ein charmantes Lächeln und schüttelt ihren Arm. »Hallo, Frau Sommer.«

»Du kannst ruhig Anita zu mir sagen. Immerhin gehörst du ja jetzt irgendwie zur Familie.«

Simon nickt.

Ich verdrehe die Augen. Das Irgendwie war doch schon der erste Wink mit dem Zaunpfahl.

»Das Essen ist gleich fertig, kommt doch rein.« Meine Mutter winkt uns heran und wir folgen ihr.

»Wo ist denn Papa?«, frage ich.

»Der ist in der Garage und werkelt an irgendetwas herum.«

Irritiert ziehe ich eine Augenbraue hoch. »Er weiß doch, dass wir heute kommen.«

Meine Mutter hebt nur seufzend die Schultern, verschwindet in der Küche und wendet sich dann wieder dem Herd zu, wo ich ihr beim Abschmecken des Essens helfe, während Simon das Tischdecken übernimmt.

Ich frage mich, ob ihm das Leben meiner Eltern zu einfach erscheint im Gegensatz zu dem in seinem Elternhaus. Doch er lässt sich nichts anmerken.

Als wir wenig später mit den Vorbereitungen fertig sind, lässt meine Mutter den Blick über den Tisch schweifen und scheint zufrieden zu sein. »Kannst du Papa bitte rufen?«

»Klar.« Ich gehe zur Tür und erledige meinen Auftrag.

Mein Vater erscheint in Arbeitskleidung und mit schmutzigen Händen im Haus. Er gibt mir einen Kuss auf die Wange, bevor er im Badezimmer verschwindet. Als er, noch immer in seiner Arbeitskleidung, zum Esstisch kommt, sieht er Simon finster an.

Simon geht einen Schritt auf ihn zu, hält ihm seine Hand entgegen und sagt: »Guten Tag, Herr Sommer, ich bin Simon.«

»Sie sind also der Herr, der meine Tochter geschwängert hat!« Die Stimme meines Vaters klingt eisig und mir rutscht das Herz in die Hose.

Mit offenem Mund starre ich ihn an und warte darauf, dass er gleich zu lachen beginnt und Simon auf die Schulter haut. Doch das folgt nicht.

Auch meine Mutter wirft meinem Vater einen bösen Blick zu und schüttelt den Kopf.

Simon scheint genauso überrascht über diese Reaktion zu sein, denn er erwidert nichts.

Ich spüre, wie seine Augen meine Unterstützung suchen, doch ich zucke nur hilflos die Schultern und sage: »So, dann wollen wir mal! Guten Appetit.«

Während wir die Suppe schlürfen, schweigen wir. Die Atmosphäre im Raum ist unangenehm und nicht wirklich einladend, was mir vor Simon irgendwie peinlich ist.

Als der Hauptgang vor unserer Nase steht, ergreift mein Vater erneut das Wort. »Also, Herr Winter, wie genau stellen Sie sich das vor?«

Simon lässt die Gabel sinken und starrt meinen Vater an, als würde er nicht verstehen, was genau er von ihm wissen möchte.

»Meine Tochter und das Kind betreffend«, fügt mein Vater hinzu.

»Ich … ich …«, stammelt Simon und ich muss innerlich grinsen. So unbeholfen habe ich Simon noch nie erlebt. Selbst bei seiner Mutter wirkte er noch gefasster als jetzt.

»Nun stammeln Sie nicht herum, ich habe Ihnen eine Frage gestellt. Darauf erwarte ich eine Antwort.«

»Nun gut.« Simon räuspert sich. »Ich habe Ihrer Tochter vorgestern einen Heiratsantrag gemacht und …«, sagt er und macht eine bedeutungsschwere Pause, in der mein Vater seine Augenbraue hebt, »… sie hat Ja gesagt.«

Es scheppert laut, als mein Vater seine Gabel fallen lässt und meine Mutter gleichzeitig ihr Rotweinglas umkippt. Mit einem »Ach herrje!« greift sie blitzschnell eine Serviette und schmeißt diese über die rote Lache. Dann kommt sie um den Tisch herumgelaufen und nimmt mich und Simon gleichzeitig in die Mangel. Sie drückt unsere Köpfe links und rechts an ihre Wange und ruft: »Warum habt ihr das nicht gleich gesagt? Ich bin ja so glücklich, herzlichen

Glückwunsch zur Verlobung. Das muss gefeiert werden. Michael, sag doch auch mal was!«

Mein Vater steckt sich eine volle Gabel in den Mund, und während er kaut, kommt nur ein zustimmendes Grummeln aus seiner Kehle. Danach sagt er kein Wort mehr, aber ich merke, dass sein zorniger Blick auf Simon ruht.

Ist er sauer, dass Simon nicht vorher um seine Erlaubnis gefragt hat? So altmodisch hätte ich ihn ja gar nicht eingeschätzt.

Ich versuche, diese negative Stimmung im Raum zu ignorieren, und berichte von Simons Unternehmen und dem Treffen mit Simons Mutter.

Meine Mutter hört interessiert zu und stellt Simon Fragen über sein Leben. Als sie erfährt, dass sein Bruder gestorben ist, steht sie erneut auf und legt ihm eine Hand auf die Schulter. »Wie schrecklich, das muss grausam für dich und deine Familie gewesen sein«, sagt sie.

Mein Vater rollt mit den Augen.

Unmöglich!

Nach dem Essen fragt meine Mutter: »Wie wäre es mit einem Spaziergang? Das Wetter ist so schön!«

Ich schaue Simon fragend an, der erleichtert nickt. Vermutlich ist er genauso froh, dieser angespannten Stimmung zu entkommen wie ich.

»Ich komme nicht mit, ich habe noch zu tun«, sagt mein Vater.

In diesem Moment ist es mir ehrlich gesagt egal, ich atme innerlich sogar auf, dass er nicht mit uns spazieren gehen möchte.

Wir ziehen uns unsere Jacken an und treten in die sonnige Luft, in die sich der mir gut bekannte Geruch von

Klärwerk und Pferdehof mischt. Simon rümpft die Nase und ich muss bei seinem Anblick laut lachen.

»So riecht es hier sehr oft. Da muss man sich dran gewöhnen.«

Durch die milchige Glasscheibe der Tür sehe ich, wie meine Mama auf meinen Papa einredet. Sie streiten. Meinetwegen.

»Ist dein Vater immer so?«, fragt Simon.

Doch ich komme nicht zum Antworten, denn meine Mutter kommt angezogen zu uns heraus und wir gehen gemeinsam zum Tor.

Wir laufen vorbei an den Pferdekoppeln und den langsam ergrünenden Wiesen.

»Hier laufen im Herbst die Gräben oft über und im Winter friert das Wasser auf den Feldern und den Gräben zu. Früher als Kind bin ich hier immer Schlittschuh gelaufen und habe Pirouetten gedreht. So wie es schon meine Mutter und Oma getan haben.« Ich lehne meinen Kopf an Simons Schulter und stelle mir lächelnd vor, wie unser Kind hier eines Tages Eisprinzessin spielt, sollte es ein Mädchen werden.

Auf dem Rückweg ruft Simon mit einem Mal: »Scheiße!«

Wir bleiben stehen und beobachten, wie er unter seine Schuhsohle sieht und dann seinen Schuh wild auf dem Rasen langwischt. »Ich bin in Hundekacke getreten, so ein Mist, im wahrsten Sinne des Wortes.«

Während Simon weiterhin akribisch seinen Schuh von dem Hundehaufen zu befreien versucht, zieht meine Mutter mich ein Stück zur Seite. »Das ist ja so aufregend. Ich freue mich so für dich. Du siehst glücklich aus!«

»Das bin ich auch, ich liebe Simon, er liebt mich und wir erwarten ein Kind. Wir freuen uns beide wahnsinnig darüber. Ich habe eh sehr oft bei ihm geschlafen und deswegen bin ich auch schon bei ihm eingezogen.« Es ist an der Zeit, das meinen Eltern mitzuteilen.

Meine Mutter schaut mich aus großen Augen an. »Du hast gar nichts erzählt.«

Schuldbewusst nicke ich. »Wir mussten auch erstmal ausloten, wie wir gemeinsam klarkommen. Doch es lief bisher erstaunlich gut.«

»Na, ich bin froh, wenn es dir gut geht. Wir haben uns wirklich schon Sorgen gemacht. Simon sieht jedenfalls unglaublich attraktiv aus. Eine Hochzeit – ich freue mich schon seit meiner eigenen darauf, deine Hochzeit zu organisieren. Ich sehe es schon vor mir, hinten auf der Wiese. Wir lassen uns einen dieser wunderschönen Pavillons liefern, das wird traumhaft aussehen.« Sie zwinkert mir zu.

Ich muss an das Gedenkkreuz von Tiago denken, das unter der Eiche steht, und mir wird mulmig bei diesem Gedanken, dort meine Hochzeit zu feiern. Die ganze Zeit würde ich an ihn erinnert werden. »Weißt du, Simons Familie hat ein riesengroßes Haus und einen wunderschönen Garten. Ich könnte mir auch vorstellen, unsere Hochzeit dort stattfinden zu lassen.«

Der träumerische Ausdruck im Gesicht meiner Mutter verschwindet schlagartig. Sie sieht regelrecht entsetzt aus.

Oh nein, nicht das nächste Drama.

Schnell überlege ich, wie ich von diesem Thema ablenken kann. »Aber bis dahin ist ja auch noch Zeit. Ach, was ich dich noch fragen wollte …« Los, lass dir was einfallen! »Hast du etwas von Alex gehört?«

Sie seufzt. »Nein, seit seiner Festnahme habe ich auch keine Information mehr erhalten.«

Simon kommt zu uns. »Besser bekomme ich es nicht sauber«, sagt er, greift nach meiner Hand und wir gehen den Weg weiter zurück zum Haus.

Ich lasse Simon und meine Mutter hinein gehen und schlage den Weg zur Garage ein. Mein Vater liegt unter dem Auto meiner Mutter und flucht herum.

»Stimmt etwas nicht?«, frage ich.

»Das ist alles verrostet. Mehr als ich befürchtet habe.«

»Hm.«

Er rollt unter dem Auto hervor und sieht mich an.

»Was sollte das vorhin?«, frage ich und meine Stimme klingt aufgebrachter, als ich es geplant hatte.

»Was meinst du«, fragt er, statt zu antworten.

Ich wusste es und verdrehe die Augen. »Ich rede davon, wie du dich vor Simon aufgeführt hast. Wieso hast du das getan?«

Er räuspert sich und kratzt sich mit seiner ölbeschmierten Hand an der Stirn, was einen schwarzen Strich hinterlässt.

»Ich will nicht, dass du in dein nächstes Unglück stürzt.«

Verdutzt sehe ich ihn an. »Wieso Unglück?«

»Naja, zuletzt bist du Hals über Kopf nach Portugal abgehauen. Hast dich mit einem zwielichtigen Typen eingelassen, und als du zurückkamst, warst du totunglücklich. Ich will nicht, dass dir das wieder passiert.«

»Tiago war nicht zwielichtig.« Ich spreche das letzte Wort aus, als würde es nach Essig schmecken. »Und die Beziehung mit Simon ist etwas ganz anderes. Solider, sicherer und trotzdem genauso echt.«

»Kann er denn überhaupt richtig für euch sorgen?«

»Papa, er ist ein erfolgreicher Unternehmer. Ich arbeite dort. Wir verdienen beide gut.«

»Und bist du sicher, dass er dich nicht nur des Kindes wegen heiratet?«

»Nein, das glaube ich nicht. Wir kennen uns nun schon eine Weile und auch unser Zusammenleben klappt super. Das ist nicht nur eine Laune.«

»Ihr lebt bereits zusammen?«

Ich nicke.

»Das hattest du nicht erwähnt. Ich hatte befürchtet, dass du auf die Idee kommst, mit dem Kind wieder bei uns einzuziehen.«

Ich lache spöttisch auf. »Das hattest du befürchtet? Nein, danke, ich komme ganz gut klar. Die Sorge kann ich dir nehmen.« Eine Träne drückt sich hervor und meine Stimme wird von Wort zu Wort immer brüchiger.

Mein Vater macht einen Schritt auf mich zu und nimmt mich in den Arm.

Ich lasse ihn gewähren, auch wenn diese Umarmung Flecken auf meiner Jacke hinterlassen könnte.

»Ich will nur nicht, dass du wieder so verletzt wirst.«

»Tiago konnte doch nichts dafür«, sage ich trotzig.

»Ich weiß. Ich kann es nur nicht ertragen, wenn ...« Er spricht den Satz nicht zu Ende, doch ich weiß, was er meint.

»Es wird alles gut, versprochen.« Ich versuche, so viel Überzeugung wie möglich in diesen Satz legen. Ein neues Gefühl meldet sich in mir. Ich habe Angst davor, dass die Beziehung zwischen mir und Simon scheitern könnte. Auch wenn ich in seiner Nähe niemals das Gefühl habe. Irgendwie müssen die Sorgen und Befürchtungen meiner Eltern auf mich abgefärbt haben.

Mein Vater nickt und ich versuche, einen imaginären Schutzwall um mich zu errichten, um diese zweifelhaften

Gefühle, die bis eben noch nicht in mir wohnten, von mir abprallen zu lassen.

»Ich wünsche es mir so sehr für dich«, sagt er leise und gibt mir einen Kuss auf den Kopf.

Als wir uns später ins Auto setzen und uns von meinen Eltern verabschieden, wirkt mein Vater besser gelaunt. Hat er Simon nun als seinen Schwiegersohn akzeptiert?

Zum Abschied drückt meine Mama uns noch einmal ganz fest und auch mein Papa tätschelt freundschaftlich Simons Schulter. Mir wirft er ein lächelndes Augenzwinkern zu.

Mit einer Tonne Kieselsteine, die von meinem Herzen purzeln, fahren wir zurück nach Hause.

KAPITEL 38

»Hast du dir eigentlich schon Gedanken darüber gemacht, wie unser Baby heißen soll?«, fragt mich Simon am Morgen unserer Verlobungsfeier. Eigentlich wollten Simon und ich gar nicht so ein großes Gewese um die Verlobung machen, doch unsere Familien wollten sich vor der Hochzeit gerne kennenlernen und da böte sich so eine Feier wohl an.

Noch liegen wir im Bett, doch die Sonne lacht uns schon entgegen und verspricht einen schönen Tag.

»Hmmm…« Ich ziehe das Geräusch in die Länge, weil ich mich nicht traue, mit der Sprache herauszurücken. Natürlich habe ich schon viel darüber nachgedacht.

»Los, sag schon!« Simon kneift mir vorsichtig in die Seite und ich schreie auf, weil ich es nicht erwartet habe und es so kitzelt. Prompt macht sich jemand in meinem Bauch bemerkbar. »Hast du das gemerkt?«, frage ich Simon, der seine Hand auf meinem Bauch liegen hat.

Er schüttelt den Kopf. »Jetzt lenk nicht vom Thema ab!« Mit dem Finger gibt er mir einen Stups auf die Nase.

Ich atme tief ein und sage : »Ich hatte mir überlegt … Ach, ich weiß nicht …«

»Was hast du dir überlegt?«, beharrt Simon weiter darauf, dass ich mit der Sprache herausrücke.

»Wenn es ein Junge wird … Was hältst du von Santiago?«

Simon sieht mich fragend an. »Wie kommst du denn auf diesen Namen?«

»Ich dachte … Wir haben beide jemanden verloren, der uns sehr nahestand. Stefan und Tiago. Als wir bei deiner Mutter waren, bin ich auf die Idee gekommen.«

Was er von dem Namen hält, kann ich nicht wirklich deuten. Aber Simons Blick macht mir deutlich, dass er gerne mehr über Tiago erfahren würde.

Ich glaube, es ist an der Zeit, ihm endlich alles von ihm zu erzählen. Und so berichte ich ihm von meiner Jugendliebe, die später meine große Liebe wurde, meine Zeit in Portugal und davon, dass Tiago viel zu früh von mir gegangen ist. Es fällt mir nicht leicht und immer wieder rinnen Tränen über mein Gesicht und hindern mich am Weiterreden.

Doch Christine scheint recht zu behalten. Das Reden und Aussprechen meiner Gefühle tut gut und macht mich ein wenig leichter.

Ich lasse auch nicht aus, welche Funktion Alex bei der ganzen Geschichte hatte.

Simon hört mir schweigend zu und hält mich fest in seinem Arm, eng an mich gekuschelt.

Als ich mit meiner Geschichte ende, drückt er mich noch einen Tick fester und gibt mir einen Kuss auf die Stirn. »Ich glaube, das wäre ein wundervoller Name. Auch wenn ich ein wenig eifersüchtig auf Tiago sein müsste. Aber den Mädchennamen, den suche ich aus, ja?«

»Hast du denn schon einen Vorschlag?«

»Josi«, sagt er knapp.

Ich runzle die Stirn. »Wirklich? Muss das nicht Josefine heißen oder so? Ich mag den Namen irgendwie nicht so.«

»Nein, nur Josi. Dein Name ist Johanna und ich heiße Simon. Nimmt man von unseren Namen die ersten beiden Buchstaben, so entsteht Josi.«

»Oh, was für eine süße Idee. Du hast Recht! Josi!« Ich lasse den Namen in mir nachklingen. Mit dieser Erklärung gefällt mir der Name unglaublich gut. Wie zur Bestätigung tritt es plötzlich heftig einige Male von innen gegen meinen Bauch. Schnell greife ich nach Simons Hand und lege sie auf die Stelle. Erst schüttelt er den Kopf, doch dann erscheint ein strahlendes Lächeln auf seinen Lippen. »Ich habe es gemerkt, zum ersten Mal! Unglaublich. Unser Kind!« Er gibt mir einen langen, sinnlichen Kuss, der mich fast die Zeit vergessen lässt. Doch wir haben heute noch einiges vor und mein Bauch kribbelt neben den kleinen Bewegungen schon ganz aufgeregt.

Zwei Stunden später machen wir uns auf den Weg, Simon bringt mich zu meinen Eltern und fährt noch einmal kurz ins Büro, verspricht jedoch, pünktlich zur Feier zurück zu sein.

Wir haben uns darauf geeinigt, dass die Verlobungsparty bei meinen Eltern stattfindet und die Hochzeit im Garten von Simons Eltern.

Als ich auf die Wiese hinter dem Haus trete, staune ich nicht schlecht, als ich plötzlich vor einem riesigen weißen Zelt stehe. Zögerlich blicke ich hinein.

»Die Blumen bitte dort rüber«, weist meine Mutter den Blumenlieferanten an.

So nobel haben wir noch nie hier gefeiert, meine Eltern haben wirklich keine Kosten und Mühen gescheut. Um die runden Tische herum stehen niedliche weiße Stühle und die rosa Rosen dazwischen geben einen dezenten Farbtupfer. Ich komme mir schlagartig vor wie in einem dieser Jane Austen Filme.

In drei Wochen wird dann die Hochzeit stattfinden, da wird mein Bauch noch runder sein als jetzt schon, doch ich habe im Brautmodengeschäft bereits ein Kleid gekauft, dass auch mit Babybauch traumhaft schön aussieht. Ich freue mich schon sehr darauf, dieses Kleid zu tragen. Ein trägerloser Traum aus elfenbeinfarbenem Tüll, an der Brust raffiniert gebunden, und es fällt in einer langen A-Linie weich über den gewölbten Bauch. In den Stoff sind kleine Schmetterlinge und Blumen gewebt. Ich habe es gesehen und sofort anprobiert, sogar ein künstlicher Babybauch wurde mir dafür angelegt, da mein Bauch zu dem Zeitpunkt noch nicht allzu groß war. Es war komisch, mich so zu sehen, aber das Kleid saß so gut, dass ich gar kein anderes mehr anprobieren wollte.

Meine Mutter hatte mich enttäuscht angesehen, denn offenbar hatte sie sich auf eine stundenlange Anprobe der herrlichsten Kleider gefreut. Ihr zu liebe habe ich mich auch noch in einige weitere Modelle gezwängt, doch keines kam an das erste Kleid heran, an mein Kleid.

»Das Buffet bitte hier hin.« Meine Mutter ist mit der Organisation beschäftigt und wirbelt herum wie ein fleißiges Bienchen.

Mir wird ganz schummrig bei dem ganzen Trubel, der um mich herum stattfindet. Und das ist erst die Verlobungsfeier, wie soll die Hochzeit da noch werden? Ich will gar nicht wissen, wie teuer das alles ist und staune, dass mein Vater das so mitmacht. Er dreht sonst jeden Cent drei Mal um. Wahrscheinlich hat meine Mutter ihm erzählt, sie habe ein günstiges Komplettangebot von einer Kollegin empfohlen bekommen, und gesagt, er müsse sich um nichts kümmern.

»Alles in Ordnung mit dir, Schätzchen?«, fragt meine Mutter besorgt, als ich mich hinsetze, weil mir ein wenig schwindlig ist.

»Ja, alles gut, es ist nur gerade etwas viel Trubel. Ich habe auch nicht so gut geschlafen.«

»Dann geh ins Haus und lege dich noch einmal hin, damit du nachher fit bist. Ich mache das hier schon!« Mit diesen Worten schiebt sie mich aus dem Zelt in Richtung Haus.

Nachdem ich mich ausgeruht und mich hübsch gemacht habe, geht es mir besser. In einem türkisen, langen Schwangerschaftskleid mit passendem Jäckchen stehe ich vor dem Spiegel und prüfe ein letztes Mal meine geschminkten Augen.

Wo bleibt Mila bloß? Sie soll mir doch an diesem wichtigen Tag beistehen. Immerhin lernen sich Simons und meine Familien kennen. Ich schaue auf mein Handy, doch auch da entdecke ich kein Lebenszeichen von ihr. Auch als ich sie anrufe, geht sie nicht an ihr Handy. Ich bin so nervös, dass ich am liebsten ein Glas Sekt trinken würde.

Es ist kurz vor der Feiereröffnung und ich verlasse das Haus und gehe nach hinten auf die Wiese zu dem Festzelt. Mein Blick fliegt suchend über die Leute, die schon mit einem Glas Sekt im Zelt stehen. Leise Musik erklingt im Hintergrund. Mila kann ich jedoch nicht entdecken.

Dafür aber Simon und Christine. Erleichtert atme ich aus, gehe zu ihnen und reiche Herrn Winter meine zittrige Hand. Er mustert mich kurz und schenkt mir dann ein freundliches Lächeln, begrüßt mich in seiner Familie und beugt sich dann zu meinem Bauch hinab, um auch dem zukünftigen Nachwuchs »Hallo« zu sagen. »Ich bin übrigens ernst …«, sagt er.

Ich starre ihn entgeistert an, weil ich denke, er führt seinen Satz noch weiter aus. In meinem Kopf rattert es. Was meint er? Ernsthaft enttäuscht? Doch als er nicht weiterredet, kapiere ich, dass Ernst sein Vorname ist und ich muss lachen. Ich reiche ihm die Hand und sage: »Hanna. Es freut mich wirklich, dich kennenzulernen.«

Ich bin erleichtert über die Fröhlichkeit und Offenheit von Simons Vater. Eine ähnliche Reaktion wie die von meinem Vater hätte ich heute nicht so gut wegstecken können. Nach einem kurzen Gespräch, in dem Simons Eltern mir sagen, wie schön sie es hier finden, ruft mich meine Mutter, um weitere Personen zu begrüßen.

Der Tisch, an dem meine Familie sitzt, ist überschaubar. Der Großteil der Gäste stammt aus Simons Familie. Mehrmals muss ich die Geschichte erzählen, wie Simon und ich uns kennengelernt haben. Ich merke jedoch, dass es mir immer schwerer fällt, mich auf die Gespräche zu konzentrieren und lasse unbewusst meinen Blick wieder durch die Menschenmenge schweifen. So einen Trubel und Wirbel um meine Person bin ich einfach nicht gewohnt.

Mir ist das alles auf einmal zu viel und ich würde am liebsten aus dem Zelt flüchten. Doch alle Personen hier im Zelt sind wegen Simon und mir hier. Da kann ich nicht einfach von der Bildfläche verschwinden.

Eine Bewegung am Rande zieht meine Aufmerksamkeit auf sich.

Milas Kopf taucht im Eingang auf.

Na endlich!

Sie sieht jedoch kreidebleich aus. Ob sie krank ist?

Mit schnellen Schritten gehe ich zu ihr hin und sage: »Da bist du ja endlich, ich habe mir schon Sorgen gemacht. Du wolltest doch schon längst hier sein. Was ist denn los? Du siehst aus, als hättest du ein Gespenst gesehen.«

Mila packt mich am Arm und krallt ihre Fingernägel in meine Haut.

Überrascht sehe ich sie an. Was hat sie bloß? Wieso verhält sie sich so merkwürdig?

»Komm mit, du wirst es mir nicht glauben, wenn du es nicht selber siehst!«

Das Büffet müsste eröffnet werden. Ich kann doch nicht einfach von meiner Feier abhauen.

Was soll das? Ist das eine dieser groß geplanten Hochzeitsüberraschungen? Wobei die doch erst zur Hochzeit und nicht bei der Verlobungsfeier stattfinden, oder? Um das zu beurteilen, war ich zu selten auf solchen Feiern, um genau zu sein, habe ich noch nie eine Verlobung gefeiert. Vermutlich sollte ich mich einfach auf die Überraschung freuen.

Ich lasse mich von Mila fortführen.

»Mila, was soll denn diese Geheimnistuerei? Ich habe Gäste, ich muss zurück«, sage ich und bin schon ganz außer Atem von ihrem Tempo. Kurz vor der Eiche bleibt sie stehen und sieht mir direkt in die Augen, ihre Hände umfassen meine Oberarme.

»Hör zu, bekomm keinen Schreck, nicht so wie ich. Mach dich auf etwas Unmögliches gefasst.«

Ich muss grinsen.

Was hat sich das verrückte Huhn einfallen lassen? Für ein Feuerwerk ist es zu hell und würde man dafür nicht alle Gäste hinbeordern?

Mila dreht mich herum und ich gehe drei Schritte nach vorne zur Eiche. Dahinter befindet sich die kleine Sitzbank. Ich stocke. Dort sitzt jemand. Ein Mann.

Ein heruntergefallener Ast knackt unter meinem Schuh und der Mann dreht sich zu mir herum.

Ich fasse es nicht. Meine Hand fährt zu meinem Herz, was wild zu pochen beginnt. Mit einem unterdrückten Schrei ziehe ich die Luft ein. Ich atme falsch, mir wird schwindelig, und bevor ich etwas sagen oder tun kann, wird die Welt um mich herum schwarz und ich falle.

KAPITEL 39

Durch einen lauten Rums komme ich zu mir. Es klang wie die Tür eines Transporters. Langsam öffne ich die Augen und finde mich wieder in ... , ja, wo eigentlich? Ist das ein Krankenwagen?

Simons Gesicht taucht neben mir auf, er sieht mich besorgt an und streicht mir eine Strähne aus dem Gesicht. Auf der anderen Seite ist ein weiterer Mann beschäftigt und legt mir einen Zugang. Was soll das alles?

»Hanna, wie geht es dir? Ist alles gut?«, fragt Simon.

»Was ist passiert? Wieso liege ich hier?«

»Du bist ohnmächtig geworden und mit dem Kopf auf eine Wurzel aufgeschlagen.«

»Das Baby!« Meine Augen weiten sich angsterfüllt. Bin ich auf meinen Bauch gestürzt? Ein leichtes Ziehen durchfährt meinen Unterleib.

Der Sanitäter nimmt sein Stethoskop und legt es auf meinen Bauch. Es ist so kalt, dass ich erschrocken zusammenzucke. Erwartungsvoll sehe ich ihm zu und halte automatisch die Luft an.

Er hebt seinen Blick, sieht seinen Kollegen an und schüttelt seinen Kopf.

Mir wird schlagartig übel und mein Herzschlag verdoppelt sich. »Lebt mein Kind nicht mehr?« Man kann die Panik in meiner Stimme deutlich hören. Ich sehe zwischen Simon und dem Sanitäter hin und her.

»Machen Sie sich keine Sorgen, es ist nur zu laut, ich kann nichts genau hören. Das ist alles. Wir bringen Sie jetzt ins Krankenhaus, um zu sehen, ob mit Ihnen und dem Baby alles in Ordnung ist. Dort hat man die richtigen Geräte«, sagt der Rettungssanitäter mit ruhiger Stimme.

Mich beruhigt diese Antwort jedoch nicht. Wieso kann er den Herzschlag nicht hören?

Meine Hand wandert zu meiner Stirn und berührt die stechende Stelle. Ich verziehe das Gesicht, als sich der Schmerz durch die Berührung verstärkt.

»Nicht anfassen«, sagt Simon und legt meine Hand zurück neben meinen Körper.

Ich überlege, was das letzte war, woran ich mich erinnern kann. Wieso bin ich einfach umgekippt? Habe ich heute zu wenig getrunken? Ein wenig schummerig war mir schon den ganzen Morgen lang gewesen. Aber ich bin doch noch nie einfach so umgekippt. Ob das noch eine Spätfolge von meinem Autounfall sein könnte? Oder lag das an der Schwangerschaft?

Simons Augen ruhen auf meiner Hand mit dem Zugang, an der ein Schlauch befestigt wurde, der wiederum mit einer Flasche mit durchsichtiger Flüssigkeit verbunden ist. Simon wirkt irgendwie verändert. Geht er meinem Blick aus dem Weg?

»Was ist?« Ich versuche, seine Aufmerksamkeit wieder auf mich zu lenken.

»Nichts, alles ist in Ordnung. Ich habe nur einen kleinen Schock, glaube ich. Dich da so liegen zu sehen … Mir ist das Herz stehen geblieben. Ich hatte solche Angst.«

Ja, das kann ich mir vorstellen. Doch ich werde das Gefühl nicht los, dass das nicht alles ist. »Mehr ist da nicht?«

Kurz treffen sich unsere Augen, doch Simon sieht schnell wieder zu dem Sanitäter zurück, der an einem Apparat herumdrückt. Er schüttelt den Kopf oder ist es nur die Erschütterung von der holprigen Straße?

»So, wir sind da«, ruft jemand und die Tür öffnet sich. Mit der Bahre werde ich in die Notaufnahme geschoben.

Es riecht nach Desinfektionsmittel, gemischt mit diversen anderen Gerüchen. Etliche Stunden später führt Simon meine Mutter in das Krankenzimmer, in dem ich für vierundzwanzig Stunden zur Beobachtung einziehen musste. Sie sieht blass um die Nase aus und ihre Augen sind rot verquollen. Still tritt sie neben mein Bett.

»So schlimm ist es doch gar nicht«, sage ich, um sie zu beruhigen. »Mit dem Baby sieht soweit alles in Ordnung aus und das hier ...« Ich deute auf meinen Kopf und lächle schief. »... ist nur eine Beule. Es tut mir leid, ich habe die ganze Feier ruiniert. Ihr habt euch so viel Mühe gegeben.«

»Mach dir über die Feier keine Sorgen. Hauptsache, es geht dir und dem Baby gut.« Sie versucht ein Lächeln.

»Sie tritt!«, rufe ich in die entstandene Stille hinein, ergreife die Hand meiner Mutter und lege sie auf die Stelle, wo ich die Bewegungen gespürt habe.

»Sie?«, fragt meine Mutter.

Ich rolle mit den Augen. »Die Ärzte dachten, ich wüsste das Geschlecht schon und haben sich verplappert.«

»Ich bekomme also eine Enkeltochter?« Die Augen meiner Mutter strahlen.

»Ja, wir bekommen eine Tochter«, sage ich und grinse.

Simon nimmt meine Hand und fügt hinzu: »Eine Josi.«

»Nein! Wirklich?«, fragt sie erst ungläubig.

Doch dann lacht sie über das ganze Gesicht und schwelgt in Erinnerungen. Sie erzählt lange, wie sie ihre eigene Schwangerschaft mit mir erlebt hat.

Als sie und Simon sich verabschieden, werde ich das Gefühl nicht los, das sich schon während der Fahrt zum Krankenhaus in mir gemeldet hatte. Es ist nicht wirklich greifbar. Aber es wirkt, als würden sie auf etwas warten. Eine Reaktion von mir. Doch beide sagen nichts und ich frage nicht weiter nach.

Am Nachmittag öffnet sich die Tür und Mila betritt den Raum. In der Hand hält sie einen großen, bunten Blumenstrauß. Sie sieht schuldbewusst zu Boden. »Es tut mir so leid, es ist alles meine Schuld. Hätte ich doch bloß nicht …«

»Du kannst doch nichts dafür, dass ich einfach umkippe«, falle ich ihr ins Wort, weil ich nicht möchte, dass sie sich schlecht fühlt.

Milas Augen weiten sich. Sie sieht irritiert aus. »Aber … Weißt du denn nicht mehr, was kurz davor passiert ist?«

Nun bin ich es, die verwirrt ist. Langsam schüttle ich den Kopf.

Stotternd fragt Mila: »Wen ich mitgebracht habe?«

Mit einem Mal taucht ein Bild in meinem Kopf auf, wie ich langsam auf die alte Eiche zulaufe, die Bank und ein Mann, der darauf sitzt. Offenbar hatte mein Gehirn beschlossen, dieses Erlebnis nicht zu verarbeiten, und es einfach aus meinem Gedächtnis gelöscht. Mein Atem stockt, denn mit einem Mal sehe ich das Gesicht dieser Person wieder ganz klar vor mir.

Nein, das kann nicht sein.

»Wo ist er jetzt?«, frage ich hastig.

Mila kräuselt die Nase. Sie braucht einen Moment, bis sie antwortet. »Draußen, er wollte zu dir. Ich habe aber gesagt, ich rede zuerst mit dir. Es tut ihm unendlich leid, dass das alles so gekommen ist.«

Ungläubig schüttle ich den Kopf. Wie kann das möglich sein?

»Er stand plötzlich vor unserer Tür. Gerade als wir uns auf den Weg zur Feier machen wollten. Ich habe ihn angestarrt wie einen Geist. Dann hat er mir alles erzählt. Ich dachte, du solltest es wissen. Und du solltest es von ihm hören.«

Ich fühle mich wie in Trance.

Ungläubig starre ich Mila an. Ich höre zwar ihre Worte, aber so richtig erreicht mich ihr Inhalt nicht.

»Willst du ihn sehen?«, will sie wissen.

Ich schüttle den Kopf und nicke gleichzeitig, bis ich nur noch nicke.

Mila verlässt kurz den Raum und ich atme tief ein und aus. Als die Tür wieder aufgeht, vergesse ich zu atmen. Vor mir steht echt, lebendig und wahrhaftig Tiago.

Zögerlich tritt er auf mich zu.

Meine Augen werden immer größer, je näher er mir kommt. Als mich seine vertraute Hand berührt, sein warmer Atem mich streift, realisiere ich, dass er tatsächlich noch am Leben ist.

Er sagt etwas zu mir und ich ziehe die Augenbrauen zusammen, weil ich nicht ein Wort verstehe. In seiner Aufregung hat er Portugiesisch gesprochen. Auf Englisch fährt er fort.

»Querida, bitte verzeih mir. Ich habe einen großen Fehler gemacht. Aber jetzt bin ich wieder da, bei dir.« Er sieht unsagbar traurig aus und reibt sich mit seiner rechten Hand über die Augen.

Immer noch sprachlos starre ich ihn an. Mit beiden Händen ergreife ich sein Gesicht, lasse meine Augen über seinen realen Körper wandern, als würde ich jeden Zentimeter abscannen. Millimeter für Millimeter kommen wir uns näher, bis sich unsere Lippen berühren und wir uns küssen.

Doch dann wird mir bewusst, dass das falsch ist, was wir tun. Das geht nicht mehr. Ich werde einen anderen Mann heiraten und trage sein Kind unter meinem Herzen. Als hätte ich mich verbrannt, beende ich den Kuss.

»Es ist zu spät«, sage ich und wiederhole den Satz noch einmal auf Englisch. Meine Augen brennen als würden sie Milliarden von Tränen ausspucken wollen.

Tiago nimmt einen Stuhl und setzt sich. Er ergreift meine Hand und erzählt: »Du warst in großer Gefahr, Kriminelle kamen in die Bar. Sie wollten Geld von uns, immer mehr und mehr. Sie drohten damit, unseren Familien etwas anzutun. Sie haben dich beobachtet und gesagt, dass sie dir die Kehle aufschlitzen werden, wenn wir nicht mehr zahlen.« Er gerät ins Stocken und wischt sich eine Träne aus dem Auge. »Uns ging das Geld aus und ich bekam Panik. Der einzige Ausweg erschien mir, mich tot zu stellen und meine Liebsten in Sicherheit zu bringen. Wir sind ins Ausland geflohen, ich wollte dich nicht weiter damit hineinziehen, denn ich wusste, du würdest nicht einfach so gehen. Ich konnte den Gedanken nicht ertragen, dass dir etwas passieren könnte, und musste dafür sorgen, dass du sicher bist. Ich konnte nicht zulassen, dass du ein Leben auf der Flucht führst.«

Ich komme heute aus dem Kopfschütteln nicht mehr heraus und habe Probleme, seinen Worten zu folgen. Hat er mir seinen Tod tatsächlich nur vorgetäuscht? War das alles nur ein Trick, auf den ich hereingefallen war? Und wieso steht er jetzt wieder vor mir?

»Was hat sich geändert?«, frage ich.

»Die Kerle wurden geschnappt, diese Verbrecher, sie kommen jetzt viele Jahre hinter Gitter. Und wir können zurückkehren. Ich hatte gehofft, dein Leben hätte sich nicht so gravierend geändert. Es war naiv, zu denken, dass du nun wieder zu mir zurückkommst.«

Meine Gedanken überschlagen sich. Hatte ich nicht lange genug gewartet? Zu wenig getrauert? Ich schwanke zwischen Schuldgefühlen, Wut und dem Verlangen, Tiago zu küssen und zu sagen: »Natürlich komme ich wieder mit dir mit.«

Doch ein kleines Pochen in meinem Bauch holt mich schlagartig zurück in die Realität. Josi. Johanna und Simon. In meinem jetzigen Leben gibt es keinen Platz mehr für Tiago. Die Erkenntnis drückt mir den Magen zu und ich bekomme schwer Luft. Ich weiß nicht, was ich denken, sagen oder machen soll. Ein Kettenkarussell, das außer Kontrolle geraten ist.

Mir ist kalt und ich zittere. »Tiago, es geht nicht«, sage ich und komme mir dabei vor, als würde ich die Situation von außen betrachten. »Wie du siehst, bin ich schwanger und verlobt. Du warst einfach zu lange fort. Ich habe gedacht, du wärst tot.«

»Lange hast du ja nicht gewartet.«

Dieser Satz ist wie eine Ohrfeige in mein Gesicht. Ich denke an die vielen Monate, in denen ich apathisch vor mich hingelebt habe zurück, und wie schwer es war, dort wieder herauszufinden. Seine Worte sind unfair und verletzen mich zu tiefst. Hilflose Tränen verhindern mein Weiterreden. Absolute Überforderung überfällt mich und lähmt mich regelrecht.

Ruckartig ziehe ich mir die Decke über den Kopf und brülle: »Geh, verschwinde!«

Kurz darauf höre ich Schritte und die Tür öffnet und schließt sich wieder.

Als ich meine Decke anhebe und nachsehe, bin ich alleine im Zimmer, als wäre Tiago nur eine Fata Morgana gewesen.

Am nächsten Morgen fühlen sich die Erlebnisse vom Vortag noch immer unreal an. Ich kann dieses Alptraumgefühl nicht abschütteln, es hängt wie ein schwerer Stein an meiner Seele.

Obwohl ich ein Einzelzimmer habe, dafür hat Simon sich eingesetzt, konnte ich in der Nacht kaum schlafen. Meine Emotionen sind wie ein Strudel durch meinen Kopf gewirbelt, bis er sich ganz leer angefühlt hat. Dann hat mich der Schlaf irgendwann doch noch übermannt. Genauso wirr wie meine Gedanken waren auch meine Träume.

Simon, Tiago und Alex standen an meinem Krankenbett, in dem ich blutüberströmt wimmerte. Schweißgebadet bin ich aus diesem Traum hochgeschreckt und lag eine gefühlte Ewigkeit schnell atmend in der Dunkelheit.

Was bitte sollte man auch machen, wenn plötzlich der totgeglaubte Freund wieder vor einem steht, man selbst aber weitergelebt hat, kurz vor der Hochzeit steht und ein Kind erwartet? Was erwartet das Leben jetzt von mir? Muss ich eine Entscheidung treffen? Noch viel wichtiger ist die Frage: Wem gehört mein Herz?

So froh ich darüber bin, dass Tiago noch am Leben ist, so sehr hasse ich ihn dafür, dass er mir nicht die Wahl gelassen, sondern einfach über meinen Kopf hinweg entschieden hat. Ich war monatelang am Boden zerstört, habe gelitten, geweint, geschrien.

Dabei lebte er noch.

Meine Gefühle für ihn sind jedoch nach wie vor vorhanden. Wie hätten sie auch verschwinden können? Ich habe mich schließlich nicht freiwillig von ihm getrennt. Und obwohl wir uns nicht hätten küssen dürfen, hat sich dieser Kuss im ersten Moment nicht falsch angefühlt. Ich liebe Tiago, werde ihn immer lieben. Daran wird sich nichts ändern. Dieses Gefühl habe ich mir immer erlaubt, schließlich glaubte ich, er sei tot.

Nun fühlt es sich falsch und verboten an, solche Gedanken zu haben, denn Simon hat einen großen Platz in meinem Herzen eingenommen. Er wird der Vater meines Kindes, ich hatte mich entschieden, mit ihm zu leben, mich an ihn zu binden. Ich kann dieses Glück nicht gefährden, oder doch?

Am Nachmittag muss ich noch einmal zu einer Ultraschalluntersuchung.

»Wir sind soweit zufrieden, Sie haben keine Gehirnerschütterung und auch das Baby turnt fleißig im Fruchtwasser herum. Von meiner Seite gibt es keine Bedenken. Sie dürfen wieder nach Hause«, sagt der freundliche Arzt, der aussieht, als wäre er gerade erst mit dem Studium fertig geworden. »Wenn Sie die Entlassungspapiere erhalten haben, können Sie gehen. Alles Gute für die restliche Schwangerschaft!«

Erfreut über diese tolle Neuigkeit, rufe ich Simon an, packe meine Sachen zusammen und ziehe mir die Krankenhauskluft aus. Ich habe zwar keine neue Kleidung dabei, aber ich schlüpfe liebend gerne wieder in mein türkisfarbenes Kleid mit dem Dreckfleck am Knie, darin fühle ich mich tausendmal wohler, denn es ist am Rücken geschlossen.

Ich muss jedoch ewig auf das Entlassungsschreiben warten. Ungeduldig sitze ich auf dem Bett und wippe mit den Füßen. Der Krankenhausalltag hatte mich ein wenig von meinen Problemen abgelenkt. Doch nun habe ich wieder genügend Zeit, über alles nachzudenken.

Irgendwann wird mir die Zeit zu lang und ich stehe auf und gehe zum Schwesternzimmer. Doch auch dort kann mir niemand sagen, wie lange ich noch warten muss. Ich laufe über den Flur und fahre mit dem Fahrstuhl eine Etage tiefer, da der Kaffeeautomat in dem Aufenthaltsraum außer Betrieb ist.

Gerade als ich auf die Taste für den Schoko Cappuccino drücke, höre ich meinen Namen. Überrascht drehe ich mich um und blinzle gegen die tiefstehende Sonne an. Ich beschirme mit der Hand meine Augen und das Blut gefriert mir in den Adern. Vor mir sitzt Alex in Bademantel und Badelatschen.

Der Automat hinter mir piept laut, doch ich kann mich nicht bewegen. »Was machst du denn hier?«, frage ich.

Er verzieht das Gesicht, als er sich aufrechter hinsetzt und antwortet knapp: »Blinddarm. Und du?«

Ich deute auf meine Stirn. »Bin gestürzt.«

»Oh.«

Einen Augenblick sehen wir uns schweigend an.

Ich weiß einfach nicht, was ich ihm sagen soll. Einerseits möchte ich ihn anschreien, ihn fragen, was er sich dabei gedacht hat, mein Auto zu manipulieren. Doch weil wir nicht alleine im Raum sind, schweige ich, drehe mich zurück und ergreife den dampfenden Becher. Langsam und darauf bedacht, nichts zu verschütten, gehe ich zur Tür.

»Jojo, können wir kurz reden?«, fragt er.

Ich halte inne.

Er deutet auf den Stuhl an seinem Tisch und entgegen dem Drang, einfach abzuhauen, setze ich mich zu ihm. Die Neugier, was er mir zu erzählen hat, ist größer.

»Ich möchte dich um Verzeihung bitten wegen dem, was ich damals getan habe. Ich war nicht mehr ich selbst. Der Alkohol hat mich kaputt gemacht. Ich habe das verstanden, habe mich geändert. So löst man keine Probleme. Ich hatte während der Untersuchungshaft und danach viel Zeit, darüber nachzudenken. Ich musste einen Entzug machen und war lange zur Reha. Jetzt bin ich trocken.«

Toll! So einfach ist das? Das waren also seine Strafen? Ein Entzug und eine Reha? Dafür, dass er mich und meine Freunde fast umgebracht hat? Innerlich bebe ich. »Ich weiß nicht, ob ich dir das je verzeihen kann.«

Josi strampelt in meinem Bauch und unbewusst lege ich meine Hand auf die Stelle.

Alex Augen folgen dieser Bewegung und weiten sich, als hätte er die Wölbung jetzt erst bemerkt. »Du ... du ... bist schwanger?« Er sagt das so, als hätte ich eine ansteckende Krankheit.

Ich nicke. »Ja, und ich bin verlobt.« Ich halte meine Hand mit dem Ring in die Höhe.

Er sieht enttäuscht aus, doch das ist nicht mein Problem. Das, was ich einst für Alex empfunden habe, existiert nicht mehr. Ich habe diesen Mann geliebt. Es ist wie ein lange vergessenes Leben. Ein Leben, das ich nicht mehr zurückhaben möchte. Immerhin das weiß ich glasklar.

»Tschüss, Alex.« Ich erhebe mich, und ohne ihn noch eines Blickes zu würdigen, verlasse ich das Zimmer. Dass ich meinen Cappuccino auf dem Tisch vergessen habe, merke ich erst, als ich schon wieder auf meinem Bett sitze.

KAPITEL 40

Tiago hat mir wieder eine Entscheidung abgenommen. Er ist nach unserem Gespräch im Krankenhaus nicht mehr aufgetaucht. Ich habe mir eine kurze Bedenkzeit erhofft, aber er hatte meinen Rausschmiss offenbar als endgültige Entscheidung verstanden.

Und so bleibt die Begegnung mit Tiago wie ein Schatten, der sich auflöst, sobald das Licht ausgeht. Manchmal frage ich mich, ob es wirklich passiert ist oder ob ich mir das alles nur eingebildet habe. Außer in meinen Träumen bekomme ich ihn nicht mehr zu Gesicht.

Mit Simon habe ich ein einziges Mal über das plötzliche Auftauchen von Tiago geredet und ich habe gemerkt, dass er Angst gehabt hatte, ich könne mich tatsächlich für meine Jugendliebe entscheiden und ihn verlassen. Seitdem habe ich das Thema nicht mehr angesprochen und mich in den Alltag gestürzt. Arbeiten, Hochzeitsvorbereitungen und Nestbau. Die Tage fliegen nur so dahin.

Christine ist so aufgeregt, dass sie mit jedem, den sie trifft, über dieses Ereignis reden muss. Und so überrascht es mich auch nicht, dass ich eines Morgens eine große Heiratsanzeige in der Zeitung entdecke, die mich die Augen rollen lässt. »Pompöser ging es wohl nicht«, sage ich zu Simon.

Der lacht und gibt mir einen Kuss, bevor er zum Büro geht.

»Lass sie doch, so glücklich habe ich sie schon lange nicht mehr gesehen.«

Seufzend lege ich die Zeitung beiseite.

Simon verabschiedet sich.

Seit dem Sturz bin ich krankgeschrieben und werde die Zeit bis zu unserem großen Termin mit viel Ruhe und Lesen verbringen.

Die letzte Nacht vor der Hochzeit schlafe ich bei Mila und Piet, weil Mila mir bei den Vorbereitungen helfen soll und ich das Kleid seit dem Kauf bei ihr vor Simon versteckt habe.

Vor lauter Aufregung fällt mir das Einschlafen schwer und meine Freunde versuchen, mich mit Brettspielen abzulenken, bis ich irgendwann total erschöpft auf meine vertraute Couch falle und in einen unruhigen Schlaf sinke.

Am Morgen betrete ich augenreibend die Küche und staune nicht schlecht. Piet hat uns ein fünf-Sterne-Frühstück gezaubert. Rührei, Bacon, Brötchen, diverse Aufstriche und Aufschnitte, Obst und Gemüse, frisch gepresster Orangen-saft und Schoko-Cappuccino.

Dank der Schwangerschaft brauche ich nicht darauf zu achten, wie viel ich esse. Mein Bauch ist sowieso rund und prall. Ich stürze mich hungrig darauf, obwohl ich sehr nervös bin und unter anderen Umständen sicher nicht einen Happen runtergebracht hätte. Aber das kleine Mädchen unter meinem Herzen sorgt dafür, dass ich regelmäßig esse, weil mein Magen sich morgens anfühlt, als hätte ich tage-lang nichts gegessen.

»Boa, dein nervöses Beinwippen macht mich noch wahnsinnig. Was ist los, Hanna?«, will Mila wissen und legt ihre Hand auf meinen hüpfenden Oberschenkel.

»Ich weiß auch nicht, wieso ich so aufgeregt bin. Vielleicht weil ich heute heirate? Heute kommen so viele Menschen dazu, von denen ich die meisten gar nicht kenne oder sie nur einmal kurz gesehen habe, bevor ich abgeklappt bin. Was ist, wenn etwas schiefläuft? Wenn Simon kalte Füße bekommt und die Hochzeit abbläst? Wenn ich zu spät komme? Wenn das Essen nicht schmeckt? Soll es heute regnen?« Ich greife zu meinem Handy, um die Wetter-App zu öffnen, als Mila ihre Hand auf meinen Arm legt und sanft zurück auf den Tisch drückt.

Wieso guckt sie mich an wie die Grinsekatze von Alice im Wunderland persönlich?

Sie steht auf, geht aus der Küche und kommt kurz darauf mit einer runden Kiste wieder.

»Dein Simon scheint dich gut zu kennen. Er hat mir das hier gegeben, für den Fall, dass du solch einen Anfall bekommst.«

Fragend ziehe ich eine Augenbraue hoch, doch Mila schiebt mir die hübsche Kiste vor die Nase und ich ziehe den Deckel ab. Auf einer Lage Seidenpapier liegt ein Briefumschlag, der mit meinem Namen beschriftet ist. In dem Seidenpapier liegen eine Uhr, eine Tafel Schokolade sowie Socken. An allen Dingen ist ein kleiner Zettel mit einer Beschriftung befestigt: Damit du nicht zu spät kommst! ... Falls du kalte Füße kriegst ... Für die Nerven!

Mit zittrigen Fingern reiße ich den Umschlag auf, hole den Brief hevor und lasse ihn fallen.

Seit ich schwanger bin, fällt mir ständig etwas runter und das Bücken ist dank des Bauches bereits schon ziemlich anstrengend.

Mila hebt ihn auf und ich lese, was dort geschrieben steht.

Liebe Hanna,

Wenn du diesen Zettel in den Händen hältst, heißt das, dass du sehr aufgeregt bist. Glaube mir, mir wird es ähnlich gehen. Doch, um dich zu beruhigen, schreibe ich dir diese Zeilen. Atme drei Mal tief durch. Alles wird gutgehen, wir haben alles besprochen. Meine Mutter hat an jedes kleine Detail gedacht. Ich verspreche dir, ich werde da sein und auf dich warten. Ich werde sagen: »Ja, ich will.« Ich möchte den Rest meines Lebens mit dir verbringen. Du machst mir das größte Geschenk, das ich mir vorstellen kann: unser gemeinsames Kind.

Selbst wenn etwas schiefgehen sollte, wovon ich nicht ausgehe, wäre es auch egal. Hauptsache, du kommst und sagst auch »Ja!«. Wir beide sind heute das wichtigste.

Um meine Nerven auch ein wenig zu beruhigen, habe ich dir dieses Paket zusammengestellt. Viel Spaß beim Auspacken! Bis bald, mein Schatz! Ich freue mich auf dich!

Dein mindestens genauso aufgeregter Simon

Eine Träne der Rührung läuft über mein Gesicht und als ich sie wegwische, ertönt ein synchrones »Aaaaaw« von der gegenüberliegenden Tischseite. Ich blicke auf und Mila und Piet strahlen mich mit dümmlichen Gesichtern an.

»Warte nur ab, dir wird es genauso gehen, wenn ...«, sage ich zu Mila und schlage mir auf den Mund. So ein Mist! Jetzt habe ich mich doch ernsthaft verplappert, dabei habe ich Piet erst gestern Abend das Versprechen gegeben, nichts zu verraten.

Piet starrt mich vorwurfsvoll an und Milas Augen wandern zwischen mir und ihrem Freund hin und her. Dann verdreht Piet die Augen, verschwindet kurz im Schlafzimmer und kommt mit einem Kästchen in den Händen zurück.

»Eigentlich wollte ich dich heute Abend damit überraschen, aber da Hanna den Mund nicht halten kann ...« Er
geht vor Mila auf die Knie und öffnet die kleine Box. Ein
funkelnder Silberring kommt zum Vorschein und Mila
keucht erschrocken auf.

»Mila, du bist die Frau meines Lebens. Ob mit oder ohne
Kinder. Ich liebe dich und frage dich heute: Willst du meine
Frau werden?«

Mila schlägt sich die Hände vor den Mund und nun hat
sie feuchte Augen. Sie scheint so überwältigt, dass sie
vergisst, Piet eine Antwort auf seine Frage zu geben.

Auf meinen Armen krabbelt eine Gänsehaut entlang.

Es ist ganz still im Raum und es wirkt merkwürdig, wie
er so dahockt und sie ihn anstarrt, und keiner sagt ein Wort.
Quasselstrippe Mila ist plötzlich verstummt.

Ich räuspere mich und flüstere: »Mila, du musst jetzt
was sagen.«

Mila schüttelt sich, als würde sie aus einem Traum
erwachen. »Äh, ja, oh Gott, natürlich muss ich etwas sagen.
Piet, es tut mir leid ...«

Piet schaut hilfesuchend zu mir und ich ziehe die Stirn
kraus. Sie lehnt doch hoffentlich nicht seinen Antrag ab?

»Sieh mich an, wenn ich mit dir rede!«, sagt sie gespielt
säuerlich. »Natürlich werde ich dich heiraten.«

»Ja?«, fragt Piet ungläubig.

»Ja! Ich sage: JA!«

Piet atmet auf, erhebt sich und Mila fällt ihm um den
Hals. Bei ihrem Kuss fehlt nur das Feuerwerk mit aufstei-
genden Herzen über ihren Köpfen.

Und wieder rührt mich die Situation so sehr, dass ich
heulen muss. Was soll das heute bloß werden?

»Äh, soll ich euch beide alleine lassen?«, frage ich, als sich die Lippen der beiden noch immer nicht trennen wollen. »Aber eigentlich habe ich heute ...« Die Türklingel unterbricht mich und Mila und Piet gucken mich entschuldigend an.

»Das wird Emma sein! Hanna, ab unter die Dusche, es geht jetzt los mit den Vorbereitungen für DEINE Hochzeit!«

»O Mann, ist das stickig. Da habt ihr euch ja echt den heißesten Tag des Jahres ausgesucht!« Mila sieht mich gespielt ernst an und wedelt sich mit einem Fächer Luft zu. In der Tat ist das Thermometer um zehn Uhr morgens bereits auf achtundzwanzig Grad geklettert.

Mein Brautkleid ist zwar bodenlang, aber immerhin schulterfrei, was es mir heute hoffentlich etwas erträglich macht.

Meine leicht geschwollenen Füße baumeln in einer Schüssel mit kühlem Wasser, während mir Milas Freundin Emma die Haare hochsteckt und mich schminkt. Beim Blick auf die Uhr wird mir ganz mulmig. In zwanzig Minuten kommt die Limousine, die Christine für mich bestellt hat.

Langsam bezweifle ich, dass wir alles in der kurzen Zeit schaffen werden.

»So, ich bin fertig!«, ruft Emma kurz darauf und betrachtet mich. Mila kommt mit einem Fotoapparat um die Ecke gerannt.

»O mein Gott!«, ruft sie.

Im ersten Moment denke ich, sie findet es schrecklich.

»Du siehst zauberhaft aus, ganz wirklich! Wie eine Elfe!«

»Du meinst eher wie ein Walross!«, sage ich und deute auf meinen Bauch.

»Nein, ich meine es wirklich ernst! Das Kleid lässt deinen Bauch klein und wunderschön aussehen. Glaub mir! Und Emma, du hast dich mal wieder selbst übertroffen.

Bleibt kurz so!«, sagt Mila, als Emma mir nochmal mit dem Puderpinsel übers Gesicht streichelt, und knipst drauf los. Dann muss ich noch ein wenig auf dem Balkon posen mit dem grünen Baum im Hintergrund.

»Da ist schon die Limousine!«, rufe ich einen Tick zu schrill und zu laut. Zehn Minuten zu früh! Oje, es wird ernst!

»Passt doch super! Los, alle Mann nach unten!«, ruft Piet.

Als wir alles eingepackt und ich noch einmal einen prüfenden Blick in den Spiegel geworfen habe, verlassen wir die Wohnung.

Mila hält mir die kleine Schleppe hoch beim Treppenlaufen.

Nervös trete ich neben das lange, weiße Auto. Piet wartet schon unten auf uns und hält mir die Tür auf. Als Mila sich von mir verabschiedet und mit Piet zu ihrem Auto gehen möchte, rufe ich panisch: »Mila, wo willst du denn hin? Du fährst mit mir!«

»O, natürlich! Wo bin ich nur mit meinen Gedanken? – Piet, du hast die Tüte mit dem Geschenk?«

Piet nickt. »Ja, ich habe alles. Gute Fahrt euch!« Piet hält den großen Beutel nach oben, bevor er ihn in seinem Auto verstaut und hinter das Steuer klettert.

Mila winkt ihm noch, dann steigt sie zu mir in das luxuriöse Auto.

Ich kann mir denken, wo ihre Gedanken gerade sind ... Bei ihrer eigenen Hochzeit. Diese Überraschung hat sie offenbar ganz schön aus der Fassung gebracht.

»Wow, das ist ja der Hammer!«, ruft sie und lässt den Blick schweifen. Schwarze Ledersitze, indirekte Beleuchtung, verdunkelte Scheiben, Minibar, sogar ein Fernseher ist eingebaut.

»Riech mal, dieses Leder ... Das ist ja so edel!« Mila kommt aus dem Staunen nicht mehr heraus, während sich der Wagen langsam in Bewegung setzt.

»Guck mal, da hinten fährt noch eine Limousine. Heute heiraten wohl viele. Das Wetter ist ja auch bombastisch. Obwohl ein paar Grad weniger auch nicht schlecht gewesen wären. Schade, dass die Fenster so verdunkelt sind. Da kann uns ja gar keiner sehen und bestaunen. Mila Superstar fährt durch Berlin und keiner bekommt es mit. Aber wozu gibt's Instagram. Ich mache mal ein Foto und lade es hoch. Wo ist denn ...« Mila rutscht suchend auf ihrem Sitz hin und her. »So ein Mist! Jetzt hat Piet unsere Taschen mitgenommen. Ich glaub es nicht. So ein Erlebnis muss doch festgehalten werden!« Mila schlägt sich mit der flachen Hand gegen die Stirn.

»Ist doch nicht so schlimm. Wenn wir bei Simons Eltern ankommen, können wir ja immer noch Fotos machen, wir sind doch früh dran, da finden wir sicher noch etwas Zeit dafür«, sage ich und merke, dass meine Aufregung langsam einer merkwürdigen Ruhe weicht.

Glücklich sieht Mila mit der Antwort zwar nicht aus, aber sie regt sich nicht weiter auf.

Obwohl auch ich mein Handy gerne dagehabt hätte, um Simon zu fragen, wie es bei ihm aussieht. Er hat die letzte Nacht bereits im Haus seiner Eltern geschlafen. Sein Cousin Daniel ist auch schon angereist, der Simons Trauzeuge sein wird. Ich hoffe, die beiden haben letzte Nacht nicht zu heftig gefeiert.

Die Trauung wird im Garten von Simons Eltern stattfinden und die Feier danach ebenso. Es wurde extra ein riesiges Zelt aufgebaut, für den unwahrscheinlichen Fall, dass es regnen sollte.

»Ich hoffe, dieser Daniel denkt an alles. Die Ringe, der Brautstrauß ... Wieso gibt man diese Aufgabe immer den männlichen Trauzeugen? Kann man sich auf den Kerl verlassen?«

Ich zucke die Schultern. »Keine Ahnung, ich kenne ihn noch nicht.« Aber es stimmt schon, auch mich macht das unruhig, dass so viele Organisationspunkte von anderen Menschen übernommen werden. In meinem Job muss ich immer an alles denken, organisieren und die Vorbereitungen treffen, da fällt es mir nicht leicht, ein so wichtiges Event einfach in fremde Hände zu legen.

»Ich bin ja so aufgeregt. Ich gieße mir mal einen Schluck Sekt ein, willst du auch? Achso, alkoholfreier Sekt ist leider nicht an Board.« Mila wird von Meter zu Meter immer wuseliger. Sollte sie nicht diejenige sein, die mich beruhigt?

Ich hingegen werde gerade etwas entspannter, weil ich im Wagen sitze und auf dem Weg bin. Die Straßen sind nicht überfüllt und wir fahren zügig. Jetzt kann ich auch nichts mehr ändern. Wird schon schiefgehen.

Als der Straßenkreuzer zum Stehen kommt, sehe ich aus dem Fenster.

»Wo sind wir denn inzwischen? Müssten wir nicht bald da sein?«, fragt Mila nach dem zweiten geleerten Glas Sekt.

»Keine Ahnung, die Gegend hier kenne ich auch nicht. Und eigentlich müssten wir schon da sein, so lange dauert die Fahrt auch nicht.«

»Ich frage mal den Fahrer.« Mila rutscht auf der langen Sitzbank nach vorne und klopft gegen die Scheibe. »Hallo, Sie. Wir würden gerne wissen, wann wir da sind.«

Keine Antwort.

»Was ist das bitte für ein unhöflicher Chauffeur? Oder ist er ausgestiegen? Man sieht aber auch echt gar nichts durch diese Scheibe.« Sie klopft noch einmal wild gegen das schwarze Glas.

»O nein!«, ruft Mila plötzlich.

»Was?«, frage ich und in meinem Bauch macht sich ein unangenehmer Druck breit.

»Nicht dass wir in die falsche Limousine gestiegen sind. Diese hier war ja früher als bestellt da und kannst du dich erinnern? Als wir losfuhren, bog noch eine Limo in die Straße. Hoffentlich war das nicht deine und wir sitzen hier im falschen Wagen!«

O Gott, jetzt wird mir wirklich übel. Was, wenn Mila recht hat? Sind wir jetzt vielleicht in eine ganz andere Richtung gefahren? Wird nun eine andere Braut zu meiner Location gebracht?

»Keine Panik! Ich regle das! Bleib ganz ruhig hier sitzen!« Beschwichtigend tätschelt Mila mein Knie, während sie sich an mir vorbeischiebt und die Tür öffnet. Beim Aussteigen knallt die Tür beinahe mit einem Radfahrer zusammen.

Schimpfend weicht der Kurierfahrer aus und sie drückt die Tür zu. Gebückt, um durch das Fenster des Fahrers sehen zu können, geht sie ein paar Schritte vor.

In dem Moment höre ich ein Klacken, das wie die Zentralverriegelung klingt, und als der Wagen sich in Bewegung setzt, schreie ich auf. »Hey, stopp! Meine Trauzeugin ist gerade ausgestiegen. Wir müssen anhalten!«

Doch der Fahrer antwortet nicht und setzt die Fahrt unbeirrt fort. Mila läuft uns wild winkend hinterher.

»He! Hallo! Halt! Anhalten!« Ich brülle und rufe, doch nichts ändert sich.

Ist diese Scheibe etwa aus Panzerglas und schalldicht? Das kann doch jetzt nicht wahr sein! Hilfe!

Panisch suche ich meine Tasche, um jemanden anzurufen, doch dann fällt mir wieder ein, dass diese ja mit Piet im Auto mitfährt.

Unsanft kommt der Wagen wenige Minuten später erneut zum Stehen.

Wo zur Hölle sind wir hier? Das sieht aus wie ein stillgelegtes Fabrikgelände. Ein grausiger Schauer läuft über meinen Rücken. Wurde ich von einem Serienmörder entführt? Der Brautmörder aus Berlin? Wurde in letzter Zeit etwas darüber in den Nachrichten berichtet? Ich kann mich nicht erinnern.

Ich höre die Fahrertür auf- und zugehen. Schwere Schritte – vermutlich die eines Mannes. Trotz der draußen herrschenden Hitze habe ich eine Gänsehaut. Meine Hand wandert auf meinen Bauch, als könne ich ihn so vor einer Gefahr schützen. Mein Atem geht schnell.

Langsam öffnet sich die Tür.

Ich halte die Luft an.

KAPITEL 41

»Hallo, Jojo!« Alex steht in der Tür und schaut mich freundlich lächelnd an.

»Was ...«, stammle ich überrumpelt und bin zu keinem klaren Gedanken fähig.

»Schön, dich zu sehen. Du siehst atemberaubend aus.«

»Ich heirate ja auch heute. Hörst du? ICH. HEIRATE. HEUTE. Um genauer zu sein: JETZT! Bring mich sofort zu meiner Hochzeit!«

Statt das zu machen, was ich sage, steigt Alex zu mir in den Wagen.

Was soll das? Er soll losfahren! Wieso ist er überhaupt hier?

»Ganz ruhig, Jojo. Was ist denn los? So kenne ich dich ja gar nicht. Ich will doch nur mit dir reden.«

»Mit mir reden? Jetzt? Hier? Alex, spinnst du?«

»Ich kann dich nicht heiraten lassen. Wir gehören doch zusammen. Wir waren doch immer Jojo und Alex, das Traumpaar schlechthin. Bitte, du kannst das nicht alles wegschmeißen!«

»Ich? Was redest du da? Wir sind seit über einem Jahr getrennt. Ausgerechnet heute fällt dir ein, dass du mich zurückhaben möchtest? AN MEINEM HOCHZEITSTAG?«

»Es fällt mir nicht erst heute ein. Ich habe immer um dich gekämpft. Bis ich im Knast und irgendwelchen Entzugskliniken gelandet bin. Bis gestern lag ich noch im

Krankenhaus, weil meine Wunde wieder aufgeplatzt war und nicht so richtig heilen wollte.«

»Ich will das alles nicht hören«, sage ich und widerstrebe dem Bedürfnis, mir kindisch die Ohren zuzuhalten.

»Aber wir haben das zwischen uns immer noch nicht richtig geklärt.«

»Da gibt es nichts zu klären. Wir sind getrennt. Ich bin schwanger von einem Mann, den ich heute heiraten werde.«

»Das ist es ja. Darüber möchte ich mit dir reden. Nur, weil du aus Versehen von diesem Typen schwanger geworden bist, heißt das nicht, dass du ihn gleich heiraten musst. Ich bin für dich da, wenn du Hilfe brauchst! Ich nehme dich auch mit dem Kind eines anderen Mannes. Jojo, ich liebe dich! Glaub mir.«

»Alex, du hast mich fast umgebracht. Du hast mir so viel Angst eingejagt. Das kann ich nicht vergessen! Außerdem heirate ich Simon nicht, weil ich mich absichern möchte. Simon und ich, wir lieben uns, wir sind glücklich miteinander! Bring mich bitte sofort zu meiner Trauung!«

»Jojo ...«

»Hör auf, mich so zu nennen. Die Jojo von damals gibt es nicht mehr. Ich nenne mich jetzt Hanna und ich weiß genau, was ich möchte. Ich muss hier weg, zu dem Mann, den ich liebe!«

Alex rückt näher an mich heran und automatisch weiche ich nach hinten aus.

»Woher weißt du überhaupt, dass ich mit einer Limousine gebracht werden sollte?«

»Jojo.« Er sieht mich an, als hätte ich ihn etwas ganz Verrücktes gefragt. »Du hast mir doch immer erzählt, dass du seit deiner Kindheit davon träumst. Wie du früher zur

Kirche gerannt bist, wenn die Glocken geläutet haben. Und wie du in die Limo, die vor der Kirche geparkt hatte, hineinsehen durftest.«

Ich schnaufe. Stimmt, daran habe ich gar nicht mehr gedacht.

»Und dann herauszufinden, wo ihr dieses Schmuckstück gebucht habt, war auch nicht schwer. Den Tag für dieses Ereignis ...« Spucketropfen fliegen bei diesen Worten durch die Luft. »Den habt ihr ja laut in die Welt hinausposaunt.«

Die Ankündigung in der Zeitung. Ich verfluche Christine innerlich dafür.

Er rutscht noch ein Stück näher an mich heran und seine Hand wandert in meine Richtung.

»Ich meine es ernst, fass' mich nicht an! Du machst mir Angst!«

Doch Alex interessiert nicht, was ich zu ihm sage, und streckt den Arm nach mir aus.

Panik überrollt mich und da ich nicht einschätzen kann, ob es eine liebevolle oder grobe Geste ist, raffe ich den Saum meines Kleides hoch, hechte an ihm vorbei hinaus aus dem Auto und renne davon.

Alex ruft mir irgendwas hinterher, das ich nicht verstehe, denn der Wind weht mir laut um die Ohren. Ich biege um eine Ecke in eine Straße hinein. Immerhin sind hier ein paar Menschen, Autos und Läden. Ich drehe mich um, doch Alex ist mir nicht gefolgt.

Weil ich von diesem kleinen Lauf schon völlig aus der Puste bin, halte ich an die Hauswand gestützt an und hechle nach Luft.

Als ich hinter mir einen Motor aufheulen höre, drehe ich mich mit großen Augen um.

Mein Herzschlag, der sich gerade etwas normalisieren wollte, schnellt erneut in die Höhe.

Die weiße Limousine biegt um die Ecke und hält auf mich zu.

Was hat er jetzt vor?

Ich bin schwanger. Allein dieser kurze Weg war schon zu viel für mich, vor allem bei der Hitze. Will er mich etwa mit dem Auto umfahren? Will er mich ein zweites Mal umbringen?

Fassungslos und nicht in der Lage, mich zu bewegen, sehe ich das große Gefährt auf mich zurollen. Eine Hand ergreift meinen Arm und zieht mich weg. Ich spüre noch den Lufthauch des vorbeifahrenden Autos an meiner rechten Seite.

»Ist alles in Ordnung?«, fragt ein Mann und ich sehe ihn nur sprachlos an.

»Jojo, steig ein!« Alex steht in der geöffneten Tür des Straßenkreuzers und winkt mir zu.

»Bedroht der Mann Sie?«, will er wissen und ich nicke mit dem Kopf, weil ich noch immer nicht zu Worten fähig bin.

»Verpiss dich, oder ich rufe die Bullen!«, brüllt der Mann neben mir.

Ich zucke zusammen und gebe einen kurzen Schrei von mir, als Alex einige Schritte auf mich zuläuft.

»Ich meine es ernst!« Der Mann holt ein Handy aus der Hosentasche und hält es in die Luft. Dann sagt er an mich gewandt: »Gehen Sie dort hinein! Ich kümmere mich um den Verrückten.« Er schiebt mich zu einer kleinen Treppe.

Mit Tränen in den Augen stolpere ich die zwei Stufen hinauf und hechte in den Laden hinein. Eine Glocke bimmelt über meinem Kopf und ich hechle wie ein alter Hund.

Mir zieht ein leckerer Geruch in die Nase – es riecht nach Mittagessen.

»Ist mit Ihnen alles in Ordnung?«, fragt ein Mann in gebrochenem Deutsch und mustert mich von oben bis unten.

Ich bin immer noch nicht ganz wieder zu Atem gekommen und verneine seine Frage.

»Brauchen Sie ein Glas Wasser?«, fragt er fürsorglich und kommt sogleich mit dem angepriesenen Getränk um die Ecke.

Ich nehme es dankend an und trinke es in einem Zug aus. »Danke«, bringe ich ächzend hervor.

Und jetzt? Was mache ich nun? Ich sehe aus dem Fenster und erkenne, wie Alex zum Glück endlich davonfährt. Der Mann, der mich beschützt hat, ist jedoch ebenso verschwunden. Ich gehe zur Tür und sehe in beide Richtungen, doch er ist nicht mehr zu sehen. Schade, ich wollte mich bei ihm bedanken.

»Haben Sie geheiratet?«

Die Frage reißt mich aus meinen Gedanken. »Was? Ja. Nein.« Ich sehe an mir herunter. Richtig, meine Hochzeit. »Ich heirate heute.« Wie komme ich nur schnellstmöglich dorthin, ohne dass ich noch einmal auf Alex stoße? Vielleicht lauert er mir zwei Straßen weiter auf?

An den Wänden hängen Plakate von den angebotenen Speisen: Pizza Margherita, Calzone, Pizza Salami. Ich stehe in einer Pizzeria. Das Wort »Lieferservice« sticht mir ins Auge.

Ein Geistesblitz durchzuckt mich. Wenn die hier Pizza ausliefern …

Lächelnd gehe ich auf den Mann zu und sage: »Ich hätte gern drei Salamipizzen. Diese sollen geliefert werden an folgende Adresse...« Ich nehme eine weiße Servierte und einen Stift vom Tresen und schreibe die Anschrift von Simons Eltern auf. Der Mann vor mir zieht die Stirn in Falten und scheint nicht ganz zu verstehen, was ich von ihm möchte. Weil ich denke, er verstehe mich nicht, wiederhole ich ganz langsam und extra deutlich: »Dreimal Pizza Salami, bitte. Geliefert an diese Adresse.« Ich tippe auf die Serviette.

»Si, ich habe verstanden ...« Aber er blickt mich immer noch so merkwürdig an und erst jetzt wird mir klar, warum. Ich trage mein Hochzeitskleid, meine Frisur unter dem weißen Blumenkranz hat sich sicher schon aufgelöst und so stehe ich vor ihm und bestelle Pizza, die ich auch ebenso gut selbst mitnehmen könnte.

Nachdem er etwas auf Italienisch nach hinten in die Küche ruft, setze ich an: »Ich heirate heute und wurde von dem Fahrer meiner Limousine entführt ...«

»Si, si, Braut entführt, ich kenne diesen Brauch.« Der Mann grinst mir ein gelbes Lächeln entgegen.

Innerlich klatsche ich mir gegen die Stirn. Er denkt, das sei nur ein Spaß. Aber das ist bitterer Ernst.

»Ich muss dringend zur meiner Hochzeit.« Wieder nickt er und lacht mich an.

»Da ihr Fahrer ja nun eh in diese Richtung muss, kann er mich dann gleich mitnehmen?«

Sein Lachen erstirbt und jetzt sieht er mich irritiert an.

Ich wiederhole meine Frage mit Händen und Füßen.

»Si, no problemo, Antonio ... Du nimmst diese junge Dame mit, ein Notfall ...«

Endlich hat er kapiert und ich atme erleichtert auf.

Fünfzehn Minuten später sitze ich mit dem Pizzaboten in einem blauen, völlig verbeulten Clio und steuere auf das prachtvolle Haus meiner Schwiegereltern in Spe zu.

Vor dem Haus entdecke ich eine Person, die hektisch auf und ab geht, und als wir näherkommen, erkenne ich Mila.

Ich fasse dem Pizzafahrer zwischen die Arme und hupe mehrmals laut, was mir kräftiges italienisches Geschimpfe einbringt.

Mila blickt auf und kneift die Augen zusammen. Als sie mich erkennt, rennt sie auf das Auto zu.

Der Wagen hält und ich springe raus.

»Da bist du ja, ich habe mir ja solche Sorgen gemacht ...«

»Alles ist gut, ich bin ja da. Kannst du dem Pizzaboten bitte die drei Pizzen bezahlen?« Ohne auf eine Antwort zu warten, raffe ich den Rock meines Kleides und laufe, so schnell es mit dem dicken Bauch und dem Kleid geht, am Haus vorbei in den Garten. Die Steine knirschen unter meinen weißen Ballerinaschuhen und der Duft der vielen Rosenbüsche steigt mir in die Nase.

»Sie kommt! Sie ist da!«, ruft irgendjemand. Ein Mann in schwarzem Anzug läuft auf mich zu.

Je näher er mir kommt, umso langsamer werden meine Schritte. Ich bleibe stehen und starre ihn an. »Daniel? Was machst du denn hier?« Vor mir steht doch wahrhaftig einer der Jungs aus der Clique, genaugenommen der Junge, in den ich vor Alex verliebt gewesen war.

»Ich bin der Trauzeuge. Und du bist zu spät.« Er deutet auf seine Armbanduhr und mir fällt schlagartig wieder ein, dass ich es eilig habe. Mila taucht hinter mir mit den drei Pizzen in der Hand auf und überlegt, wo sie sie lassen soll.

Nun kommt auch noch mein Vater um die Hecke gelaufen, gefolgt von meiner Mutter. »Hanna, Kind! Was machst du nur? Du hast deinen Bräutigam ganz schön zappeln lassen!«

Oje, der Ärmste. Mila hat offenbar noch niemanden darüber informiert, was vorgefallen ist.

Ich fahre mir mit der Hand über die Frisur, aus der sich bereits einige Strähnen gelöst haben, und rücke den Blumenkranz zurecht.

Daniel drückt mir den Blumenstrauß in die Hände und rennt vor. »Ich sage Bescheid, dass du da bist.«

Mila rennt zu einem kleinen runden Metalltisch mit geschwungenen Blumenornamenten und stellt die Kartons dort ab. Dann folgt sie Daniel.

Mein Papa sieht mich lächelnd an und sagt: »Du siehst wunderschön aus!«

Ich atme tief durch und auf die Arme meiner Eltern gestützt, laufen wir langsam los. Eine leise Melodie beginnt zu spielen, als wir hinter der Hecke abbiegen. Die Hochzeitsgäste erheben sich und nur flüchtig wandert mein Blick über ihre Gesichter.

Dann erblicke ich Simon. Er steht vor einem weißen Holzpavillon, der extra für die Hochzeit aufgebaut wurde. Unsicher schaut er mich an und ich schenke ihm ein großes Lächeln, das er erleichtert erwidert. Bei jedem meiner Schritte sieht er entspannter aus und ich fühle, dass es genau das ist, was ich möchte. Er ist der Mensch, mit dem ich leben und glücklich werden möchte. In meinem Herz ist nur Platz für ihn.

Bei der Party am Abend nach der Trauung sind die Gäste verteilt im Garten und Partyzelt. Sie trinken, rauchen, unterhalten sich und tanzen. Nach den nicht enden wollenden Glückwünschen gab es leckeres Essen, wir haben den ersten Tanz eröffnet und kommen nun das erste Mal an diesem Tag dazu, in Ruhe miteinander zu reden.

Seufzend lasse ich mich auf einen Stuhl fallen, streife die Ballerinas von meinen geschwollenen Füßen und lege sie zum Entspannen auf einen Stuhl. Da ich schwanger bin, sieht mich heute auch keiner komisch an. Im Gegenteil, ich erhalte viele verständnisvolle Blicke und zuvorkommende Fragen.

»Wieso bist du so spät gekommen? Ich habe echt gedacht, du hast kalte Füße bekommen.« Simon greift meine Hand und gibt einen Kuss darauf.

Wie erkläre ich ihm das jetzt alles? Ich hole tief Luft und entscheide mich für die Wahrheit.

Nachdem ich geendet habe, malmt Simon mit seinem Unterkiefer.

»Sieh mich an, ich bin hier, wir sind verheiratet. Wir gehören zusammen und niemand wird sich zwischen uns stellen. Ich liebe dich, nur dich!«

»Trotzdem, niemand darf dich entführen. Der Kerl hat nicht nur unsere Hochzeit in Gefahr gebracht, sondern auch dein Leben und das unseres Kindes. Wenn ich den erwische!«

Ich drehe sein Kinn in meine Richtung und küsse ihn, wovon er sich zum Glück ablenken lässt, und ich spüre, dass seine Gesichtsmuskeln immer weicher werden.

»Jetzt musst du mir nur noch erklären, wieso Daniel dein Trauzeuge ist«, sage ich, als ich meinen Jugendfreund auf uns zukommen sehe.

»Daniel? Wieso? Er ist mein Cousin, wir kennen uns schon seit Babyzeiten.« Daniel schlingt den Arm um Simons Hals und wuschelt ihm durch die Haare.

»Du hättest mir ruhig eher sagen können, dass Jojo deine Frau wird. Das war heute eine ganz schöne Überraschung.«

»Ihr kennt euch?«

»Klar, wir haben damals in dem gleichen Kaff gelebt und waren in einer Clique. Siehst du, ich habe dir damals schon gesagt, du wirst den Richtigen finden«, sagt er und zwinkert mir zu.

Mit leicht erhitzten Wangen nicke ich. »Ja, es hat etwas länger gedauert, aber Simon ist wirklich der Richtige.«

Mein Ehemann – ich muss bei dieser noch fremd klingenden Bezeichnung schmunzeln – beugt sich vor, um mir einen Kuss zu geben.

Ich schließe genießerisch die Augen und erwidere den Kuss.

EPILOG

»Ich freue mich, dass ihr alle hier seid und mit uns diesen Tag feiert«, sage ich mit erhobenem Glas und lächele in die Runde. In meinem prickelt jedoch alkoholfreier Sekt.

Simon kommt mit einer weiteren Flasche aus der Küche und gießt sich ebenso ein. Mila, Piet, Daniel und seine Freundin Saskia sitzen an unserem Tisch und prosten uns zu.

»Auf euch und euren ersten Hochzeitstag«, ruft Mila. An ihrer rechten Hand funkelt ein Ring, der zu dem von Piet passt. Die beiden haben im letzten Winter geheiratet.

Wir stoßen an und blättern weiter in dem Fotobuch, das Mila von ihrer Feier anfertigen ließ und uns heute das erste Mal präsentiert. Auch von unserer Hochzeit hat sie ein Fotobuch erstellt und uns zu unserem ersten Hochzeitstag geschenkt.

»Guck mal hier, das Kind«, ruft Daniel und zeigt feixend auf ein weinendes Mädchen.

»Lach nicht! Das war wirklich nicht witzig«, tadelt ihn Mila.

»Stimmt«, sage ich und beuge mich über das Buch. Mit dem Zeigefinger tippe ich auf den Zauberer daneben. »Der Typ soll zwar sehr lustig gewesen sein, aber *der* Gag ging nach hinten los.«

Daniel sieht mich fragend an, denn er war bei Milas Hochzeitsfeier nicht dabei gewesen. »Wieso? Was hat er denn gemacht?«

Piet meldet sich zu Wort. »Mein Großonkel hat eine kleine Zaubershow für die Kinder vorbereitet. Er hat meine kleine Cousine hinausgeführt und dann die anderen Kinder angewiesen, sie sollen so tun, als würde er das Mädchen wirklich unsichtbar zaubern können. Dann holte er Maja wieder herein, erklärte ihr, was er vorhatte, legte ein großes Tuch über sie und als er es wegzog, saß sie natürlich noch an der gleichen Stelle. Doch alle taten so, als wäre sie nicht mehr zu sehen, und jubelten und klatschten.«

Mila erzählt weiter. »Maja lief ganz aufgebracht hin und her und rief und schrie und dachte, sie sei tatsächlich nicht mehr zu sehen und könne vielleicht nicht mehr zurück gezaubert werden. Sie war so hysterisch geworden, dass sie heulend aus dem Raum lief und brüllend unseren ersten Tanz beendete.«

Saskia schlägt die Hand vor den Mund und sieht aus, als würde sie sich das Lachen verkneifen. »O, die Ärmste.«

Aus dem Babyphone ertönt ein Geräusch, das meine Mama-Antennen sofort registrieren.

»Ich gehe schon«, sagt Simon, erhebt sich und verschwindet ins Schlafzimmer.

»Eure Gläser sind leer. Ich fülle mal nach«, sage ich und greife zur Champagnerflasche.

Mila hält die Hand vor ihr Glas und flüstert mir zu: »Für mich bitte nicht mehr, morgen früh haben wir wieder einen Arzttermin.« Ich nicke wissend und gieße ihr aus meiner Flasche nach.

Piet und sie haben sich entschieden, mit ärztlicher Unterstützung ein Kind zu bekommen. Bisher waren die Behandlungen noch nicht erfolgreich, doch die beiden geben die Hoffnung nicht auf.

Mein Handy vibriert, und auch wenn es unhöflich ist, werfe ich ein Blick darauf.

Tiago – 22:17
Alles Gute zum Hochzeitstag. Ich hoffe, es geht euch gut.

Ich bedanke mich kurz und lege das Handy wieder zur Seite.

Tiago ist nach Albufeira zurückgekehrt. In der Matt's Bar arbeitet er jedoch nicht mehr. Er hat den Beruf als DJ aufgegeben und ist nun Manager eines Clubs. Dort verdient er nicht nur besser, sondern muss auch nicht mehr rund um die Uhr arbeiten. Eine neue Freundin hat er derzeit nicht, aber er sieht Diego und seine Mutter wieder häufiger. Wir bleiben in Kontakt und haben eine Freundschaft aufrechterhalten können, auch wenn oder gerade weil wir uns nicht mehr sehen.

Simon kommt zurück in das Wohnzimmer und sagt an mich gewandt: »Sie ist etwas unruhig, aber schläft.« Er setzt sich zu mir und gibt mir einen Kuss auf den Scheitel.

»Ja, der Pizzabote!«, ruft Mila und deutet auf das Foto mit dem blauen verbeulten Auto und einem italienisch aussehenden Mann.

»Wann hast du denn das Foto gemacht?«, frage ich und lache los.

»Na, als du losgerannt bist und ich die Pizzen bezahlen sollte. So etwas erlebt man doch nicht alle Tage. Das musste festgehalten werden.«

»Naja, dass die Braut vor der Hochzeit entführt wurde, daran muss ich nicht unbedingt erinnert werden«, sagt Simon und drückt unter dem Tisch meine Hand.

Ich erwidere den Druck und lehne mich an ihn. »Ist doch alles gut gegangen.«

»Weißt du denn, was aus Alex geworden ist?«, will Mila wissen.

»Mein letzter Stand ist, dass er nach Hamburg gezogen sei und dort einen neuen Job angefangen habe. Seit der Entführung hat er sich nicht mehr gemeldet. Zum Glück«, sage ich und versuche, die Gedanken an meinen Terror-Ex-Freund beiseite zu schieben.

»Und wie sieht es bei euch aus mit einem zweiten Kind?«, will Saskia plötzlich wissen.

»Dem sind wir nicht abgeneigt«, antwortet Simon und schenkt ihr sein typisches freches Zwinkern.

Meine Wangen werden warm.

Tatsächlich möchten wir noch ein weiteres Kind und üben schon fleißig. Aber das muss ja keiner so genau wissen.

»Und was ist mit euch?«, frage ich zurück.

Saskia senkt beschämt die Augen und antwortet dann: »Ich warte ja noch darauf, dass er mich fragt.«

Daniel räuspert sich und sagt: »Wir sind doch noch nicht mal ein Jahr zusammen.«

Simon knufft ihm in die Seite. »Lass dir diese Frau nicht entgehen.« Die beiden Cousins lachen.

Nun leuchtet Saskias Gesicht vollends rot. Alle Augen sind auf Daniel und sie gerichtet, doch da ertönt ein Wimmern aus dem Babyphone.

Rasch erhebe ich mich und gehe zu Josi, die mich im Halbdunkel des Nachtlichts aus großen Augen anguckt. Aus ihrer Windel strömt ein vertrauter Geruch. Seufzend nehme ich sie aus dem Bett und trage sie zur Wickelkommode, um ihre Windel zu wechseln.

Meine Hoffnung, dass sie bis Mitternacht durchschläft, verpufft. Ich versuche zwar noch, sie wieder zum Schlafen zu bewegen, und lege mich mit ihr hin, stille sie und singe Schlaflieder, doch sie macht nicht den Eindruck, dass sie gleich in einen tiefen Schlaf sinken wird. Und so stehe ich wieder auf, nehme sie auf den Arm und trage sie ins Wohnzimmer. »Sie ist nicht mehr müde.«

Mit großem Hallo wird sie von unseren Gästen begrüßt. Josi sieht überrascht in die Runde und drückt ihr Gesicht an meine Schulter.

»Wir haben dich singen gehört. Die Kleine schmatzt ja ganz schön laut.« Daniel lacht frech auf und deutet auf das Babyphone, das ich ganz vergessen habe.

Ich werfe ihm das Spucktuch von Josi ins Gesicht, was er, begleitet von einem angewiderten: »Bääh«, mit zwei Fingern von sich weghält, weil es nass ist und nach vergorener Milch riecht.

Ich muss lachen und setze mich auf meinen Stuhl zurück, platziere Josi auf meinem Schoß und sauge ihren noch vorhandenen Babyduft tief ein. Sie knautscht auf ihrem Nuckel herum und gibt dabei quietschende Laute von sich.

Während wir weiter die Bilder in den Fotobüchern betrachten, lustige Geschichten erzählen und lachen, frage ich mich, welche Geschichte meine Tochter unter einem Himmel voller Sternschnuppen erwarten wird.

DEINE MEINUNG IST MIR WICHTIG

Wenn dir meine Bücher gefallen, würde ich mich sehr darüber freuen, wenn du mir eine Rezension bei Amazon schreibst. Diese sind für mich als Autorin - ohne Verlag und Unterstützung durch teure Marketingmaßnahmen - sehr wichtig und helfen mir dabei, neue Leser zu finden. Es müssen nicht viele Worte ein. Zwei kurze Sätze genügen.
Empfehle meine Bücher auch gerne Freunden oder Verwandten.
Ich danke dir sehr dafür, dass du meine Bücher liest, für dein Feedback und deine Unterstützung!

Deine Ella

Für Anmerkungen kontaktiere mich doch gerne direkt unter: autorin.ella.lane@gmail.com

Du findest mich außerdem hier:
www.ellalane.de
instagram.com/autorin.ella.lane
facebook.com/ellalanetautorin

DANKSAGUNG

Ich danke Tiago, ohne ihn wäre diese Geschichte nie entstanden. Danke für die Zeit, die du dir genommen hast, um meine zahlreichen Fragen zu beantworten.

Außerdem danke ich meinen Eltern und meiner Familie für die Unterstützung.

Danke an Beatrice Staats, Verena Seitz, Julia Kath, Eike Guthard, Paulin Jakelski, Sarah Nieporte, Serena Avanlea, Kat van Arbour, Harriet Wollenberg, Susanne (Sues_Buchwahn), Emilia de Luca, Brigitte (bbrigii),, Catharina (cat10367), Kerstin (emil1912), Marit (twibicat), Aileen (leen_2104), Tanja Schippa, A.D. Wilk. Auch Annika Bühnemann und die WOW-Gruppe, danke, dass man euch jederzeit Fragen stellen kann, ihr seid super!

Sollte ich jemanden vergessen haben, so tut es mir unendlich leid. Ich danke natürlich auch dir! Sag mir Bescheid, ich lade dich auf einen Kaffee oder Tee ein.

ÜBER DIE AUTORIN

Ella Lane ist das Pseudonym der Berliner Autorin, die im Jahr 1986 das Licht der Welt erblickte.

Gedichte und Geschichten schrieb sie seit ihrer Kindheit und Jugend. Es gibt ein Foto, da saß sie im Jahr 2000 im Garten ihrer Eltern und hämmerte auf eine alte Schreibmaschine ein.

Später hat sie Frisurenvideos auf YouTube veröffentlicht (Jugendsünden und so). Heute schreibt sie Romane mit viel Herz und Herzschmerz. Im Sommer findet man Ella meist in einer Finnhütte im Wald am See – ohne Strom und fließendem Wasser. Oder auf dem Stand Up Paddle Board.

Wenn Sternschnuppen verglühen ist die
packende Fortsetzung zu

Ein altes Foto. Eine fast vergessene Liebe. Eine turbulente Reise.

Ausbildung, Arbeit, eine Familie gründen. Das war Jojos Lebens-
plan. Als ihr Freund sie überraschend verlässt, bricht für sie eine
Welt zusammen. Durch Zufall findet sie ihre Tagebücher aus
Teenagerzeiten und das Foto ihrer Jugendliebe Tiago lässt ihr Herz
noch immer höherschlagen. Kurz entschlossen macht sich Jojo auf
die Suche nach dem Jungen vom Bild und reist nach Portugal.

Doch wer ist dieser Mann, mit dem sie am Flughafen zusammen-
stößt? Und was hat ihr Ex auf einmal am Strand zu suchen? Aber
die größte Frage ist: Wie wird Tiago reagieren, wenn sie ihn findet?

Impressum

Bibliografische Information der Deutschen Nationalbibliothek: Die Deutsche Nationalbibliothek verzeichnet diese Publikation in der Deutschen Nationalbibliografie; detaillierte bibliografische Daten sind im Internet über http://dnb.dnb.de abrufbar.

Wenn Sternschnuppen verglühen

2. Auflage

© 2019 Ella Lane

c/o Friederike Prenzlow

Alt Großziethen 51 , 12529 Schönefeld

Cover- und Umschlaggestaltung:

Buchgewand | www.buch-gewand.de

Verwendete Grafiken/Fotos:

YAYImages – depositphotos.com

phase4studios – depositphotos.com

davidschrader – depositphotos.com

jineekeo – depositphotos.com

nubephoto – depositphotos.com

n_eri – shutterstock.com

Herstellung: BoD – Books on Demand, Norderstedt

ISBN: 978-3-7504-1252-1